新潮文庫

想いの軌跡

塩野七生著

新潮社版

10854

読者に

今からならば三十五年も昔の、一九七八年のことでした。その年の「日本文学大賞」は、大著『本居宣長』を書いた小林秀雄が受賞したのです。その席で、七十代の後半に入って押しも押されぬ存在になっていたこの大ベテランは、次のようなことを言ったのでした。

ボクのこの著作は、一見するならば値段が高いように思える。（たしか四千円ぐらいではなかったかと思う）ところが実際は、少しも高くない。なぜなら、一度読んで理解できないようには書いていないが、二度読むと愉《たの》しめるように書いてある。それで四千円でも二冊分の値段ということだから、他の人の著作と比べて高すぎるということにはならない。

とまあ小林先生は、要旨ならばこう言われたのです。これ以外のことも言われたのでしょうが、聴いていた私の胸を突き刺したのは右の一句でした。

当時の私は先生の半分の年齢で、作品らしい作品ならば『ルネサンスの女たち』と『チェーザレ・ボルジアあるいは優雅なる冷酷』と『神の代理人』の三作しかなく、ある批評家によれば、知る人ぞ知る、程度にすぎなかった。出版社主催の授賞式に招《よ》ばれはしても前方に並ぶ椅子《いす》に坐《すわ》れる身分ではなく、このときも後方に立つ人々に混じって聴いていたのです。

小林秀雄は、旧制新制の別を問わなければ、私の学んだ日比谷高校の大先輩になります。でも私は、大先輩というよりもその書きっぷりの良さで愛読していたこの人の言葉を聴きながら、胸の中ではこう思ったのでした。

いずれは私も、このようなことを堂々と言える作家になりたい。

そしてこれが、以後の私の仕事に対するときの姿勢になったのです。

まったく、私の著作の値段は高い。理由の第一は、書くための勉強とそれをもとにしてめぐらせる思考に時間を費やすからですが、それを俗に言えば「仕込み」に時間とおカネをとられるということです。だが理由は、それだけではない。本文中に挿入されている、百近くにもなる地図や絵に原因があるのです。とくに地図はおカネがかかる。

まずは、白地図と呼ぶ海岸線しか引かれていない地図に、必要と思われる都市や河川やその他の地図上の情報を書きこむことから始まります。これを、地図制作の専門家に送る。そこで作られた地図が私のもとにもどってくると、これをもう一度細かに検討し、あったほうがよいと思う地点やその他を書き加え、再び地図屋に送り返される。これらの作業がすべて終わった段階で、ようやく印刷にまわすことができるのです。

この地図作りは私の作品にとっては死活問題で、韓国や中国で出版される際にも私が必ずつける条件、あのままの形であのままの枚数を入れるという条件になっているほどです。なにしろ、本文中に挿入されている地図や絵は、それを書いた著者の問題意識を反映しているのですから。

というわけで私の歴史関係の著作の多くは値が張ることになってしまうのですが、小林先生の言葉を聴いてからは気が軽くなった。

一度目は、読んで理解する。このことは、私が書くのは西洋のしかも大昔の歴史である以上、西洋人ではない私の読者の大半にとっては知らなかったとしても当然で、それを理解するのだから容易な知的作業ではないのです。

また、二度読めば会得《えとく》できるという愉しみも、私の作品を読んでくれる人にとっては重要きわまりない作業になる。歴史を読む醍醐味《だいごみ》の最たるものが、そこに描かれている世界に遊ぶことにあるのですから。

そして、理解し愉しめるまでになったら、歴史に学ぶことには自然に達せる。つまり歴史は、学ぼうと思って読むかぎりは絶対に学べない、というものでもあるのです。

それで、小林秀雄に言われてからは自作の値段の高いことも気にしなくなった私ですが、その私につい最近、担当編集者二人の若いほうがあることを提案してきたのでした。

彼は、若いにしては悪賢くも（これは私の場合はマイナス評価になりません）、塩野さん、これまでにあちこちに書いていても本には入っていない文章を集めて一冊にしませんか、などという頭の悪いアプローチはしてこなかった。もしもそうしていたら私から、次の作品の準備に集中している今、そんなことをやっている暇はない、と言われて一蹴《いっしゅう》されるのがオチと思ったのでしょう。誰にも相談せずに国会図書館に通って勝手に探し出し、それをわれわれの世界ではゲラと呼ぶ形にして、つまり本造りの半ばまでならば終わった段階にしたうえで、私に突きつけてきたのでした。

依頼に応じてどこにでも書くというやり方をしてこなかった私なので、書き散らしたもの自体が少ない。それなのに、こうもあったとは驚きでしたが、それで即出版をOKしたわけではなかった。その彼に質問したのです。

ここに集められた文章のほとんどは、一九八〇年生れというあなたの生れる前か、そうでなければあなたが子供だった頃に書かれたものです。その年代のあなたでも、違和感なく読めましたか、と。

彼の答えは、面白く読んだ、というものでした。しかも、担当編集者二人のうちのもう一人、と言っても私の担当だけが仕事ではなく他に立派な役職をもつ年長のほうが、いつものクールさには似合わない、彼をオトコにしてあげてください、などと言ったのには笑うしかなかったのですが、それでも著作は作家にとっては命です。担当編集者をオトコにするなどという理由で、出版をOKするわけにはいきません。とは言っても、一九八〇年生れの労苦を無にするのも非人間的。それで私は、次の条件が適《かな》うならばOKしてもよい、と答えたのでした。

まず、一冊の値段を歴史物の半ば以下に収めること。そのためには、私への印税率も低くする。カバーも、ハードでなくソフトでけっこう。写真も地図もいっさい挿入しない。歴史物ならば、一度目で理解し、二度目で愉しんでくださいと言えても、小文を集めたこの一冊では言えないからです。内容だって、一度読むだけで、理解し愉しむことが同時にできてしまうでしょう。

以上のような事情が裏にあって、この一冊をあなたに届けます。あらかじめ決めたテーマに沿って書いた文章を集めた一冊ではない。それでも、今やあのときの小林秀雄の年齢に達しつつある塩野七生の、あのとき以降の歳月の「想《おも》いの軌跡」であることならば確かなのですから。

二〇一二年・夏、ローマにて

想いの軌跡＊目次

第四章　忘れ得ぬ人びと　293

想いの軌跡

Un Percorso di Pensiero : Saggi Raccolti

本文冒頭の括弧内の数字は初出または脱稿の年月です。

第一章　地中海に生きる

La Vita Mediterranea

地中海へようこそ

三十年は昔のことになるが、日本の学者たちを集めた地中海学会というところの集会に、一度だけ出席したことがある。学者たちの研究報告が終わった後に、部外者である私までが意見を求められたので言ったのである。

「皆さんの研究成果を聴いていて想《おも》ったのは、宇宙衛星から見た地中海世界ということでした」

今ならば、グーグルアースで見た地中海、というところだ。そして、つづけて言った。

「しかし地中海には、陽光が降りそそぎ、風が吹き、何よりも人間が住み、葡萄酒《ぶどうしゅ》も果実も料理も豊かなのです」

私が書いてきたのは、またこれからも書こうとしているのは、グーグルアースで見る地中海とは別物の地中海世界なのである。

（二〇〇九・七）

そしてそれを、大型客船ゆえに寄港する地はかぎられているとはいえ、だから少々上すべりになるのはやむをえないのだが、陽光を浴び涼しい西風（ゼフィロス）に吹かれ、その産物であるワインと食物を短期間にしろ味わえるのが、クルーズではないかと思っている。

そのうえ、地中海に接する国々、それもとくに海港都市の表玄関は、あくまでも海に向って開いている。海側から近づいて行かなければ、表玄関から入ることにはならないのだ。

ヴェネツィアも、アドリア海東岸のドゥブローニクも、昔はコンスタンティノープルと呼ばれたイスタンブールも、エジプトのアレクサンドリアもチュニジアのチュニスも。いや、このように古い歴史をもつ海港都市にかぎらず、普通の港町でさえも、表玄関は必ず海に向って開いている。玄関とは、その家に住む人にとっては「顔」である。新たな出会いには、相手方の正面から近づいていくのが礼儀ではないだろうか。

飛行機で着いて空港から都心に向うのも、鉄道列車で駅に降りたつのも、海に向って開いた都市の多い地中海では、裏の入口から入ることになるのだ。この、どうにも動かしようのない事実は、地中海のほぼ全域をヨットでまわったことのある私には、痛いほどにわかるのである。

と言いながら私には、クルーズ経験はない。なぜなら地中海は、私にとっては書く対象、つまり仕事なので、二つの理由で大型船によるクルーズは、私にはあまり役立たないのである。

第一に寄港地が少なく、沿岸航行もしないために船上から沿岸を観察することができない。

第二は、海上でも陸上でも私にとっての旅は、観察と思索のためであって、旅行中の社交やアトラクションとかの娯楽は、私には無関心事であることだ。だから一人で過ごすのもけっこう、夕食に出てくるのも強いません、と言ってくれる船があったら乗るかもしれない。

この私の地中海旅行キャリアだが、私の若い頃は日本も貧しく、一ドルが三百六十円の時代だったので、陸上ならばオートストップと呼ぶのと同じことを海上でもしたのだった。

まず、地中海のちょっとした港町ならば必ずあるヨットハーバーの中のクラブに出向く。そこでは、停泊中のヨットが、タダで乗せるから働け、とでもいう感じの乗員を募集している。それに応募するだけでよい。こうして二十代の頃の私は、各地のヨットハーバーを渡り歩くことで、地中海の巡航もやりとげたのだった。

この副産物はヨットの操縦が少しは上手《うま》くなったことだが、地中海周辺を見てまわったこととヨットが少しわかったことの二つは、後年になって書いた『海の都の物語』にどれほど役立ったか計りしれない。

それ以後は日本の経済も興隆したので私のふところにも少しは余裕が出来、ヨットをレンタルして仕事上の実地踏査をするようになった。

しかし、レパントの海戦が行われた同じ月の同じ日の同時刻に、十メートル程度のヨットを、四百年昔の戦場になった海域に浮べ、五十メートル級のガレー船四百隻《せき》が激突した場面を想像している私を人が見たら、正気か、と言うに違いない。気は確かだったが、それでも「お笑い」であるのはまちがいなかった。

さらに年を重ねた今現在では、ヨットを自分であやつる体力はもはやない。それで、スキッパーから船乗りまでセットにしたヨットをレンタルし、それでもう一度自分が書いた海をまわろうかと考えたのだが、レンタル料が相当な高額になるのを知ってあきらめた。でも、時おりは海の近くまでは行って、地中海を眺めている。死んだら灰にしてこの地中海のどこかにまいてくれ、と遺言している私なのだから。

地中海は、インターネットでは絶対にわからない。陽光を浴び、風に吹かれ、大気を胸深く吸う必要がある。

それらを体験してみた後ならば、初めてわかるだろう。夕暮時の地中海を、葡萄酒色の海、と評した古代の地中海人たちの想いが。

脚にも表情はある！

（一九八六・三）

私は、イタリア中部の古都フィレンツェに住んでいる。もう十四、五年ここに住みついているが、その前の五、六年はローマにいた。ただ、仕事があるし家のこともあって、この街在住の日本人とは、少数の例外をのぞいてあまり親しくしていない。時間的余裕がないからにすぎないのだが。

それでもフィレンツェは、ルネサンスの古都ということで有名で、観光に訪れる日本人は多い。とくに近年、日本人の旅行熱もパリ、ロンドン、ローマでは我慢できなくなったらしく、フィレンツェでもシーズンのちがいも見られないほど、日本人の姿を見かけることが多くなった。

そのうえ、フィレンツェでは、イタリアン・モードのショウや展示会が開かれるので、その方面の仕事をしている日本人も、大勢訪れる。女性服モードはピッティ・ドンナだし、男子服はピッティ・ウォーモというわけで、その他に子供服、カジュアル、家具まで、ピッティなんとかかと名づけられて次々と開かれる。それで、観光客がいなくなった季節でも、日本人をふくめた外国人の顔が見えない日はないくらいだ。また、この頃では大学が、最終学年になると学生ツアーを組むらしく、あら今頃はまだ御勉強の季節ではなかったの、と思わずつぶやいてしまうほど、アメリカやヨーロッパ各地からの観光客のとだえた時期に、日本の若い人たちの大群団に出会ってびっくりすることも珍しくない。

ただ、日本人も大胆になったのか、この頃では一人か二人で旅する人も多くなった。また、ヨーロッパのどこかに仕事で滞在している日本人の家族が、休暇にフィレンツェを訪れる場合も多い。このようなわけで、外国で見かける日本女性も、ひとまとめにして話すのには、少々抵抗を感ずる。多種多様な外国体験が可能になったのは、日本の経済力が増した証拠のひとつだと思う。

それでもやはり、最も眼につくのは団体旅行中の日本女性たちだろう。それが大学の学友たちのグループであっても、旅行会社の組織した団体旅行であっても、だから年齢もさまざまなのだが、安心したように日本語でおしゃべりする様子では共通している。

とくに、若い女たちのグループは、見ていて愉《たの》しい。流行の最尖端《さいせんたん》をゆく服装に身をかためていて、私のようにこういうたぐいの「気くばり」がめんどうくさくなってしまった者には、微笑が浮んでくるほど愉しい見ものである。

私が流行に鈍感なのではない。ただこの年頃になると、他人と同じかっこうをするのが嫌いになっていて、面白いと思ったものは受けいれるが、そうでないと、流行遅れと思われても平気、という心境になったというだけである。この頃の日本女性は、大変に流行に敏感になった。

この傾向はなにも、ごく若い女性だけのものではない。いつか私の担当編集者がフィレンツェに来たときなど、彼女が三宅一生で全身をかためていたのに比べて、モードの中心のフィレンツェに住んでいる私のほうが流行遅れなので笑ってしまった。この頃の流行があまり好きでない私は、もっぱら、優雅な流行遅れ、を愉しんでいる。ただ、遅れでも優雅でなくてはならないので、流行にのるよりも、よほどお金がかかるのが不都合なところだ。

という具合で、外国の地で見る日本女性の大半は、身ぎれいになった。あんなにきれいにしていて、このフィレンツェでなにを買うのだろうと思ってしまうが、それでも買うものはあるとみえて、かちっときまった服装の彼女たちは、まるでクリスマス・ツリーのように数多くの紙袋をさげている。ハンドバッグや靴が、山と入っているにちがいない。

だが、一つ二つ、この身ぎれいな群れに苦言を呈したい。

第一は、姿勢が悪いことなのだ。子供の頃から背を伸ばしなさいと口うるさく言われて育った外国人の中に入るとことさら目立つのかもしれないが、日本女性の姿勢の悪さは少々特別である。

若さはあふれるくらいだ。高価なセンスのよい服も身につけている。顔だって、彼女たちの化粧の技術は近年とみに進歩したこともあって、可愛らしくつつましい。これで姿勢さえよければ非の打ちどころがないのに、といつも私は思ってしまう。歩くときも立ちどまっているときも、姿勢がよいと、貧相な感じを与えないのである。反対に姿勢が悪いと、他では非の打ちどころがなくても、ついこの間成功したばかりの成金にしか見えない。

苦言の第二は、脚の表情に無神経なことである。日本女性は、脚の太さや細さには相当に神経質らしいが、脚には表情ということもあるということを知らないらしい。O型になっていても、いっこうに気にしないのだから。

ほんとうは、男たちは、女の脚の太さ細さには、さほど関心を払わないものである。それよりも、まっすぐにのびているかどうかが、重要な問題なのだ。

欧米では、日本女性か他のアジア人の女性かを見きわめるのは、後ろから脚を見ればよい、と言われるほどである。中国の女性もインドネシアの女も、体つきがすっきりしていれば、脚もすっきりと伸びている。ただ、日本の女だけが、身体《からだ》の他の部分は細っそりと美しいのに、脚線だけが無神経に靴までとどいている。これは、和服が脚線までかくしてしまうスタイルなので、脚に神経を払わないのが伝統と化したのか、とまで考えてしまう。それにしても、サリーで全身をかくしているインド女性も、アオザイ姿のベトナムの女も、脚の運びが少しもだらしなくないのは、どうしてだかわからない。

おそらく病理的にO型でない日本女性の脚が、なぜ外観はみなO型に見えてしまうのかという理由は、姿勢の良し悪《あ》しと同じで、心のもちようによるのではないだろうか。同国人たちと一緒の行動をしていると、ついつい安心してしまい、つまり日本語だけで話が通じているのと同じで、脚にも表情があるということを忘れてしまうのだろう。

しかし、これは、欧米の規準では、女であることを放棄したことを意味してしまう。

放棄した女に、男は誰も魅力を感じない。

だが、と、ここまで書いてきて私は考えこんでしまった。日本女性に苦言ばかり呈してきたけれど、このような女に日本女性をした責任は、日本男性にあるのではないか、と思いはじめたからである。

誰だって男は、女ならば若いほうがよいにきまっている。しかし、日本の男たちのロリコン趣味は、病理的というしかないほどに異常である。

アイドル・タレントと十把ひとからげに呼ばれる女の子たちで、テレビも週刊誌も占領されてしまった感じで、成熟期に入った粋《いき》な女は、熟女とか実年女とか、誰だって噴きだすしかない形容でこれまた十把ひとからげにされ、片すみに押しやられた感じだ。二十五歳から三十五歳までの女たちは、熟女にはいくらなんでもふくまれないにちがいないから、いったいなんと呼ばれているのだろう。

これでは、二十歳になっても背は貧相に曲がり、脚はのんべんだらりと無神経にO型で立つというのも、いたしかたない結果ではないだろうか。姿勢がぴしりときまり、脚の表情も、きりりとした中に色気を漂わせることを忘れない、なんていう式でいたら、カワイコチャンではありえなくなってしまうのだから。

日本女性は所詮《しょせん》、男に見られることに慣れていないのである。なにしろ、日本の男たちが女をほんとうの意味で見ないのだから、慣れるはずがない。日本男性は、あまりにも多くの種類の女たちに囲まれている。

まず、母親。そして、妻。そして、バーやクラブで働く女たち。そして、そして、ソープランドとか呼ばれることになったらしいところの女たち。そのうえ、ホテトル嬢とかなんとか……。とくに、女を金で買えることがシステム化しているのが、現在の日本である。もちろん外国の男たちだって、こういう女たちは嫌いではないのだが、かくれて秘《ひそ》かにするのが普通だ。日本のように、システムにまではなっていない。

これでは、日本男性は、あの方面の趣好はこの社会の女で、別の面の要求は、別の社会の女でという具合に、欲求なり欲望なりを分割することが可能になっている。反対に外国の男たちは、女にすべてを求めてくる。金では買えない面も買える面もともに、一人の女に求めてくる。

日本には、妻は妻としてしか求められず、恋人時代も、恋人でしかない。シロウトに娼婦《しょうふ》を求めるなどということは、男は考えもしないし、女のほうも思いもしない。

これは、カルチャーのちがいである。日本の男たちはよく、外人の男と一緒にいる日本女性を見て、セックスでヤラレタ、と考え、劣等者の嫉妬《しっと》の感情に似た悪意を示すことが多いが、それは、日本男性の考えが浅いのだ。女たちは、カルチャー・ショックを受け、それに敏感に反応しただけである。総体としての女を求められて、それまで知らなかった女の喜びを満喫しているだけなのだ。

そして、彼女たちは、姿勢をのばし、脚もぴしりときめるように変る。男たちの挑戦を堂々と受けるための、ほんとうの意味の女として。

男たちのミラノ

（一九八九・十二）

『男たちへ』を読んだ人の幾人かは、著者である私が、ワイシャツがどうのネクタイピンがどうのという感じで、日本の男たちに厳しい注文を出したように受けとったらしいが、それは早とちりというものである。あそこでの私は、男の魅力とは、所詮、自分自身の頭で考えることができ、それをその人なりの言動で表現する能力をそなえ、これらによってその人独自のスタイルをもつことにつきる、と言っている。だから、背が低かろうが頭髪が淋《さび》しくなろうが腹が出てこようが、それらは男の魅力を決定的に損なう要素にはなりえない。ある映画の中で、成熟期に達した女が若い男に向って次のように言ったのが耳に残っている。

「筋肉だけで男になれると思ったら、おおまちがいよ」

筋肉だけでも男になれないというのに、ましてや「服」だけで男になれるわけがない。こう信ずる私のような女くらいメンズ・ファッションを語るに不適な者もいないと思ったが、女性雑誌に女のモードでは定式すぎる、男のモードならやってもいいと言ったのは他でもない私なのだ。というわけで、男のファッションならばもはやミラノ、と言われるまでになったミラノへ出向く羽目になったのだった。

一週間というもの男のモード漬けになったあげくの結論を先に言ってしまえば、男の服とは、自己表現プラス武装、と思ってよいのではないかということである。それはおそらく、ミラノという都市の性格にもよるのではないかと思う。

イタリアには、世界的に有名な都市がいくつかある。ローマ、フィレンツェ、ヴェネツィア、そしてミラノと。ただし、前三都市とミラノとでは、一つの点で完全にちがう。

ローマもフィレンツェもヴェネツィアも、文化文明の両面で満開の時代をもったのに、ミラノだけはまだもったことがない。現在のミラノはこれら三都市と比べても断然豊かだが、金持になったということだけでは、花盛りを迎えたとは言えない。イタリアでもミラノより小規模の街で、ミラノより金持の街はいくつもあるからだ。

花盛りとは、一時代を創《つく》った、といえる都市でなければならない。ミラノには、今のところまだ、この最高の讃辞《さんじ》はかぶせられないのである。

それはミラノの歴史が、皇帝や法王の君臨するおひざもとであったローマは別格としても、フィレンツェやヴェネツィアに比べてもちがっていたからだろう。ミラノには、フィレンツェやヴェネツィアのような、自らの才能を発揮することで物心ともに豊かになるという意味での、中産階級が育ったことがなかった。ルネサンスは、自由な市民の創造した文化文明である。長く君主政下にあったミラノには、ルネサンスは花開いていない。レオナルド・ダ・ヴィンチの滞在先として知られているだけで、そのレオナルドを育てたのはフィレンツェである。

しかも、外国勢力に長く支配されていたという点でも、フィレンツェやヴェネツィアとちがう。ミラノだけは、中世の封建制を脱け出た後も、まずフランス、次いでスペイン、それがナポレオンの占領で中絶した後もつい百年前まで、オーストリア帝国の一辺境領土である時代が長くつづいたのだった。経済上の豊かさは味わえても、それを自由な雰囲気の中で創造活動に投入できる民族的意識を、ミラノは経験したことがなかったのである。

それが今、変りつつあるように私には思える。今はじめてミラノは、花盛りを迎えようとしているのではないかと思うのだ。

ヨーロッパの中心である北ヨーロッパに、イタリアでは最も近い大都市であること。

この利点は、近く実現するEC統合時代に向けて、ますます大きくなるにちがいない。

このミラノの中心部に、前線に置かれた作戦本部に似た活気があふれているのも当然だ。そして、〝作戦本部〟に出入りする男たちの服装に、昔の戦士たちが身にまとっていた、きらびやかでかつ実用的な甲冑《かつちゆう》姿を重ね見る想《おも》いになるのも、ごく自然な連想であるような気がする。そういえば、中世・ルネサンス時代を通じてミラノの特産物であったのは、鋼鉄製の甲冑であった。

そう、今のミラノの男たちのモードも、現代の戦士たちの甲冑なのである。ならば、現代ミラノの戦士たちは、どのような武装を選ぶのであろうか。

サヴィルロウに代表されるイギリスのジェントルマン式に反逆したかったら、「アルマーニ」を着ればよい。肩はこごめかげん、脚は投げやりに前に進めなければならないという不便さに加え、適正価格以上に値が張るという不便さも我慢しなければならないが、男のモードの革命であることだけは確かである。

とはいえ、これほどの自意識過剰はイヤと言う人には、「ロメオ・ジリ」がよいだろう。いたずらっ子したい男を自己満足させてくれるうえに、ファッション・ジャーナリストと称する一種のクロウトに賞《ほ》められる可能性も充分にある。

下品になる危険を冒しても何が何でも自己主張したいという目立ちたがり屋には、

「ヴェルサーチ」をすすめたい。水商売に専念する（今や流行《はや》りの不動産業者も入る）、青年実業家とやらのユニフォームの観がある。

『アメリカン・ジゴロ』という映画で、ジゴロ役の男優の服がすべてアルマーニであったのには納得できない気がしたものだった。ヴェルサーチで決めるべきではないかと思ったからだ。だが、よく考えれば納得のゆく選択である。一見してジゴロ的では、ほんとうのジゴロはやれない。アルマーニあたりがよいところだろう。攻撃目標が女というちがいはあっても、ジゴロもまた戦士の一種であることでは変りはないのだから。

すでに自分の一時代を創ってしまった「ヴァレンティノ」は、ここミラノでは成功者の余裕すらうかがわせる。とはいっても、自己主張の必要はもう感じないが、値の張る老舗《しにせ》は好きという人には最適だ。それに彼は、本質的には女物の作家である。

本質的に女物の作家ということならば、「フェレ」も同じと思う。この人のつくる男物は、すばらしい女をおだやかにエスコートする、女に食われてもかまわない男の優しさと自信の双方をもつ人にふさわしい。そのためか、傲慢《ごうまん》と不安の間でゆれ動くのが特徴の、ごく若い男の着る服ではない。

反対に、本質的には男物の作家であるアルマーニの服を語るうえで一致した観のある、着やすいという讃辞だが、これはなかなか一筋なわではいかない落とし穴に思えてしかたがなかった。

アルマーニの特質とは、一昔前の共産主義に似ているのである。誰でも一時期ならば染まってしまうたぐいの、魅力的な想いこみなのだ。ユートピアなのだから、その時期を過ぎれば卒業する者もいるし、しない者もいるだろう。いかに着やすいといったって、ピジャマを超えることはできないのだ。それに、男の服は男の武装である。何から何まで硬質なものを捨て去った服を身に着けて、男は戦士になれるものであろうか。それが、女である私には、他人事《ひとごと》ながら心配な一事だった。

「クリツィア・ウォーモ」を訪ねたおりのことである。ここの服には関心を刺激されなかった私も、このアトリエが発表した男性化粧品の広告には興味をもったのだった。それには、一人一人別々だったが、三人の男の写真が使われていた。ジェームズ・ディーン、物理学者のアインシュタイン、そして三十代と思われる時期のゲイリー・クーパー。

クリツィア・ウォーモの広報担当者に、この三人を選んだ理由をたずねた。ジェームズ・ディーンはともかく、他の二人はどう見ても現代的とは思えなかったからである。ほどなく渡された書類には、クリツィア・ウォーモの男性化粧品は自由な男を目指す、とある後に、なぜこの三人がシンボルになりえるかという理由が記されてあった。以下、全文を直訳する。

ジェームズ・ディーン——常識に反逆する者の自由。

アルベルト・アインシュタイン——知的自由。

ゲイリー・クーパー——定型にとらわれない独自のスタイル、商標なしの男の魅力と品位。

これには私は、苦笑すると同時に感心した。とくに、最後のクーパーを評した箇所にである。商標、つまりブランドの価値を強調しないと商売が成り立たないはずの〝ブランド〟が、それから自由な男を認めているのだから面白い。

クリツィア・ウォーモの男性化粧品など、買わなくたってけっこうだ。三十代のクーパーだって、忘れ去ってかまわない。しかし、誰が考えたのか知らないが、「ブランドなしの男の魅力と品位」とは、男を評して至言である。

ブランド製品を買うこと自体は、非難されることではまったくない。ただ、いいなと思ってよく見たら、それが有名ブランドの製品であったので安心して買った、というくらいが、「定型にとらわれない独自のスタイル」をもつうえではちょうどよく、

「商標なしの男の魅力と品位」をかもしだすうえでも最適なのではないか。
なんとなく、この定義は女にも適用できそうな気がしてきている。

（一九八九・六）

イタリアの美

私は、滞伊二十年を越えるいまになって、イタリア人の美意識の前に、ついに全面降伏をした。

服の組み合わせを私自身の美意識にゆだねることを、完全に放棄したのである。

現在住んでいる家は、橋上に貴金属店の並んでいることでも有名なポンテ・ヴェッキオから一分という、フィレンツェの都心にある。この家からは、ポンテ・ヴェッキオの一つ下流の橋、ポンテ・サンタ・トリニタを渡ると、これも二、三分でヴィア・トルナボーニの通りに出られる。この通りと、この通りからななめに走っているヴィア・デラ・ヴィーニャ・ヌオーヴァの通りの両側が、イタリアン・モードの最高の店が立ち並ぶ一画だ。ジャンフランコ・フェレの店だけが少し離れたところにあるが、まあ美意識優れたイタリアン・モードの品々は、この一画に集中しているといってよいだろう。

この一画が、私の午後の（私は午前中しか勉強も仕事もしない）散歩の範囲でもある。それは美しいものが好きだからというだけでなく、トルナボーニ通りには、書籍の質量ともに一番の、書店もあるからである。

そういう午後の過ごし方をするようになって、当然のことながらショーウィンドーも買い物が目的でなくても眺めるようになったからか、私のショッピングのやり方も変ってきた。

それを一言でいえば、こんな具合だ。マネキン人形が着ているものを指さして、「あれを上から下までください」と言うのである。

もちろん、自分の気に入る服と気に入らないもののちがいはある。だから、気に入らないドレスは、それがどれほど有名なデザイナー・ブランドのものであろうと、どれほど最新流行のものであろうと、フーンと思う程度で見向きもしない。また、ひどく高価であれば、死ぬほど欲しいというものでもないかぎり、縁がなかったと思って簡単にあきらめる。そしてこれも当り前の話だが、試着だってする。

しかし、良いと思い、それがふところにもたいした被害は与えないとわかれば、私の買い物の仕方は、上から下までください、式に変ったのである。

イタリア人の美意識の前に、全面降伏したからだ。

それはまた、ほんとうに合うものは、たった一つの組み合わせしか存在しないということを、認める過程でもあった。

同じ店で買った、スーツを二着もっている。スカートは黒と濃いめのグレイで、二つともちょっと変ったプリーツ・スカートだ。これならば四通り着られると思いそうだが、ピタリとくる組み合わせは、買った当時にこれと思って買った、すでにデザインしたときから決まっているスタイルしかない。

下に着るブラウスとて同じこと。そのスーツに合うのは同時に買った同じ店のブラウスだけで、そのブラウスを別のスカートに合わせても、ピタリ、という感じにはなってくれない。ベルトとて同様だ。靴でさえ、たいていの場合は一足しかない。帽子にいたっては、言うもおろかという感じ。

日本の女性雑誌ではよく、組み合わせの多様さを示すグラビアページにおめにかかる。これとこれを組み合わせれば、幾通りもの着こなしができます、と説明しながらだ。

オフィス・レディを主なターゲットにしているから、あのようなページづくりが成されるのだと思う。彼女たちには職業着が必要で、「これぞピカ一」などという組み合わせだけを追求していては、いかに親がかりが多いOLとて、ふところが悲鳴をあげるのは目に見えている。

しかし、OLでない女たちまでが、服の組み合わせまで「OLする」ことはないのではないだろうか。普段は適当なかっこうをしていても、ここ一番というときには、われわれの美意識ではとうてい及ばない他者の優れた美意識に、すべてをまかせてしまうというように。

だが、この式を実行に移すと、無視できない不都合が生ずる。それは、上着でもスカートでも靴でも、ときには帽子までが、やたらと数が増えるということである。それにしか合わない品がそろうのだから、いたしかたない不都合かもしれないが、私には、西欧のちょっとした女たちの旅行カバンの数がいやに多い理由が、ようやく納得できたのだった。

それで、私は選択したのである。旅行のときは、同じかっこうをつづける勇気をもとう、と。イタリア人の美意識に敬意を表するのも、簡単にはできないことなのですよ、まったく!

イタリアの色彩で春を装《よそお》う

（一九九一・四）

イタリア人があれほども色と形の創造に才能をもっている理由が、イタリアに住むこと二十五年におよぶ今でも、私にはまったくわからない。絵画と彫刻に最も華麗な花を咲かせた、ルネサンス文化の余韻がいまだに残っているためか。それとも、一時期にはその民族の最も優れた才能が一部門に集中するという、イタリアではしばしば起った現象のこれも一例なのか。第二次大戦終了直後に優秀な才能が集中したのは、映画の世界であったけれど。それが今は、モードの世界に移ったのか。

いずれにしても、モード界とは自分自身の服を買うということだけで結ばれている私の場合は、彼らの才能には全面降伏することに決めて、もう数年がたつ。ということは、どういう服装をしたいという自分の考えはもう放棄して、彼らが提供してくれるものをそのまま受けいれることにしたのだ。

シーズンのはじめに、フィレンツェのトルナボーニ通りとヴィーニャ・ヌオーヴァの通りをウィンドー・ショッピングする。この二つの通りには有名店が軒を並べているから、それらを一まわりすると今シーズンの傾向がだいたいわかる。しばしば店内にまで入って、ドレスや靴など一とおりは見る。その中で、その季節の私自身の気分に合って、財布の中身にも合致するものを選ぶだけだ。一着もないシーズンもある。そういうときは買わない。手持ちの服で間に合わせる。

流行を追うほうではないが、やはり完全に流行遅れというのは着ていて気分のよいものではないから、その程度には流行に従う。だが、それ以上に大切なのは「気分」のほうだ。自分自身の気分とドレスの気分が一致すると、そのシーズンは「やった！」という感じになれるんですね。

今のところは、イタリアン・モードと私の、なんとなくステキな男と並の女の関係に似たこのつながりは醒《さ》めてはいない。

共産主義にどう対する？　新法王

（一九七八・十二）

法王庁に関係することならどんなことでも、ローマにいないと、その味わいが理解できないようである。日本で新聞報道を読んでいるかぎり、事実だけは知ることはできても、その周囲に漂う人間的な、あまりに人間的な附属物は排除されて報道されるから、われわれ日本人とは関係ないキリスト教徒だけの問題として受けとられるためかもしれない。これは、報道する側の日本人記者自身に、人間性の問題として面白がる好奇心が欠けているためかと思う。

例えば、新法王の選出を報ずるのは、白煙と黒煙の使いわけによるのだが、これなども、ヴァティカンの記者だまりに居づめで国際電話の受話器をにぎって待つかぎり、白煙なら選出、黒煙ならまだ、ということになって味もそっ気もない現象でしかない。それを、ローマ市民の群がるサン・ピエトロ広場に彼らに混じって立って見ると、

「なんだかあのやり方は、インディアンの狼火《のろし》を思い出させますねえ」

と独り言のひとつも言いたくなり、それを耳にした隣りの男が笑いながら同感の意を表し、これを機に彼のグループ、といってもローマの下町の職人たちだが、その人々と話もするようになる。こうして、法王に誰がなるかというキリスト教徒にとっての重大問題が、単にそれだけにとどまることではなく、イタリアの政情に影響を及ぼす事件でもあり、同時に、イタリアの政情と多少なりともつながりのあるヨーロッパ諸国、また、ヨーロッパに利害関係を持つ米ソの関心をも充分に魅《ひ》きうる問題でもあることが理解できるようになる。もちろん、ローマの庶民にとっては、新法王選出はお祭りだ。しかし、祭りと政治は、昔から密接に結びついてもいる。

そして、今回の法王選挙はとくに、イタリア人であるなしにかかわらず、カトリック教徒であるなしにもかかわらず、共産主義にどのように対する人物が新法王に選ばれるかに、人々の注目が集まった選挙（コンクラーベ）であったと言えよう。ヨハネス二十三世、パウルス六世と、共産主義をはじめとする諸現象に対し非常に〝開けた〟法王が二人続いた後であるだけに、それを歓迎した人も多かったかわりに、しなかった人もけっして少なくなかったからである。保守派の巻き返しが起るであろうとは、法王庁の空気に多少でも通じている人なら考えなかったはずはない。

新法王に選ばれたヨハネス・パウルス一世について書けという『諸君！』の依頼で、

目につくかぎりの新聞、雑誌を買い求めて読みはじめたが、どの記事も同じことしか書いていなくて、読み進むのが馬鹿々々《ばかばか》しくなってしまった。曰《いわ》く、貧しい生れ。故郷の司祭をはじめに司祭一筋の経歴。温厚な性格。キリスト者の羊飼いにふさわしい素朴な人柄。パウルス六世のように法王庁の中枢《ちゆうすう》にいたこともなく、またヨハネス二十三世のような法王庁の外交官の経験もなく、という具合に一致しているのである。

これら新法王の特色は、大衆の好感を得るのにはおおいに効果があったと思う。新法王ヨハネス・パウルス一世が、サン・ピエトロ大寺院のバルコニーから放った就任の第一声は、大衆の心をつかんでしまった。

「コンクラーベに入る前には、こういう具合に終るなどとは少しも考えていなかったものだから、投票が重なるにつれて〝危険〟な状態になりつつあるのを知った時、わたしはひどく動揺してしまったのです。その時、わたしの近くにいた同僚（枢機卿《すうきけい》）の一人が、――御安心なさい、神がお守りくださる――と耳元でささやいてくれたのではじめてほっとし、この大任を受ける気持になれたのでした」

これを、あののんびりとひびくヴェネト地方のアクセント丸出しで話されては、微笑をさそわれない者はいないであろう。なかなかの役者でもあるようだ。これは、同じヴェネト地方出身でもあったピオ十一世を、意識的にしろ無意識的にしろまねるつもりだなと思った。

ピオ十一世も、現法王と同じく田舎の司祭ばかりやってきたから、法王庁で夜を過ごした経験がない。法王に選ばれた日の夜、窓の下の敷石にひびく誰かの足音が耳について眠られなかったらしい。寝巻姿のまま法王は窓を開け、こう言った。

「おまえはそこで何をしているのかね」

声をかけられたスイス傭兵《ようへい》は直立不動になって答えた。

「法王猊下《げいか》、猊下の護衛をしておりますので」

「ああそう。それならやめて眠りにいったらどう。そうしたら二人とも眠れるから」

スイス人の兵士の夜勤は今でも続いている。ということは、いかに田舎のぽっと出でも、法王庁に入るとそこの空気に慣れてくるということでもある。

まして、異例のスピード選出で下馬評に名も出なかった人物が選出されたという一事だけでも、推理好きの好奇心を刺激しないではすまない。枢機卿たちが口をそろえて言うように、精霊の御告げがいきわたった、という説明に納得する者もいないであろう。精霊の御告げが一日でいきわたったり、一週間も二週間もいきわたらないこともある、なんていうのもおかしいではないか。こうなると、保守派の闘将フィレンツエの大司教ベネッリの策謀が見事に効を奏した、という推理のほうが説得力がある。素朴な田舎司祭で信者の好感を獲得し、彼にヨハネスとパウルスを二つ合わせたのを新法王名とさせ、外見的にはこれまでの路線を継承すると思わせながら、革新派の警戒心を解き、目立たないように変えていくのが、五十七歳という法王に選ばれるにしては若すぎるベネッリ枢機卿の深謀遠慮だというのである。ベネッリはまた、共産主義とカトリック教の共存共栄を信じていない。

寒い国からやって来た法王

（一九七八・十二）

ローマ、十月十七日、快晴。

たしかリチャード・バートン主演で映画化もされたと思う推理小説家ル・カレの出世作に、『寒い国から来たスパイ』というのがあった。スパイではないにしても、世界中に六億の信者を持つローマン・カトリック教会は、昨日、これらの信者の頂点に立つ法王、神の地上での代理人でもある法王に、鉄のカーテンの向う側に属する人物を選んだのである。ヴォイティラ枢機卿《すうきけい》、チェコスロヴァキアに近い南ポーランドのクラコヴィアの大司教、当年とって五十八歳の若さ。

ほとんどの人が予想もしていなかった人事であった。今朝のロンドン・タイムズは、こんな言葉をふくんだ記事を掲載した。

「経験豊かな枢機卿団による選挙というよりも、学生仲間でされるような選び方をした」

＊　＊　＊

昨夜、六時十九分、システィーナ礼拝堂の屋根の煙突から、白煙がもうもうと立ちのぼった。サン・ピエトロ広場に集まった十万を越す群衆から、期せずして大歓声がわき起こる。コンクラーベの二日目、八回目の投票で新法王が選出されたのである。選出成らない時は黒煙、成れば白煙、というのが決まりであることは、キリスト教徒ならば知らない人はいない。

新法王は、出席全枢機卿の三分の二の票を獲得してはじめて選出されるので、今回のように百十一人の枢機卿が投票する場合は、三分の二プラス一が必要票数となり、その七十五票を、誰かが獲得したということになる。誰に定《き》まったか、それは外部の者にはこの段階では全く不明。二人か三人の候補者がいる自民党の総裁公選よりも、よほど始末が悪い。競馬の予想と同じと思えばよい。そして今回のは、まさしく大穴であった。

しばらくして、枢機卿団最年長のフェリーチ枢機卿が、サン・ピエトロ大寺院の正面のバルコニーに姿を現わした。恒例のラテン語による発表である。テレビの画面を見ていた私には、前の法王選出を知らせた時のフェリーチ枢機卿は、満足を顔一面に現わしてニコニコしていたのが、今回は笑顔も見せず、ラテン語で読みあげる口調からも、なんとなく早く終りたい気分がありありと感じられた。新法王となった枢機卿の名が告げられた時、広場は静まりかえった。

「ポーランド人、またどういうわけで？」

と、自らに問いかけてでもいるかのように。

金と白の法王衣をまとったヴォイティラ前枢機卿が、法王としての最初の祝福を与えるために姿を現わした。典型的なスラブ系の顔つきだ。そばに控える式部官長が小声で、

「イタリア語で、イタリア語で」

と耳うちしたのが、マイクに入ってしまったのには苦笑させられる。新法王は、沈みこんだ群衆を安心させようとでもするかのように、イタリア語で話し始めた。まあ、話せるほうだ。とはいえ、法王庁の公用語はラテン語にしても、枢機卿になるほどの聖職者は皆ローマへ留学した経験を持つから、ほとんどがイタリア語を話すのである。しかも、法王はローマの大司教も兼ねるので、イタリア語を話せないと困るのだ。司教区は世界中どこでも、その地の出身者を大司教にするのが普通で、ローマっ子だけ、ポーランド人の司教様を持ったわけだから、彼らの示した当惑も理由がないことでは

ない。新法王は、ローマっ子に人気のあった前法王ヨハネス・パウルス一世と同じ名を使うと言ったことも、彼らの当惑を少しは減らすのに役立ったかもしれない。新法王はつづけて、

「あなたがたの言葉、いや、今やわたしの言葉でもあるイタリア語が間違ったら直してほしい」

などとも言ったから、人のいいローマの庶民は盛大に拍手をしたわけであった。

＊　＊　＊

田舎の司祭から身を起こし、ヴェネツィアの大司教まで出世したとはいえ、ヨハネス二十三世のような外交官歴もなく、かといってパウルス六世のような法王庁の中枢にいた経験もなかったルチアーニ枢機卿が、異例のスピード選出の結果法王に選ばれ、ヨハネス・パウルス一世と名のったものの、三十四日の在位の後、これまた異例のスピードで天国に行ってしまったのには誰もが驚いたにちがいない。井戸端会議では謀殺説まで話題にされたのは、いかに愉《たの》しい話題にこと欠かないイタリアでも御愛敬《ごあいきょう》であった。CIAによる謀殺だというのである。法王の死の前に、コンクラーベのためにローマに滞在していたロシア人と中国人の枢機卿が死んだことも、法王の急死とつ

なげて考えられ、だからCIAのしわざだ、というのであった。急死の原因は心臓の発作という公式発表は、法王が十三年前に一度発作を起こしていることから考えても、まずは納得できる死因であろう。しかも、ヨハネス・パウルス一世を殺しても、アメリカはなにひとつ得することがない。

現代のCIAは、ルネサンス時代のボルジアと似たような役をさせられているらしい。当時は、枢機卿や外国の要人が死ぬと、そのたびにボルジア家の〝毒薬〟のせいにされたものであった。輝かしいルネサンス文化を創《つく》り出した先祖とちがって、その十分の一の才能もエネルギーもない現代のイタリア人だが、他人のせいにする癖だけは受け継いだものとみえる。前首相モーロ暗殺でも何でも、自分たちの警察で解決できない事件となると、なんでもCIAの謀略のせいにするのが昨今の流行なのである。

この、CIAの謀殺かと噂《うわさ》がとぶほど、幸福の絶頂で眠るように死んでいったヨハネス・パウルス一世が選出された時、私は『諸君！』誌上に、彼の法王選出は保守派の巻き返しが成功したからだと書いたが、この法王のあまりにも短い在位は、枢機卿団の保守派にとっては、まったくの計算狂《けいさんちが》いであったようだ。つまり、今回のコンクラーベでは、前回に敗北した進歩派がそのままの戦線で勝負に打って出られたのに反し、保守派は、浮動票を獲得するのに適した前法王のような駒を再び選び出すことができなかったのだと思う。前回のコンクラーベの黒幕フィレンツェの大司教ベネッリは、前回の勝利者からわずか三十四日後には一転して最大の敗者に変じたのである。ルネサンス時代にも、同じような事件があった。父法王の死後に自派の枢機卿を法王に選出させることに成功したチェーザレ・ボルジアは、これで彼のイタリア統一という野望も順調にいくかと思われたのに、その法王ピオ三世がわずか二十三日の在位で死んでしまったため、戦線をたてなおす時間がなく、反対派の頭目に法王の位をさらわれるという事件であった。五百年前であろうと現代であろうと、人の運命はその人の能力とは関係なく決まる場合もあるという例である。

さて、新法王となったポーランド人ヨハネス・パウルス二世についてだが、これほどあらゆる方面から当惑でもって迎えられた法王もいないのではないかと思う。各国政府の公式声明やイタリアの大新聞の論調は、参考にするに足らない。これらは総じて外交辞令的な見解を発表するからで、ロンドン・タイムズのような率直な論評は珍しい例だろう。自分たちの司教様が〝寒い国〟から来た人だとあってびっくりしているローマ庶民の話はすでに述べたから、問題は次の二点にしぼれると思う。まず第一に外国人であること。そして第二には、共産圏に属す国の出身であること。

四百五十余年間もイタリア出身の法王ばかり続いた法王庁に、外国人が主となって入ってきたことは、人事をふくめて法王庁内のあらゆる面に影響を与えないでは済まないであろう。また、法王庁とは良きにつけ悪《あ》しきにつけ密接な関係を持ってきたイタリアの政治の方向にも、少なからぬ影響を及ぼすにちがいない。一例として、共産主義者と朝夕顔をつき合わせてきたポーランド人の法王となると、共産党の政権参加などもアレルギーを起こさないで簡単に考えられる問題になるかもしれない。

しかし、法王庁とイタリアの関係が薄くなるとすれば、それはそれで歓迎すべき面もあるのである。まずもって外国人ならば、あの複雑怪奇で裏の裏そのまた裏を行くイタリア式政治を理解できないにちがいなく、ために放っておいてちょっかいも出さないにちがいないから、イタリアの政治家ははじめて自立せざるをえなくなる。宗教に衣を借りた倫理道徳と政治を切り離すことに生涯を捧《ささ》げたマキアヴェッリが生きていたならば、大喜びしたであろうと思う。なにしろ、法王庁なんてスイスへ行っちゃえ、と書いた彼のことだから、

「建物と美術品だけローマに残してくれれば、法王庁はワルシャワへ持っていってくださってけっこうです」

ということまで言いだすかもしれない。ローマに居坐《いすわ》ってローマっ子に愛想をつか

されるよりも良いと思うのだが。

またもルネサンス時代に話がもどって恐縮だが、外国人法王として現法王の一代先輩にあたるハドリアヌス六世は、こんなふうにはじまり終ったのであった。

一五二二年のローマでは、前法王レオーネ十世の死を受けて、新法王選出のコンクラーベが開かれていた。枢機卿団の最大派閥であるイタリア人枢機卿は真二つに分裂し、憎っくき肉親を勝たせるくらいならいっそ他人に、というわけで、コンクラーベにも出席していなかったオランダのユトレヒトの大司教が選出されてしまったのである。これと似たような現象が今回も起こったと私は確信するが、イタリア人の団結心の薄さは今にはじまったことではない。

さて、法王となったハドリアヌス六世だが、教理に明るく、哲学者でもあると同時に行政官としても優れているとの評判で法王に推されたのだが、(この点でも今回のポーランド人法王と似ている)なんとしてもローマっ子の心情に合わない。厳正でありすぎたのかもしれない。幸いにして(ローマの庶民にとっては)この法王は一年とすこし在位しただけで死んだ。その翌日、法王の主治医の家の扉に、こんな文句を書いた紙が張りつけてあった。

「われらの解放者へ、ローマ市民の心からの感謝をこめて」

それ以後外国人の法王は鬼門ということになって、四百五十年が過ぎたのである。

＊　　＊　　＊

さて、共産主義国の人間が法王になったという第二の問題についてだが、これについてはすでに、イギリスの各紙が警鐘を鳴らしている。共産主義に関してならば、私は、アメリカ人よりもイギリス人の言うことを信ずることにしている。なぜならば、アメリカ人は、共産主義の弾圧下で信仰の灯を守り続けてきたポーランドのカトリック教徒と思っただけで感激し、ポーランド人の法王出現はその彼らへのなによりの贈物とでも思う危険があるが、一方イギリス人は、その種のことに心を動かされて情勢判断を誤ることのない民族だからである。

新法王が、共産国家に対してどのような態度に出るかの予測は、現段階では不可能だ。ただし、二つのことだけははっきりしている。第一は、彼とてもポーランドに肉親もいようし、親しい人も多いであろうということであり、第二は、あれほど苦労して信仰の灯を守り続けてきたのだからなおのこと、ポーランドのカトリック教徒たちを忘れて行動することは、絶対に彼にはできないであろうということである。イタリア人であったパウルス六世でさえ、ハンガリー在住の信者の信仰の自由を獲得するために、ハンガリー当局と妥協せざるをえなかったのだ。ポーランド人であるヨハネス・パウルス二世に対して、イギリス人のように考えよ、などと言っても無理な注文だろう。

要するに、ロンドン・タイムズの評したように、学生仲間でリーダーを選ぶのと同じ程度の浅薄さで法王を選んでしまったがために、もしもポーランド政府が、そしてソヴィエト政府が決意するならば、新法王の肉親だけでなくポーランドのカトリック教徒全員が人質にされる可能性をもつことになったわけだ。私は、イギリスのある論調のように、スパイとなるか、などという露骨な論評はしたくない。しかし、近代に入ってはじめて法王庁は、脅迫されうる人物を法王にしてしまったことだけは確かである。

＊　＊　＊

とはいえ、自由主義諸国だけが今回の新法王に当惑しているわけではないところがまた面白い。公式発表はどうあろうと、ソヴィエト政府も疑惑の眼でポーランド人の法王の今後を見守るにちがいないと私は思う。なぜなら、ポーランドは、ソ連の衛星諸国のうちでもハンガリーと並んでなにかと問題の多い国である。そして、現体制に反抗する人々にとっての精神的支柱が、工場労働者のストであっても、常にポーランドのカトリック教会であったのだ。それが今、法王を出したのである。ポーランドのカトリック信者たちは狂喜しているだろう。自分たちの信仰の強さの証《あか》しを見た思いで、誇りにあふれているにちがいない。宗教を捨てよと強制されたのに守り続けた自分たちの生き方の正しさを、世界中の人々が認めてくれたと涙しているかもしれない。これがポーランドにとどまらず、他の東欧諸国に伝染病のように広まったらどうなるか。

ただでさえソ連のくびきを脱したいと思っている人が少なくない東欧諸国である。ソ連の国内にもカトリック教徒はいるのだ。彼らがいっせいに、信仰の自由を求めることからはじめて、他の自由も要求しだしたらどうなるであろう。

現法王は、共産主義者によって投獄されながらも信仰を守り通し、ポーランド全土のカトリック教徒にとっては神のような存在となったヴィシンスキー枢機卿の右腕といわれてきた人でもある。そして、ヴィシンスキーの身代わりと思ってもよいこの人物が、今やローマ、即《すなわ》ち西欧にいるのである。鉄のカーテンの反対側にいるのだ。このローマにポーランド人の眼が向くということは、ローマだけでなく西欧全体に眼が向くことを意味する。

私が現法王ヨハネス・パウルス二世だったら、ＣＩＡの暗殺を怖《おそ》れる以上に、ソ連の秘密警察の魔の手が及ばないように警戒するだろう。

日本人の多くはキリスト教徒ではない。だから、キリスト教徒の頭目に誰がなろうと知ったことか、と思っている人も多いにちがいない。だが残念なことに、ローマ法王はそれだけの存在でないのである。とくに今回の新法王選出は、それをもっと複雑にしてしまったのだ。だから、

社会主義国から最初の法王出る！　とか、

法王庁に新風来たる！　とか、単純に喜んでばかりもいられないのである。

ウォッカと猫と省エネ

（一九八〇・十）

あののんき者のイタリア人も、さすがにこの頃では、省エネルギー対策をまじめに考える気になったようである。暖房を、日に十二時間と法律で決めてしまったのだ。石油ショックの直後でも、温度は少し下げたが、二十四時間暖房は変えなかったのだから、イタリア人にしてみれば、大変な決断ということなのだろう。おかげで今年の冬は、西欧人には昔なつかしい羽ぶとんが、とぶように売れたという。

なにしろ、夜の十時となると暖房が止められるのだから、部屋の中の温度は、十時を境にして下り坂になる。ここで、寝床にもぐりこめば問題はないのだが、それでは大切な夜の時間が短縮されたようで、釈然としない。もともと夕食の葡萄酒《ぶどうしゅ》が入っているうえに、今や寒さしのぎという大義名分もあって、客などある時はなおさら、もう少し強い酒をということになる。わが家では、夏用のウォッカが、これは冷凍庫に入れて冷やすのだが、それが冬でも大モテという結果になってしまった。しかし、いかに冷たいウォッカをすすり、羽ぶとんにくるまって寝ても、寒いのが嫌いなために、北ヨーロッパでなく地中海文明を一生のテーマにしたほどの私だから、省エネなど悪魔に喰われてしまえ、なんて気になるのも仕方がない。

そんな気分になっていたある時、ふと、数年前に石炭坑夫の長期ストが続いていた頃、『ロンドン・タイムズ』に、寒さを乗りきるための十箇条というのが載っていたことを思いだした。いかにもイギリス人らしく、自らの苦境をユーモラスにかわしたものだったが、その中に、猫と寝るべし、という一箇条があったのである。私が、早速それを実行に移したのはいうまでもない。

われわれシロウトのできる省エネは、せいぜいがところ、ウォッカをなめるか猫と寝るぐらいしかないのだ。ほんとうにまじめな対策は、やはりその道のプロにまかせるしかないと痛感している。

非統治国家回避への道

（一九八〇・一）

大学に在学していた頃、久野収《くのおさむ》教授のイギリス哲学のゼミに参加したことがある。久野先生はとてもさばけた方で、九十分続く授業の中ほどに、休憩ということでわれわれ数人の学生たちと雑談なさるのが常だった。

哲学のほうはすっかり忘れてしまったが、雑談で話題にのぼったことは今でもよく覚えている。その中でもとくに、次の言葉は私の頭に残った。久野先生は、こう言われたのだ。

「ボクは、社会党が気に入っているわけではないんだけど、社会党に投票してきたんだ。これからも、そうし続けると思う。

なぜかって？　それは、日本にも民主主義が定着してほしいと願うからですよ。

民主主義の大前提は、主権在民だ。主権在民とは、国民が選択の権利を持つということだ。ところが日本の現状ではそれがない。一日も早く社会党が政権を担当するにふさわしい力をそなえてくれないと、われわれは選択の権利をいつまでも持てないということになる。だから、ボクは社会党に投票するんだ。あの党を育てるつもりでね」

私は、それを聴いた時、まったく久野先生の言われるとおりだと思った。それから数年してイタリアへ来てしまったので、日本で投票する機会は、二度しかなかったが、そのたびに社会党に票を投じた。もちろん、いつかわれわれにも、真の主権在民の権利を発揮できる時期が訪れると信じながら。

しかし、その後、私の考えは変った。今の私は、良識に基づいて判断し、善意に満ちて社会党に投票しつづければ、いつかはわれわれにも主権在民の権利を正当に発揮できる機会が訪れるとは、まったく信じていない。

二十年が過ぎているのである。その間、久野先生と同じ考えで投票した人は、他にも多勢いたはずである。それなのに、結果はどうであろう。日本社会党は、政権を担当できる党に成長したであろうか。答えは、日本人に聞けば誰からも同じ答えが返ってくると思うが、否《いな》である。

では、なぜ社会党は、また革新を標榜《ひょうぼう》する各政党は、良識と善意に満ちた人々の期待をにないながらも、この二十年間、それに答えられる政党に成長できなかったのであろう。私にはそれが、良識や善意とは無関係なところで働く、一種のメカニズムによっているとしか思えない。

＊　＊　＊

日本の総選挙の結果をイタリアで知り、一年ぶりに帰国した私を唖然《あぜん》とさせたのは、自民党内の争いではなく、野党の指導者たちの楽観的な言動であった。

自民党の醜い内紛は、長年権力の座に居つづけた者は必ず堕落し、それによって自滅の道をたどるという、もはや言い古された真理を示す一例にすぎないから、憤慨する気にもならない。自民党の堕落は、彼らの責任ではなく、われわれ有権者と野党の責任である。交代可能な政党を育てる必要性の認識と、それを進める努力を怠っておきながら、政権担当者にふさわしい責任を感ぜよ、などと要求するのは、人間の本性にまったく無知な人々がしばしば犯す、ないものねだりでしかない。

だから、私を驚かせたのは、こんなことではなく、野党から労組までがデモンストレーションに熱心な、共産党離れという旗印であった。しかも、共産党離れと唱和すれば、それだけで厄払いができたと信じ、日本共産党などもはや問題にするにたりない存在であるかのような錯覚におちいっているのは、なにも野党や労組の指導者だけに限らない。マスコミも一般の人々も、まったく同じ楽観主義にひたりきっているように見える。その証拠に、一年前に比べて、共産党に関する論文や記事が驚くほど少ない。この現象は、私に、一九六〇年代前半のイタリアを思い出させた。

あの頃、イタリアでは、長年政権を担当してきたキリスト教民主党が、当然の帰結である自壊作用によって過半数を割り、民主社会党に共和党を加えても統治能力を発揮できない状態におちいった末、社会党も加えての中道左派の連立政権に交代していた。これで国会で過半数を制せるし、得票数からも国民のより大きな部分の支持を受けているわけだし、なによりも共産党を孤立させることによって、社会党の共産党離れもはじめて現実化できると、イタリアの政界や言論界は、こぞってこの政権の誕生を祝ったものである。経済界も好意的に迎えたし、当時のアメリカ大統領ケネディまで、イタリアの民主主義諸政党の共産党離れと歓迎したのであった。

それがどうだろう。結果は、もはやここであらためて説明するまでもないほど、周知の事実になっている。現在のイタリアの非統治国家ぶりは、共産党離れがいかにむずかしいかを如実《にょじつ》に示しているだけだ。

*　*　*

私は、地中海世界の歴史とイタリアの現状については少しは自信があるが、政治学となると、大学の教養課程でさえも学んだことのない、まったくの門外漢にすぎない。それで、私自身が理解できるためにも、専門家から見れば笑われそうな段階から話を進めていくが、アマチュアと思って我慢していただきたい。

まず、民主主義政体をとる国の場合、主権は国民が持つべきである、ということはわかる。また、主権在民とは、国民に選択の権利がなければ成り立たない、というのも理解できる。そして、二大政党制でなければ、政局の安定を保ちつつ、かつ交代の可能性をもふくんだ政体とは言えない、ということもまたわかる。

要するに、民主主義政体とは、二大政党制の国にしか存在しえないという、中学校の社会科の授業以来聴き飽きた結論に到達してしまう。それで、二大政党制の国はどこかと考える。まずは、アメリカ合衆国、イギリス、西ドイツと浮かんでくる。他にもあるかもしらないが、シロウトにはこれぐらいしか頭に浮かんでこない。

ただし、これらの国に共通しているのは、なにも二大政党制であるということだけではない。共産党が存在しない、という点でも共通している。あっても、国会内で議席を占めるだけの勢力ではない。これは、政治的には存在しないということと同じことである。

つまり、共産党が存在しない国だけに、民主主義政体が成立しうるということになる。となると、日本もふくめて共産党の存在する国には、民主主義政体は存在しえないのだ。なぜなら、共産党を国内に持つことによって、他の左翼政党が育たないので、そのために政権の交代が不可能になるからである。このような国々にとっては、民主主義の健全な発展などということは、論議することからして無駄であろう。ないところに、健全も不健全もあったものではない。

それでは、共産党の存在する国には、なぜ健全な左翼政党が育たないのであろうか。ここでは、民主主義政体の話をしているのだから当然とはいえ、西欧諸国と日本に話をしぼるが、それらの国々の左翼政党の状態は、おおよそ次の三つに分類できる。

第一に、社会党が強く共産党が弱い国の場合——スペインが好《よ》い例だ。あの国では社会党が野党第一党であるのに、西欧の共産党では最もモスクワ離れしているということになっている共産党が存在することで、社会党は、これまた非常に西欧的な社会党でありながら政権がとれないでいる。

第二はフランスの例で、社会党も強いが共産党もなかなかに強いという場合である。この場合もどちらか一党だけでは、政権を担当することなど夢物語である。それで共闘の話が出てくるのだが、多くの分野で同意が成り立たないので、政権を担当できるほどの足並のそろった共闘は、ここでも実にむずかしくなる。

第三のケースは、イタリアだ。イタリアでは、共産党のほうが断然強く、社会党は一〇パーセントにも満たない力しか持っていない。しかも、イタリア共産党は、ユーロ・コミュニズムを主唱したりして、政権を担当するに不都合なことは少しもない、健全な左翼政党ぶりを示すのにことのほか熱心なのである。モスクワ離れも、ムッソリーニが政権を獲得した一九二二年の翌年、われわれコミュニストはファシストたちに、暴力だけでなく理論上でも負けたのだ、と自己批判したグラムシからはじまっているのだから歴史は古い。この、優秀な人材に恵まれ、組織力でも優れているイタリア共産党にも欠点がひとつある。私は、いつか、こんなことを書いたことがあった。

「イタリアには、健全で分別もある、強力な社会主義政党は存在するのです。ただ、イタリアにとっての不幸は、その政党が、共産党と名乗っていることなのです」

共産党と名乗っているから、一党だけで政権をとれるだけの票を獲得できないのだ。と言って、社会党と共闘しても、過半数は制せない。それで、キリスト教民主党と組んで政権をとろうと、歴史的妥協などと名づけた路線を提唱したが、こちらのほうはそれこそ、残る他の党に交代の可能性を与えないものであるところから非民主的とされ、キリスト教民主党が嫌って実現しないでいる。政権交代の可能性がまったく閉ざされている点では、イタリアも、他のユーロ・コミュニズムをかかえる国と、まったく同じなのである。

要するに、共産党の存在する国では、左翼の勝つ可能性は、かぎりなく少なくなる。地方自治体選挙では勝っても、国政では勝てないのだ。共産党の存在する国の有権者は、左翼政党には地方政治はまかせても、国政をまかせようとはしないのである。このような国では、総選挙をくり返すことからして、時間と費用の無駄である。各党の得票数は、その時々で多少の高低はある。だが、根本的な変化は、つまり政権交代は、共産党が政治勢力として存在するかぎり起りえない。

＊　＊　＊

ここで、善意にあふれる日本の左翼は、次のように反論してくるだろう。われわれは、だから、共産党と一線を画した野党連合を考えているのだ、と。

私は、この人々の善意は疑わない。ただ、政治のメカニズムは、善意によっては動かないと思うだけである。彼らは、二つの点で、読みを誤っている。第一は、連立することによって、勢力は一プラス一は二でなく、三か四まで伸ばせると信じていることであり、第二は、共産党を孤立させることによって、また、連立の実績を示すことによって、共産党の力をなしくずしに減らしていけると信じていることである。
答えは、イタリアが、この十五年間で示してくれている。連立を組んだ各党は、軒並に信用を落とし得票数を減らしたのに、共産党だけが勢力を伸ばした。一プラス一は三になるどころか、一になってしまったのだ。ここに連立という、一見理想的に見える形体の落とし穴がある。

十八年前にイタリアで中道左派連立政権が誕生したのは、キリスト教民主党が左寄りになり、社会党が右に寄って、言わば民社の線で連立しようという話し合いが成り立ったからであった。ところが、政府をつくってみると、社会党は、野党になった共産党から、右寄りとか反動化とかの批判の猛攻を受けてたちまち自信を失い、共産党だけに革新の旗印を奪われるのを怖《おそ》れて、連立前よりもずっと左寄りの政策を打ちだしてきたのである。これでは、いかに左寄りを覚悟したキリスト教民主党も、同意するわけにはいかない。また、中道を標榜する民主社会党も反対してきたので、一貫した政策など立てられるわけはなかった。連立政権は、こうして、それまでの経済ブームで貯《たくわ》えたものを完全に費《つか》い果しただけでなく、借金までしょいこんでしまったのである。完全な破綻《はたん》であった。これに責任のない唯一《ゆいいつ》の政党である共産党の票が伸びなかったとしたら、そのほうがおかしなくらいだ。

このメカニズムは、決して、連立政権のケースにだけあてはまるものではない。野党間の連立の場合でも、共産党がその横に存在するかぎり、残念ながら当事者たちの善意に反した結果にしかならないはずである。

連立して政権をとる場合の落とし穴は、政策上の不一致からくる非統治化だけではない。もっと次元の低い問題、例えばポストの配分をめぐっても弊害が生ずる。

三十年来与党であり続けたイタリアのキリスト教民主党は、日本の自民党のような優秀な官僚階級の後ろだてがないためもあって、自壊作用がより急速に進行した結果、国政だけでなく地方自治体でも、一党で政権をにぎる例がひとつもなくなってしまった。一方、共産党は、地方自治体の小規模なところでは、自分の党だけで市政を行う例が多い。共産党一党だけで市政を担当するのだから、市政の成功はそのまま、共産党の得点になる。

それが、ローマやフィレンツェほども大きな都市になると、共産党は第一党でも、それだけで過半数を制することができないので、社会党や、ところによっては民社やキリスト教民主党とも連立せざるをえない。ゆえに、市政であげる業績は、そのまま共産党の業績につながらないことになる。

こうなると、人情というもので、市政面での業績をあげることよりも市内での自党の勢力を伸ばそうと考えてくるから、ポストの配分が、彼らにとっては最も重要な問題になってくる。当然、連立仲間の他の党も同じように考えるから、単独政権ではひとつで済むポストが、必要もないのに、やたらにつくりだされることになる。また、大きな党は、小さな党と同じ数のポストでは満足しない。あそこがひとつなら、得票数三倍のオレのところには三つよこせ、という結果になる。仕事の効率から考えても、財政から見ても、破綻しなければ不思議だ。

そのうえ、人材登用という面からしても、良いことは少しもない。自党の勢力を伸ばすことしか考えないのだから、能力ある者ならば政治色など問わない、などという鷹揚《おうよう》な態度は許されなくなるからである。どの党が加わろうと連立政権であるところは、能力よりも、党への忠誠度が決め手になっている。

これは、ポストの増大に伴なう財政破綻とは別の意味で、大変に非経済的な結果を生む。亡国の歴史が美しい悲劇であるのは、国民全体が堕落して衰亡していくからではない。バカだけならば、悲劇にはならない。人材は、衰退期にも輩出するのである。ただ、国が衰退してくると、その人材を活用するメカニズムが狂ってくるのだ。亡国の悲劇は、そのようにして活用されずに死んでいった、能力ある人々の悲劇である。

フィレンツェの市立病院のように、病気の数をやたらに増やすわけにもいかないところからポストの増大が望めないところでは、内科と外科の部長は共産党がとり、産婦人科は社会党にというような現象が生じてくる。ここまでくれば、もはや亡国の前兆と言うしかない。

＊　＊　＊

先進諸国内の民主主義政体の統治能力が問われるようになってから久しい。それなのに、人々はあいかわらず、統治能力の回復は、政権担当者が姿勢をただすこととか、責任を感じた野党が連合でもしてとか、つまり、人間の良識に訴えれば解決できるものと思いこんでいる。そのような善意あふれる期待だけでは、問題の根本的な解決にはまったく役に立たない現実を知ろうともしない。人間とは、しばしば、当初の意図とは反対の行動に走るものである。この人間の本性を冷静に見きわめさえすれば、彼らの良識に訴える前に、彼らが良識的に行動せざるをえないような情況づくりをすることこそ先決問題である、ということも納得できるはずである。

＊　＊　＊

今の私は、中世の海洋国家ヴェネツィア共和国の歴史を書いている。この、イデオロギーからはまったく自由であった経済人の国は、それだけに、人間の本性への洞察にかけても実に優れた人々が国政を担当していた。

政府役員の任期は長くても一年で、しかも、それと同じ期間の休職期間を経なければ再選は許されなかった。権力を持つ者が出るのは、どんな政体を採用しても同じである。この現実の前には、せめて権力者を長く権力の座に着けておかないという手しかないと、彼らは考えていたのであろう。

議会や委員会の出席は、そのような機会を得られた者の義務とされていた。よほどの理由がないと、欠席は許されなかったのである。しかも、納得しうる理由を示せなかった欠席者には、莫大《ばくだい》な額の、今日の価値だと一千万円にもおよぶ罰金が科せられた。議員たちの良識に訴えることなどせず、さっさと罰金を科したこの人々が、私は大好きである。出席率の良かったことは、言うまでもない。今から五百年も昔の話ではあるけれど。

（一九八九・一）

求む、主治医先生

自らの死を悲劇にしないために、と言われても、私の場合はこれからの二十年以内に死に見舞われれば、完全な悲劇になる。悲劇はちょっとおおげさにしても、愉《たの》しいことではまったくない。

なぜというと、これからはじめようとしている仕事が二十年はつづきそうだからです。途中で挫折《ざせつ》したって他人にはいっこうにかまわないことかもしれないが、私自身はやりとげて死にたいのだ。それで、自らの死を悲劇にしないということならば、私自身にかぎって言えば、向う二十年間の生の保証ということになる。その後ならば、安らかに死ねそうな気がしないでもない。

前回の帰国の折り、というから六ヵ月前の話だが、ある医学者と知りあった。その人は、私の顔を見るなり言ったのだ。

「あなたには、主治医が必要だ」

イタリアに長く住んでいる弊害もよいところだが、私は最初、これを口説きと受けとったのである。彼の地の医者たちが常用する口説き文句がこれで、手相を見てあげます、なんていうのよりは、よほど高級なたぐいということになっている。

だが、次の一瞬、いかにうぬぼれの強い私でも正気にもどった。ここは日本で、日本では医者でも日本的にまじめなのだということを思い出したからである。ところが、正気にもどったのはよいが、その代わりに不安になってしまった。主治医が必要という顔をしているのかしらん、と。それで、会う人ごとに聞きまわったものだ。

「私、主治医が必要って顔してる?」

聞かれた人は困ったと思うが、あまり困らなかったらしい一人が、きみだってトシですからねと言ったので、私もまじめに考える気になったのである。つまり、主治医求む、というわけだ。

しかし、医者探しなんて至極簡単ではないかと言われそうだが、それがちっとも簡単ではない。というのは、私の環境が特異であるのと、私の出す条件がこれまたひどく特異だからである。

まず、最大最強の条件は、私の書く作品の絶対の愛読者ということになる。

なぜなら、これからの二十年間、比較的にしても私が健康を享受《きょうじゅ》するうえでの唯一《ゆいいつ》の助っ人が主治医である以上、その間に私が大病にかかったり死んだりして不可能になるのは著作活動なのだから、それを残念と思ってくれる人であってはじめて、私の健康に人並み以上の関心を期待できるからである。なんのことはない、利害の一致というわけなのだが、この種の利害一致となれば愛読者に求めるしかない。

それで、医者でも絶対の愛読者でなければとうてい耐えられないであろうと思う私なりの特異な環境とそれから生れる特異な条件だが、なにせ私は年に二、三回の帰国以外はイタリアに住んでいる。だから、診断は、しばしば国際電話によるしかないということだ。ただ、これまでの入院経験は扁桃腺《へんとうせん》と盲腸の手術と出産以外になく、通院の経験もスキーによるねんざだけで、今に至るまで一週間と病床に伏したことなしというまあまあの健康体だから、国際電話での〝迷惑〟はさほどのことはないのではないかと思っている。ただし、雨の降る前日あたりに節々が痛んで松葉杖《まつばづえ》を家の中で使ったりするときもあるが、これも雨の降る前日には必ず起る現象というわけではない。どうやら、非科学的な私の判断では、原稿書きがうまく進んでいないときと雨が重なると起きる現象のように思う。しかし、このまあまあの健康体もいつまでもつづくという保証はないし、それどころか、これからは年を重ねるにつれてガタついてくると思うほうが現実的だろう。

恥のかきついでに告白してしまえば、これまでのまあまあの健康体のせいもあって、私は自分の身体《からだ》の状態にまったく無知である。

血圧はずいぶん昔に計ったおぼえはあるが、九十という数字はおぼえていても、それが上か下かは忘れてしまった。血糖値なんて計ったこともない。心臓がどういう状態かも知らない。なにしろ、検査にはどういう種類があるのかも知らないのである。体重は女なのだから関心があってよく計るが、二十五年間まったく変らなかったのがここ一、二年の間に二キロも増えて、この二キロの減量のためにダイエットするかどうか、目下考慮中というところ。健康によいということになっている運動に至っては、まったくしていない。昔は、アイス・スケート以外のスポーツはいちおうこなしていたのだが、今はなわとびさえ継続できないでいるのだから、意志薄弱もよいところである。

検査であろうと診断をあおぐ場合であろうと医者に近づかないできたのは、待合室というものに耐えられないからである。待つということよりも、「ハイ、次」という感じの待遇に耐えられないと言ったほうが正確かもしれない。なんのことはなく、特別あつかいしてほしい想《おも》いからなのだが、これも幼児体験のせいかとこの頃では思いはじめている。

「舌出してごらん」なんて言われているうちに、学校の成績まで全部報告してしまうというのが、私の子供の頃のわが家の主治医との関係だった。はじめての恋も、両親が知る前に、「お医者の先生」のほうが知っていたのである。子供の頃はともかく、現在でも同じ感じになれればと思うのは、絶対の愛読者でもなければ期待できないことだろう。

私が、人並みはずれた告白好きなのではない。私の精神状態は、なぜか私の肉体の状態に、実に正確に反映してしまうのだからしかたがない。だから、たとえ医の部門にかぎるにしてもこういうことに耐えられるのは、私の精神状態から生れる私の作品を、こよなく愛してくれる人でないと無理だと思うのだ。

特異な条件の第二は、残念ながら今のところは、東京在住のお医者にかぎらざるをえない、ということである。

私には大阪に、心から敬愛するお医者がいる。その人は、私を学用患者ということにしてくれたりして、日本に保険をもたない私には大変にありがたい存在なのだが、なにせ大阪では、東京生れということからも仕事の関係からも、日本帰国中のほとんどを東京で過ごすことになる私には、どうにも具合が悪いのである。

東京在住というこの条件は、医者ならば地方在住のお医者のほうに読者が多いらしい私には、確率からしても大変に不利と思うが、日本に永久帰国でもしないかぎり、やむをえない条件になってしまう。いつの日か日本に住みつくことになったら、まず主治医を見つけて、その人の近くに家を探すことになってもよいと思っているが、その日はまだ遠いのである。

条件の最後は、有名高名なお医者でない人、ということにしたい。高名な医学者であったりすると、国際会議などでまず日本にいることが少なく、私の帰国とすれちがいに海外に行ったりして、帰国したらただちに〝迷惑〟をかけたり、向うにいれば電話で〝迷惑〟をかけたりしそうな私にとっては具合が悪い。昔ふうのお医者に加え、「ハイ、次」でない式の人が望ましいのだ。

こういう、良く言えば特異、悪く評すれば迷惑な患者からは、主治医はどれほどの報酬を期待できるのかという当然の疑問だが、答えはゼロというのだからまた迷惑な話である。

なにしろ私は貧乏なもの書きで、しかも今の貧乏を改善する努力もしたくないとさえ思っているのだ。強いて私の主治医になる利益を探すとしても、私とおしゃべりすることとか、私に作品を献呈されることぐらいしかない。だからこそ、くり返して、絶対の愛読者でないと耐えられない難行だと言っているのである。

今の私は、人生の上でも仕事上でも、折り返し点にきたと思っている。そして、これからの人生を、次のレオナルド・ダ・ヴィンチの言葉をはげみにして、進んで行きたいと願っている。

——うまく使えた一日の終わりに快よい眠りが訪れるのに似て、うまく使えた人生の後には穏やかな死が訪れる——

これからの人生を、何に使うかもわかっている。その目標に向けて進む気力も、今ならばある。しかし、気力というものが体力に基づいていることに無関心でいられなくなったのも現実だ。私にとっての主治医は、だから、編集者とはちがう意味ながら、私の作品の共同制作者ということならば同じなのである。

誰か、この意味での共同制作者になってもよいと思われる、お医者様はいないでしょうか？

問わず語り

女には、掃除型と料理型の二種類があるそうである。

私は、まず掃除型ではない。掃除するくらいならば悪魔に魂を売ったほうがまし、と思っているくらいで、それを代行してくれる人を傭《やと》う費用は、仕事に必要な書籍を買うのと同じあつかい、つまり、必要経費と考え、ケチれば仕事の質に影響するとさえ思いこんでいる。

といって、料理型とも言えない。それは多分、私が他の日本の同性たちとはちがって、聡明《そうめい》な女では少しもないからであろう。イタリア駐在の大使や領事たちと会うたびに、他のことでは彼らをうらやましいとは思わないが、この人たちの立場ともなるとコックを傭えるということだけは、うらやましいと思う。在外公館に働きにくる料理人には、「吉兆」の若手の板前が多いとか聴くと、テロリストの襲撃の危険と引きかえでも、おつりがくるのではないかと思うほどだ。

（一九八二・六）

こう書いてくると、私という女は、女としてはなんとも扱いようのない存在に思えるが、少々弁解させてもらうと、それは私が怠け者だからだけではなく、一芸に秀《ひい》でた人を尊重する気質からもきているのである。私自身は、西洋の歴史物語を書いては他人に負けない、とは思っているが、その気持ちを延長すると、料理はその道のプロにまかせる、というのが論理的結論になってしまうから仕方がない。

しかも、ディスコ通いもナイト・クラブ遊びもやりつくしてしまって、少しも面白いとは思わない今の私にとっては、美味《うま》い食事をともにしながら魅力ある人と話すのが、無上の快になっている。四十を過ぎたらバッコスの神に時間をさくのも良し、と言ったプラトンに、忠実すぎる気もしないではないけれど。

ギリシアを旅するのは好きだが、それも一カ月にもおよぶと、胃袋のほうがまず、悲鳴をあげてくる。羊の肉の串《くし》焼《や》きと、羊の乳から作ったチーズの大切れがでんとのっている野菜サラダと、魚の身をすりつぶしたものを土台にしたペーストと、料理と呼べるものはこれしかないからである。いずれも不味《まず》くはないから、はじめのうちはけっこう満足する。だが、連日これだけを食べさせられていると、いくらなんでも嫌になってきて、

「ギリシア料理は、ホメロスの時代から少しも発展していないではありませんか」

などと、八つ当りもするようになってくる。実際、豊富な魚も、料理法をまったく知らない。せめて焼き具合の研究ぐらいすればよいのにと思うが、それもしないから、せっかくの新鮮な魚も活《い》きないのだ。前記の三品の他にまずは食べられるのは、カスタード・プリンとビスケットぐらいである。これには、イギリス統治時代の匂《にお》いがする。

私は、断じて、現代のギリシア人とプラトン時代のギリシア人を同一視しないが、それは、料理のこの断絶ぶりからきているのである。ギリシア・コーヒーと言って出されたにかかわらず、まぎれもないトルコ・コーヒーをすすりながら、

「ポリス以来の民主主義の伝統は、われわれの中に今でも血となって流れているのです」

と力説するギリシア社会党の若い幹部に、私は、無言で応じることで、ようやく客としての礼を果すことができたのであった。

＊　＊　＊

南イタリア、とくに長靴のかかとにあたるプーリア地方を旅していると、朝市に出

ているいちじくの実の見事さは、思わず声をあげるほどである。子供のこぶし大の大きさで、割ると中は、うす赤い甘味のあっさりした味で、ローマあたりで生ハムとともに供されるこってりした味のいちじくと、同じものとはどうしても思えない。一キロ全部食べたとて平気で、白い乳のしたたり落ちるのを注意しながら、この陽光がいっぱいに詰まったような果実こそ地中海世界そのものだと、いつもながら痛感するのである。そして、このいちじくが、古代地中海世界の行方を決したのだ、とも。

さすがのハンニバルも、ザマの戦いでスキピオに敗れて、カルタゴに対するローマの優位を、多くの人が疑いも持たなくなっていた頃の話である。ある朝、ローマの元老院にあらわれたカトーの手に、一つのいちじくの実がにぎられていた。その実のみずみずしさに驚嘆した元老院議員たちに、カトーは、こう言ったのである。

「諸君、このいちじくは今朝、アフリカから船でとどいたものだ。つまり、この果実がこの新鮮さを保ってとどけられる距離に、われわれの宿敵は、今なお健在であるということである」

カルタゴが徹底的にたたかれ、それ以後の地中海世界の覇権がローマに移ったのは、高校生でも知っている史実である。「パクス・ロマーナ」が確立するまでには、まだまだ時を要するにしても、完全な平和は、勢力均衡状態からではなく、どちらか一方が絶対的な優位を確立した状況下にしか生れない、という真実を示してはいないであろうか。

もちろん、アメリカ、ソ連ともに、そのうちの一方が絶対の優位を確立することなど不可能な現代では、完全な平和など夢物語にすぎないのだが。

＊　＊　＊

木村尚三郎先生を、私は大好きである。もともと先生の書かれたものを読んでいて好きではあったが、ある時から、それに、大がつくようになった。

雑誌の主催する座談会というものは、普通、夕食をともにしながらということになっている。高級料亭の座敷つき女中とは、料理を持ってくるだけでなく、そのたびに、

「どうぞ、さめないうちにお早く召しあがってください」

とか

「冷たいうちに、どうぞ」

とか、なかなかうるさいのだ。料理には適温で食べるということも、それを賞味するうえで大切な条件だから、そう推《すす》めるほうが正しいのである。だが、私のような座談会の新米ともなると、あらかじめ用意したメモなど持参して、なんとか熟練の士に

負けないようなことを話さねばならぬ、などと、できもしないことを意気ごんだりしているから、女中に耳もとでささやかれるたびに、話の腰を折られたような気分になってしまうのだ。それで、料理の味もわからず、かといってロクな話もせず、という、はなはだ無粋な結果に終ることになる。

ところが、木村先生は、まったく反対である。料理が運ばれてくると、まずはゆっくりとそれを賞味することに専念する。そして、その一皿を食べられた後に、御酒で口を洗い、その後でおもむろに、座談会の話に入っていかれるのである。もちろん、話は、気がきいているだけでなく、ちゃんと的をついている。そしてまた、次の料理が運ばれてくると、それを味わうのに専念し、という具合に進んでいく。話が中断し、速記者がとまどうなどという事態を、心配はされないのだろう。なぜならば、必ず一人は、女中の推めなど無視して話をする無粋で新米の私のような者か、無粋だけの人か、新米だけの人がいるものだからである。

しかも、印刷の終ったその記事を読んでも、誰一人、木村先生のこの優雅なるやり方を見抜ける者はいないであろう。いやそれどころか、賞味中の沈黙は、絶妙な間にさえなっており、発言も、料理と料理の間とて時間が限られているから、だらだらと間のびすることもなく要を得ている。

私も、早速まねることに決めた。だが、実際にまねてみると、なかなかうまくいかないのである。やはり、コツがあるのだろうか。それとも、人間の修養が足りないのかなどと考えているが、いまだに鍵《かぎ》を見つけていない。

先日、「サントリー学芸賞」のパーティで、温顔そのものの木村先生から耳打ちされた。

「もう一度対談でもしたいですね。美味いものでも食べながら」

私は、嬉《うれ》しかったが、その次の一瞬ぞっとした。あ、どうなることになるのやら。私は先生の敵ではないから、勝負の結果は歴然としている。悠然と料理を口に運ばれる先生を前にして、私ときたら、ただただしゃべりまくり、先生の発言がはじまるや、さめた料理をあわてて口にし、これもさめた酒を、あたふたと飲む、という結果に終るにちがいない。対談というものが、本筋の話は時々中断し、その間に、

「この焼き加減は見事ですね」

とか、

「おや、海老《えび》をこんなふうに使うとは知らなかった」

とかいう話が入ってきては、なぜいけないのであろう。こういう方式さえ許されれば、私もようやく、木村先生に太刀打ちも可能だと思うのに。

＊ ＊ ＊

田口鉄男先生は、その道では大変に偉い人だそうである。大阪大学微生物病研究所臨床研究部とかいうところをベースに、ガン研究の大家であると聴く。

しかし、私は医者の妻なのに、いやそれがためか医学にはまったく無知で、そのうえ幸いにもまだガンとは縁がないから、先生のその面での業績を知らないでも平然としていられる。ただ、こういうボスの下で研究できる若い学者たちは、厳しいかもしれないが恵まれてもいるにちがいない、ということぐらいはわかるけれど。

私にとっての先生は、だから、医学者田口鉄男とはまったく関係ない。もしも私が、何を食べたいか、ではなく、誰と食べたいか、のリストを作るとすれば、必ずやその筆頭を飾る人としてである。なにしろ、田口先生は、魔法使いなのだから。

先生と一緒に食事する場所としては、高級料亭はあまり適していない。ああいうところの料理は、こちらの注文には関係なく供されることが多いから、先生の主導権を発揮するのには不適なのである。そう、高級な小料理屋か寿司屋《すしや》ぐらいがよろしい。

さて、入って椅子《いす》に坐《すわ》り、おしぼりを使った後でも、先生はメニューなるものは見もしない。それでいて、あのやさしい、いやおいしい笑顔を板前に向けて、なにやら話し出す。私の思うには、あの時点で板前に魔法をかけているのだ。なぜなら、メニューなどには出ていない料理が、板前のほうも我が意を得たりという顔をして、眼の前に出されるからである。ここで先生は、私に向い、

「美味いから、食べなさい」

と言う。もう先生の魔法にかかっている私は、私の書くものでしか私を知らない読者など想像もつかないような素直さで、ハイ、と答え、食べる。それがまた美味いから、魔法は解けるどころか、春風のごとくのんびりと、私はその中で泳ぐだけだ。そうすると、次の皿が出てくる。先生は、

「これはシュンだから美味いのよ、食べなさい」

とくる。私はまたも、ハイ、である。その次の料理の時は、

「これにはスダチをちょっとしぼるとよろしい」

もちろんこれも、ハイ、である。その間にも先生は、一年に一度は四国に魚を食べにいく、などという話をされる。この話しっぷりがまたおいしくて、私などはなんとしても一度、その四国魚食行に同行を願わねば、と思ってくる。

それでも魔法が時々解けるのは、いつも御一緒する弓狩《ゆがり》先生のおかげである。この味の素の生科学研究所の所長先生は、これまた偉い学者だが、田口先生とは医学部で

は同級の間柄ということで、ああいう間柄特有の茶化しかたをする。

「田口先生のところは、飼っている犬まで食べられるんです」

などと言っては、ケラケラ笑うのだ。チャウチャウが食べられるとは、私も知らなかったが、そう言われてみると、あの犬はおいしい顔をしている。

こういう調子で、この二先生と食事をともにしている時の私は、庄司薫が茶化して命名した、コワもてのナナミ、などという風情《ふぜい》はまったく見られない、おだやかでおいしい顔つきになっているにちがいなく、話題だって、マキアヴェリスティックなことなど、少しも話さない。いや、それどころか、今、眼の前にある料理を味わうこと以上に、世の中で大切なことはない、という気にさえなってくるから、田口先生は魔法使いなのである。

「サントリー学芸賞」受賞の知らせを受けた時、私の頭にまず浮んだのは、田口先生であった。いや、田口先生と食べる関西料理であった。サントリーの賞ならば、授賞式は大阪であろう。これはもう、ぜひとも阪大に電話をかけ、田口先生をキープせねばならぬ、と決心したのである。なにしろ、これまでに先生と食事をともにしたのはいつも東京で、なんとしても一度、先生の本拠である大阪で、あの魔法使いぶりを見たいという気持ちを、前々から持っていたからであった。それに、セイロンでの国際会議の土産にと持って帰った宝石よりもセイロン特産である香味料のほうを喜んだという、いかにも先生の伴侶《はんりょ》にふさわしい田口夫人にも、この機にぜひともお会いしたい。私は、ヨーロッパから大阪へ直行する便を探しはじめた。

ところが、授賞式は東京だという。十日前後の日本滞在では、東京に着いてしまったら、大阪行きも簡単ではなくなる。私は、がっかりしてしまった。「東京会館」のロースト・ビーフは、今ではロンドンの「シンプソンズ」のそれよりも美味い、と私は思っている。しかし、田口先生に、食べなさい、と言われ、ハイ、と答えて食べたであろう関西料理の数々を想像すると、ロースト・ビーフどころか、キャビアでもなんでも、私の頭の中では色あせてしまうのだ。

料理も、座談と同じである。相手に恵まれさえすれば、私のような凡人でも、深みに達することも不可能ではないという点で。

カルチョ、それは人生そのもの

（一九九〇・八）

イタリア人はなぜサッカー、イタリア語ではカルチョだが、をあれほども好むのだろう。ある日本人にイタリアのサッカー人口を問われて、五千万と答え、それでイタリアの人口は、という再度の問いに、五千万とまたも答えたら、その人はさすがに大笑いした。

とくにサッカー・ファンというわけでもない私が考えても、その理由はいくつかあげることができるのではないかと思う。

第一は、非常に少ない点を争う競技であること。

五、六点取り合う試合もときにはあるが、ほとんどの試合は一、二点を争う。しかも時間は、一時間半。野球ともちがうし、ましてやバスケットボールとは断然ちがう。そしてこの一、二点を、両軍合わせて二十二人の大の男たちの間で争うのだ。力のぶつかりも、当然ながら並たいていの迫力ではない。

第二の理由は、試合のくり広げられる空間が広大であること。しかも、緑の芝生。開放的なイタリア人気質には、実に合っているのだ。もしもこのイタリアで、東京の後楽園のようなドーム式の球場建設の話がもちあがったとしても、実現しないのではないかとさえ思う。

まあ雨のあまり降らない国でもあるけれど、イタリアでは天井の中央部を開けたままの建築によく出合う。古代ローマ時代の建造物であるローマのパンテオンに見られるだけでなく、休憩時間ともなるとスルスルと天井部分が左右に開き、そこから星のきらめく夜空を味わうこともできる、映画館だって珍しくはない。

理由の第三は、足だけしか使ってはいけない球技であること。何につけても冴《さ》えているのを、イタリア人はことのほか讃美《さんび》する傾向が強い。力で押していくやり方よりも、足しか使えないから、いきおい足技の冴えが求められる。

イタリアでラグビーもアメフトも好まれないのは、これらは手も使える球技だから、彼らにしてみればずっとエレガントなのだ。

第四の理由は、選手たちの役割も守備範囲も、厳密に定められていないこと、だろう。

広い競技場の観客席からではボールの行方が追いきれないこともあるにちがいない。

一応、十一人のもち場は分かれている。一つ一つ、チェントロとかアタッカンテとか、名前もちゃんとある。

しかし、ボールを追って広大な競技場を駆けまわっているうちに、シュートをするに適した場所に球がくれば、そこにいる者がシュートするのだ。ゴール・キーパーをのぞいた選手全員に、時と場合に応じた臨機応変の対応が求められる。いやそれなしには、カルチョには勝てない。

ミラノに現地法人を設立した、日本の銀行の責任者が面白いことを言っていた。イタリア人の行員は、コンピューターとかワープロ、タイプライターその他の器具に、それぞれ一人ずつ割り当てられるのを嫌うというのである。それら全部に囲まれて、必要に応じてその一つ一つを使いこなすやり方が、彼らは好きだというのだ。もち場や役割を厳密に定められてしまうと、日本人ならば安心するところだが、イタリア人はつまらなくなってしまうらしい。この傾向は製造現場でも同じらしく、フィアットの自動車工場を見学したら、まるで町の修理屋のような区画がずらりと並んであるのには笑ってしまった。

理由の五番目は、チームの監督の権限の少なさにあると思う。つまり、監督の管理のおよぶ範囲が、野球などに比べると断然狭いのだ。

まずもって、映画の監督や演劇の演出家を意味する、レジスタという言葉を使わない。また、指導者とかオーケストラの指揮者に使う、ディレットーレという言葉も使わない。

では、「アレナトーレ」が、サッカー・チームの監督を指す言葉である。

スポーツ用語にかぎると、トレーナーでありコーチであり、対象が人間でなく馬などの動物だと調教師になる。

また、自転車レースのときにオートバイに乗って伴走するペースメーカーも、アレナトーレと呼ばれる。それどころか屋内のアスレチックジムで使う、トレーニング用器具までこの名で呼ばれる始末。名詞のアレナトーレの語源である動詞のアレナーレの意味するところが、鍛える、練習する、訓練するにあるのだから、選手を鍛える人ではあっても、管理する人でないのは当然だろう。

サッカー試合にのぞむ「監督」は、野球の場合のようにユニフォームを着ていない。ドイツチームのアレナトーレのベッケンバウアーに代表されるような、りゅうとしたスーツを着ている。

もちろん彼が、出場選手を選ぶのだし、選手交替を決めるのも、アレナトーレの役目だ。また、作戦をたてるのも彼である。そして試合中は、背広姿ながらベンチに控える。

しかし、いったん選手たちをフィールドに送り出してしまえば、「監督」のやることは野球のそれに比べて断然少ない。

仮にサインなど出してみても、広いフィールドを走りまわっている選手たちに気づかせることさえむずかしい。だいいち監督のほうばかり見ていては、サッカー競技はやっていけない。

また、大声を張りあげてみたところで、効果はたいしたことないはずだ。なにしろフィールドは広いのだし、なにしろ選手たちはボールを追って駆けまわっているのだから。

要するにサッカー競技というのは、トップの管理のおよぶこと実に少ない競技といえないだろうか。競技場、つまり戦場に送り出してしまえば、ほとんどが選手個人の裁量にまかされるからである。

野球とベースボールはちがうというアメリカ人の意見を、私でももっともだと思う。野球は監督に管理される割合が大きく、ベースボールは少ないという意味で。

そのベースボールよりも非管理的であるのが、サッカーだと思う。それゆえにイタリア人は、カルチョが好きなのではないか。

日本のサッカーが強くないのも、野球に人材がもっていかれることだけではないような気がする。サッカーの面白味が、多くの日本人には面白味でないのだ。野球をイタリア人がちっとも面白がらないのと表裏の関係にあるのではないかと思う。

理由の最後は、見ている側の感情移入が容易な点ではないだろうか。

バスケットボールのようにああもバタバタと点が入っては、観客も感情移入の暇がない。なかなか点が入らないところが、感情移入を可能にし、それを深く強くするのではないかと思う。

しかし、感情移入が容易なために問題も起る。観衆の態度の悪さがそれで、競技場の外でのイギリスの酔払いたちの振舞いは、関係者たちの頭痛の種だ。イギリスほどではないが、イタリアでも問題が少なくない。日頃の欲求不満を吐き出すのだろうが、自分のひいきチームが勝てばおとなしいとはかぎらない。勝てば勝ったで、負ければ負けたで騒ぎを起すから困るのである。

世界選手権ともなれば、国別に競うため、この種の感情移入は倍増する。四年ごとということでは同じのオリンピックも、競技は一つではない。選手への想《おも》い入れも国家への想い入れも、当然のことながら分散される。

ところが、サッカーの世界選手権だけは、一次リーグまではともかく、そこを突破した後は一回かぎりの勝負。しかも、自分の国を背負ってだ。そして何よりも、プロ中のプロたちが力と技を競うのである。私のように、普段はまったく関心のない者でも、四年ごとに興奮することになる。たとえ、わが日本の参加が広告だけであったとしても。

塩野七生、サッカーを語る。

（二〇〇〇・九）

誰であったかは、今では忘れた。もしかしたら、中田英寿君であったかもしれない。こう質問されたのだ。「なぜ塩野さんは、そんなにサッカーにくわしいんですか」。ルネサンスや古代ローマの歴史物語の作家である私と、サッカーは結びつかなかったのだろう。それに私は、笑いながらも次のように答えるしかなかった。「イタリアに三十年以上も住んでいて、サッカーを知らないではすまないのですよ」

事実、サッカーを知っている利点は少なくない。若い頃の私は列車でイタリア中を旅してまわっていたのだが、イタリア男とは、言い寄らないのは女に対して礼を失する、と思いこんでいる人種でもある。それを巧みにかわすのに、話題をサッカーにもっていくのは大変に有効であったのだ。カルチョとなるや彼らは夢中になり、言い寄っていたことなどはすっかり忘れてその話に熱中してくれるから、私の旅の無事はそれだけで保証されるのだった。

これは、イタリアの男にかぎらない。謹厳ということになっているイギリスの紳士相手でも効果を発揮する。日本で仕事しているイギリス人と会ったとき、私は言ったのだった。「マンチェスター・ユナイテッド時代のカントナは、堂々としていて人を喰っていて、それでいて素晴らしかった」。謹厳なる英国紳士は、微笑を浮かべながら答える。「カントナは、イギリス人が愛した唯一《ゆいいつ》のフランス人でした」。

ヨーロッパの歴史は、イギリスとフランスの対抗意識で成り立ってきたようなものである。イギリス人に愛されたということならば、ナポレオンもド・ゴールも、ましてや昨今のシラクやジョスパンなどは、このカントナに遠く及ばない。

というわけでサッカーには無縁でもない私だが、スポーツとしてのサッカーを知っているとはとても言えない。それゆえにこれからの「語り」は、あくまでもシロウトの言と思って読んでください。ただし、質問は『ナンバー』の編集長から寄せられたものだから、クロウトの考えであることは確か。

＊　＊　＊

質問一　今回のヨーロッパ選手権のことからお聞きしたいと思います。下馬評ではオランダが世界最強だと言われていました。準々決勝ではユーゴを6対1の大差で粉砕し、実力を見せつけました。準決勝のイタリア戦でも、オランダがゲームを支配し、有利に戦いを進めました。ところが、ゲーム中二本もペナルティ・キックを外したうえに、延長戦の末のPK戦でも外しまくって負けてしまいました。こんな負け方は見たことがありません。

オランダのサッカーはヨハン・クライフ以来、戦術的に最も美しく進化した理想主義的サッカーだと言われながら、今回のように、あと一歩でナンバーワンの座に届きません。これは彼らの国民性・歴史に照らしてどんなことが考えられるのでしょうか。

「今回の欧州選手権では、私個人の想《おも》いならばオランダに勝たせたかった。オランダにというよりも、オランダの10番、ベルカンプに勝たせたかった。なぜか。沈痛な表情を崩さない北の偉丈夫に、一度くらいは破顔大笑させてみたかったのですよ。それにオランダ・チームは優秀なベテランを網羅していたのだから、勝とうという意志さえ強固ならば、PK戦にもちこまれる前に勝っていたと思う。

それが負けた。敗因には、国民性も歴史も関係ないと思います。ベルカンプが、10番の責務を完璧《かんぺき》に果さなかったからですよ。なぜ果せなかったのか。あの北の偉丈夫は、肉体的には非の打ちどころはなくても、精神的には弱いのでは？　ここぞとなると、ふっ切れないんですよね。あの人の属すアーセナルがマンチェスター・ユナイテッドを抜けないのも、その辺に理由の一つがあるのではないかと思ってしまう」
質問二　逆にイタリアは驚異的なまでに守備に徹し、オランダの攻撃をしのぎ切ってしまいました。なぜ彼らは守備というものがあれほどまでに上手《うま》いのでしょう。また、なぜ徹底的に勝利にのみこだわるのでしょうか。
「イタリア・チームの守備についてですが、あれは過去の成功体験にしがみついているにすぎなく、カテナッチョなんて言って嬉《うれ》しがっているようでは、イタリアはいつになっても勝てませんね。私が勝ってほしいと思う第一はやはりイタリアだから、イタリア・サッカーの方向転換のためには、今回は予選で敗退したほうがよいと思っていたくらいでした。勝利にこだわるのなら、攻撃しかないのです。戦場の主導権をにぎった側に勝利の女神が味方するのは、アレクサンダー大王やカエサルの例を待つまでもなく、戦闘《バトル》の基本です」
質問三　イタリアは決勝の対フランス戦で九十九パーセント勝利を手中にしながら、ロスタイムで同点に追いつかれ、延長で逆転負けしました。現実主義者がなぜ最後の詰めを欠いたのか不思議です。これはイタリア人の国民性に照らして、どう理解すればいいのでしょうか。

「決勝でのイタリアの敗因は、イタリア人の国民性によるのではなく、ただ単にイタリア・チームが、坊やばかりで構成されていたからですよ。九十九パーセント勝利を手中にしている場合にそれを確実にするのは、腹の据わったベテランにしかできません。

ここ数年のイタリアは、大舞台におけるベテランの効用に無知です。ゆえに、常にキャプテンが不在。マルディーニは、ついにチームの柱になれなかった。敵はもとよりのこと味方さえも予測不可能な技《わざ》で打って出ることができるのが、ベテランのベテランたる所以《ゆえん》。駿馬《しゅんめ》にも似るベテランを使いこなせる自信のない人ばかりが、ナショナル・チームの監督になることの多かったイタリアの悲劇ですね」

質問四　ゲームに負けた後でよく耳にするヨーロッパ選手のコメントは「我々には運がなかっただけだ」とか「審判のせいだ」といった言葉です。しかし、イタリアのデル・ピエロがゲームの後で「負けたのは自分のせいだ。自分が点を取ってゲームを決めておけばよかったのに」とコメントしたのが印象的でした。日本的感覚から言えば「潔《いさぎよ》い」立派な発言ですが、その通りに受け取っていいのでしょうか。

「デル・ピエロは、潔かったからあのように言ったのではない。正直に自分の非を認めなければ、殺されたからですよ。殺されるというのは大げさだけど、責任を他に転《てん》嫁《か》した発言などしていたら、帰国後のマスメディアとファンからの集中攻撃を浴びたことは確かです。

とはいえ、正直に自らの非を認めたくらいでは、イタリア人は許さないんですよね。なぜなら、母国語であるイタリア語でさえも上手く話せない、ということは、頭脳の出来が疑われてもしかたのないあの坊やは、前回の欧州選手権でも下痢を起こして使いものにならなかった。10番がどういう意味をもつのか、彼はわかっているのだろうか。自己管理さえも出来ない男が、ナショナル・チームの支柱になれるはずもありません。といって、母国語ですらも上手く話せないということでは、トッティとて同類。欧州選手権で一点入れたくらいで舞い上がっているようでは、ローマに戻ってからのバティストゥータとのこれからが不安です。

ちなみに、外国語であるイタリア語で話しているのに、充分に意を通じさせているのは、ジダン、デシャン、バティストゥータ、ビーロ、ボバン、ミハイロヴィッチと数多し。シェフチェンコなんて、まだ二年なのにきちんと話します。言語を使って意を通じさせる能力は、頭脳の出来と比例関係にある。サッカーでも、頭の良いほうが有利なんですよ。

それにしても、監督、キャプテン、10番のすべてが不在でも決勝にまで進むのだから、イタリアは〝腐っても鯛《たい》〟ではあるんです」

質問五　一方、フランスは何度も大接戦をものにして優勝しました。なぜ、彼らは最後まであきらめなかったのでしょう。歴史上の勝者に共通する条件に照らして、考えをお聞かせください。

「大接戦をしながらも結局は、フランスが勝ち抜いた原因の一つは、私の考えでは確実に、ベテランの活用にあったと思う。デシャン、ジダン、そして黒き貴公子デザイー、と。彼らは競技場を、それがどこであっても自分のホームだと信じて疑わない。『戦場』の主人は自分たちであると思った側が、戦闘では常に勝者になるのです」

質問六　フランスと他の強豪国との大きな違いとして、ジダンというリーダーの存在を指摘する声があります。塩野さんは「一人の英雄が歴史を変えることがある」と書かれていますが、どうお考えですか。

「フランスの10番がデル・ピエロだったら、フランスは勝てなかった。一方、イタリアの10番がジダンだったら、イタリアはチャンピオンになっていた、と言えば、答えにはなりませんか。

ジダンが話すのを聴いていると、こういう男と結婚したら女は幸福になる、と思ってしまう。サッカーを仕事にするうえでの気がまえの確かさ、大舞台であればあるほど発揮される勝負度胸。不美男であろうが禿《は》げていようが、知ったことではない、とさえ感じてしまいますね。ただし、カッとなって退場させられたことも一度ではないので、全軍の総司令官にはなれないと思うけれど。

　古代ローマの総司令官だったら、迷うことなく彼を百人隊長に任命したでしょう。戦場ならば、先頭に立って突撃していく中隊の指揮官です。だからこそ、百人隊長はローマ軍団の背骨、と言われていたんです。

　欧州選手権の勝者予想は、フランスかオランダのどちらか、と言われていた。でも、ジダンとベルカンプを比べてみてください。ジダンはすでに栄光に輝いていたのだから今度はベルカンプに勝たせたい、と願っていた私でも、あのジダンには脱帽するしかなかった。忘れないでください、勝者でありつづけることくらいの難事はないということを」

質問七　現在の欧州各国代表チームの人種構成を見ると、純血チームのイタリア、ドイツに対して、フランス、オランダ、イングランドは移民や旧植民地出身者を起用しています。一見後者が有利のように思えますが、例えば過去のオランダのようにチーム内に人種差別・対立が起こって自己崩壊したこともあります。塩野さんは、ローマが歴史上最も偉大かつ強大であった理由として、領内の異民族を差別せずに取り込んだ唯一の普遍帝国であった点を指摘されています。そうした視点で欧州各国の代表チームを見たときに、どんなことが考えられるでしょうか。

「イタリアが純血チームであるのは、純血で通そうとしているからではなくて、植民地をもった歴史が浅いからにすぎません。この点では、ドイツも日本も同じ。植民地では宗主国の言語が使われたので、旧植民地出身者は旧宗主国で暮らすのに、不便を感ずる度合が少ないのです。

混血チームになるには、もう一つ条件がある。移住先のほうが社会的にも経済的にも開けている、と思わせた場合です。つまり、将来への可能性がより大きい、と思わせる場合ね。この点では、日本やイタリアよりもドイツが先んじているように思う。黒き獅子《しし》たちの活躍は、まずドイツで見られるのではないかしら」

質問八　今回はポルトガルの善戦も大きな注目の的でした。彼らは準決勝の対フランス戦で、延長戦にまでもつれ込みながら、微妙な判定でハンドによるPKを取られ惜敗しました。これに対してポルトガルの選手たちは「もうサッカーには真実など存在しない。UEFAは商売のために大国同士の決勝を望んでいるのだ。ポルトガルのような小国のことはどうでもよいのだ」と、異口同音に政治的不公正を強く訴えました。このような、スポーツと政治を結びつける発言がヨーロッパではよく聞かれます。これは単なる負け惜しみではない、ヨーロッパの「常識」なのでしょうか。

「ポルトガル・チームの躍進ぶりは、私をいたく幸せにした。まず、フィオレンティーナでプレイしている、ルイ・コスタの渋さがこたえられない。それに、フィーゴは、面《つら》がまえからして『男』ですよね。だから、見ていて気分がいい。でも、あのPKはやはりPKですよ、彼らの口惜《くや》しさはわかるけれど。ただし、審判の下す判定が大国や有名クラブチームに有利に傾くのも、事実ではあるんです。これがヨーロッパの『常識』とは言わないけれど、ヨーロッパではやはり、強者が弱者よりも有利な条件を享受《きょうじゅ》する場合が多い。リーグ戦の初日も、最強と最弱が当たるように組まれている。だからこそ、強者になろうと誰もが努めるわけ。ポルトガルも、国は小国でもサッカーでは、大国になるしかないんです」

質問九　ドイツはこのところ低迷しています。彼らのサッカーは教科書通りで無駄がなく強い、でもつまらないとよく言われてきました。代表主将マテウスのコメントには「規律」「使命」「責任」といった言葉がよく使われ、何やら軍隊のように感じます。こうしたドイツの特徴について、どう考えておられますか。

「ドイツのサッカーが教科書通りで面白くないと言われたのは、ベッケンバウアーの登場以前の話では？　少なくともここ十数年のドイツは、面白味には不足しても強いことは強かった。今回は旧と新の世代交代を誤ったがための敗北にすぎなく、必ずやドイツは再起してくる。なぜなら、敵が予測できるようなプレイをしているかぎりは勝てないということを、彼らはすでにわかっているからです。それで、自分たちに欠けているものを、イタリアから学ぼうとしたのね。個々の選手たちが、セリエAでプレイすることによって。このことをベッケンバウアーが熟知していた証拠は、彼所有のバイエルン・ミュンヘンの監督に、セリエAの有力チームの監督を歴任したことでドイツのナショナル・チームの半分を育てたといわれる、トラパットーニを招いたことでもわかる。イタリア・サッカーの真髄といわれる『ファンタジア』を、ドイツ人に会得《えとく》させようとしたのでしょう。規律、使命感、責任感に想像力《ファンタジア》が加われば鉄壁のはず。これにプラス、全盛期のマテウスのような理想的な『百人隊長』が率いるようになれば、ドイツのチャンピオン復帰も夢ではなくなります」

質問十　イギリスのサッカーは、ロングボールを放り込んでヘディングを競《せ》り合う、激しい当たり合いが特徴です。これは彼らの国民性と、どんな関連が考えられるでしょうか。

「イギリスのサッカーは、オーウェンはまだ可愛いだけだし、ベッカムはときに冴《さ》えてもコンスタントではないしで、スゴ味に欠けますよね。でも、プレミア・リーグには練達の外国人プレイヤーが多くなったから、イギリスの国民性にマッチしたプレイも変わってこざるをえないと思う。いや、必ず変わるでしょう。変わらなければ勝てないのだから。純粋培養は、昨今の日本の政界や官界を見るまでもなく、国際競争力をもつには最大の敵なのですよ」

質問十一　次にクラブ・サッカーについてお聞きします。ヨーロッパ、特にイタリアでは、サッカーに対してオーナーは度を越した巨額の投資をしていますが、なぜあそこまで金を使うのでしょうか。ローマ時代の為政者の、民衆への施しや公共投資への私財提供の慣わしと関連があるのでしょうか。

「世界選手権でも欧州選手権でも、出場する各国の選手のほとんどが私にさえも顔なじみであるのは、いかにイタリアのセリエAに優秀なプレイヤーが集まっているか、を示しています。サッカー界で最も広く使われている言語がイタリア語であるのも、その例証だと思う。もちろんこれは、大金を払ってでなければ実現しないことですが。でも、いいではないですか、それで。大金を払ってくれるからという理由に加えて、セリエAには、優秀な選手同士でプレイする喜びもあるのだから。日本のJリーグとのちがいは、やはりある。サッカーであろうと何であろうと、自らの生涯を捧《ささ》げる決心をした人にとっての報酬は、お金だけではないのです。そして観衆は、人生は金だけではないと思う男たちがくり広げる、真剣勝負を愉《たの》しむのです」

質問十二　日本ではサッカーに限らず、スポーツは企業、学校が中心です。他方ヨーロッパはクラブがその中心ですが、なぜクラブというものが発達したのでしょう。そもそもクラブとは何でしょうか。

「クラブ・チームが発達する素地が、日本にははじめからない。クラブは、地方間の対抗意識がないところには生れない。日本では国体とかふるさと運動とかが盛んですが、あれでは『地方』を甘やかしているだけで、競争心の健全な発達には役立っていない。

まずもって東京の出身者は、地方出身者に対して、田舎者などとは思ってもいけないということになっています。地方出身者同士でも、東北のズボラとか九州の突走りとか、言うはおろか考えてもいけなく、『みんな仲良し』が日本人の生き方なのでしょう。これでは、各地方の郷土意識の強さがあって、はじめて成り立つクラブ・チーム制は、夢ということになる。クラブ・チームの発展を期するならば、国体を廃止し、ふるさと甘やかし主義をやめるしかないでしょう。

トヨタはフィレンツェのチームであるフィオレンティーナのスポンサーですが、社屋のあるローマのクラブ・チームのスポンサーはやれない。ローマには、ローマとラツィオの二チームがあり、社員も、この二チームのどちらか一方のファンなので、そのうちの一つのスポンサーにでもなったら、イタリア・トヨタは機能しなくなる。たかがサッカー、ではないんですね」

質問十三　ヨーロッパにおけるサッカー選手のステイタスはどのようなものなのでしょうか。欧州は日本よりもスポーツの社会的地位がずっと高いようにも思えるのですが。また選手に対してプレイ以外の人格、品位といったものを求めるのでしょうか。

「普通の一生を終えるのが大部分である人々にとってのヒーローになったのだから、社会的地位の向上まで求めてはバチが当たる。ステイタスなんて知ったことかと思うくらいの気概をもたないと、栄光はつかめません。ただし、知ったことかと思うのはステイタスに留め、並の人でも守っていることは、ヒーローでもやはり守るべき。ヒーローもまた人間なのですから」

質問十四　ヨーロッパの為政者はサッカーを民衆の欲求不満の捌《は》け口にしているとよく言われますが、塩野さんはどう思われますか。

「最強で最富裕国でもあるアメリカ合衆国でも、ホームレスはいるし貧困者はなくならない。民衆に不満があるほうが、国家ないし共同体としては当たり前だと思います。ゆえに、消滅することなど不可能な不満の捌け口の一つがサッカーであるとしても、それでなぜいけないのかわからない。生活の不満も喜びとともに吐き出すのならば、これもまた人生の快楽ではないでしょうか。それをさせてくれるから、彼らはヒーローなのです」

質問十五 最後に、塩野さんが好きな選手とその理由をお聞かせください。

「ACミランのボバン。プレイのエレガントなこと、息を呑《の》むばかり。二人目は、先のシーズンかぎりで引退してしまったけれど、ラツィオの9番だったマンチーニ。理由は、抜群の知力。三人目は、今季からはローマでプレイする、バティストゥータ。理由は、セクシー、の一語につきる。

茶道の作法は実に優雅だけど、合理的でもあることに気づいた人は多いでしょう。窮極のエレガンスは、窮極の理《ことわり》でもあるのです。ボバンの放つロングシュートやコーナーキックの正確さは、優雅と表裏一体であるからこそ達成されるもの。ACミランも、彼が登場するや試合ぶりが締まってくるのだから、ゆえに、10番の資格充分の人。マンチーニは、ただ頭が良いだけでなく、度胸もある。今ではチェルシーの監督をしているヴィアーリと組んでいた時代の彼には、華もあった。ロベルト・バッジョとともに、イタリア・サッカーのファンタジアとは何かを、納得させてくれた人でした。

一度でいいからカメラマンにでも扮装《ふんそう》して、ゴールのすぐ背後からバティストゥータのシュートを見てみたい。この天性のストライカーの脚から放たれるシュートのスゴさを、ゴールキーパーとほとんど同じ位置にいて味わってみたいのです。強引に押し込んでくる、という感じにちがいないのだから。

そして、この三人には共通するものが一つある。それは、イタリア語でいう『カッティヴェリア』(Cattiveria) で、日本語では『悪意』と訳すしかない言葉ですが、単なる悪意ではない。言い換えれば窮極の自己中心主義で、自分のためにプレイしているにかかわらず、なぜか結果は常にチームのためになるというやり方。チームの利益になるか否《いな》かには関係なく自分のためのみを考えるという、利己主義とはまったくちがうのです。イタリアでは、惜しいところで負けた試合を、『カッティヴェリア』が欠けていた、と評します。イタリア流に言えば、欧州選手権の決勝では、イタリアの選手たちに『悪意』が欠けていたから、ロスタイムで同点に追いつかれ、延長で逆転負けしてしまったのだ、となるのです。

あるとき乗ったローマのタクシーの運転手が、こう言っていました。

『ナカタはボン・ジョカトーレだけど、フォーリクラッセではまだない』

ボン・ジョカトーレ (Buon Giocatore) とは、『良い選手』の意味。フォーリクラッセ (Fuoriclasse) とは、超級という意味だから、日本語に訳せば『超一流』となるでしょう。

『超一流』には、これはどの職業でも同じですが、『悪意』を欠いてはなれないのです。今季の中田君は正念場と思うけれど、それだけにかえって、『良き選手』から『超一流』に脱皮する絶好のチャンスだと思う。なにしろ、『カッティヴェリア』ならば不足しない『フォーリクラッセ』の見本のようなバティストゥータと、毎日顔を合わせるのですよ。中田君と半年をともにした現ペルージアの監督のマッツォーネの、次の言葉が思い出されます。

『すべてをもっているナカタだが、カッティヴェリアだけはまだ会得していない』積極的な意味の『悪意』が、人間を神に変えうるのだと、ヨーロッパ的なヨーロッパ人は思っているのです」

イタリアに住まう

（二〇〇七・十二）

イタリアに限らずどこの国でも、仕事や勉学で出向く場合を除いて外国と関係を持つには、大別して次の四つの方法がある。
一、コンピューターを使う。
二、団体であろうと個人であろうと、観光で訪れる。
三、一カ月とか三カ月とか、長くても一年程度の短期滞在。
四、住みつく。
男女の関係に置き換えれば、次のようになるかもしれない。
一、会ったこともないのに恋をする。
二、会っての恋愛。
三、同棲《どうせい》。
四、結婚。

四つのうちのいずれにも、それなりのメリットとデメリットがあるのは当然だ。ゆえに外国を知りたい味わいたいと望む人は、それぞれのメリットとデメリットを知ったうえで行動に移るほうが、後日のことを考えても安全だと思う。それでこの連載の初回にあたる今回はまず、一の方法をとりあげてみたい。

ネット上で旅する利点は、そういうことにはからきしダメな私でもわかる。イタリアの国営放送RAIはつい最近、直訳すれば「不可能な美術館」、意訳ならば「夢の美術館」なるものをネット上で立ち上げた。傑作はローマに集中しているカラヴァッジオでも、この天才の才能を充分に味わいたいと思えば、パリやマルタ島も訪れる必要がある。それがネット上では、全作品が一望のもとなのだ。ヨーロッパ中をまわってすべての作品を見ている私でも、この便利さには感心したのだった。

しかし、と私は考えたのである。この種の「旅」が効果あるのは、個々にとり出して並べれば全体像が把握できる美術品に限られるのではないかと。旅は旅でもそれが歴史上の「旅」となると、ガイド役の主観、この場合は史観、が介入しないでは済まない。最先端の技術の世界では、意外にも人間は主導権をもてないということか。

観光旅行

イタリアには世界中の文化遺産の六割が集中している、と言われている。それも現にイタリア国内にあるものだけで、世界各国に散っているものは勘定に入れないでの数と量である。

一昔前の話だが、ヨーロッパ諸国の文化大臣が集まった会議で、美術品はそれらが創《つく》り出された母国に返還するべきであるとする議論が、ギリシアを先頭にして声高になされたことがあった。その席で終始沈黙していたのがイタリアの大臣だったが、イタリアのマスコミはこの大臣を非難しなかったのである。

なぜなら、大臣だけでなくイタリア人全員の本音が、そんなことになったら置く場所がない、にあったからだ。今現在でも多すぎてそれらの維持と安全を保証するだけでも大変なのに、というわけである。

また、自動車で二カ月かけてヨーロッパ諸国をまわって帰ってきた私の息子も言っていた。イタリアの美術品はピッツァかスパゲティみたいだね。どの国に行ってもどの美術館に行っても、数点は必ずある。

これがイタリアだから、観光旅行も簡単ではない。ゲーテ時代のヨーロッパの良家の若者たちのように、少なくとも一年はかけて北伊から南伊までをじっくりと見てまわらない限りは、見るべき作品が国中に散っているイタリアを見たことにはならないのだ。二、三日や長くとも一週間程度では、ネット上で旅するのとたいしたちがいはない。

とは言っても、ちがいはやはりある。自分の足で現地を踏み、風のそよぎを感じ、自分自身の眼で見たというちがいは断じて大きい。なぜなら、それら無形のものが刺激になって、それまでは眠っていた想像力に火がつくからである。ゲーテも言った「心の眼で見る」とは、このような精神の働きではないかと思っている。

今ではエレベーターで最上階まで一気に登れるようになったコロッセウムだが、古代の人と同じように階段を一段ずつ登ったならば深く心で感じるだろう。ローマ人てなかなかの健脚だったのね、と。

短期滞在

一週間程度の滞在ならばレジデンスに泊まってもよいが、一カ月を超えるとなれば短期滞在用のアパートを借りるほうを勧めたい。家というものは服とちがってそうそうは住み替えができないものだから、外国に行ったときくらいは服を着替えるのと同じ気分で、住み替えをしてみるのも一興かと思う。

この種のアパートは一応の都市ならば必ずあり、斡旋《あっせん》するエージェンシーも存在する。このようなことこそネットで、簡単に探し出せるにちがいない。

何もかもが整っているのが短期滞在用のアパートの条件だから、寝具からタオル、鍋《なべ》から皿にフォークにナイフという具合で、入居したその夜から料理もできるようになっている。普通のマンションを借りるよりは高いが、ホテルに居つづけることを考えれば断じて安い。

ただし、ホテルでも自分の家でもないのだから、いくつかの事柄については要注意だ。

まず第一は契約する時で、アパートにそなえつけられているものすべての数と状態を正確に確認し合うこと。

第二は、家具を置き換えたり壁にかかっている絵が気に入らなければはずしてもかまわないが、退去の時にはそれらすべては元どおりにしておくこと。退去の際に起こりがちな、無用なめんどうを避けるためである。

借りたアパートでその国の人と同じ日常を過ごしてもよいし、そこを基地にして放射線状に近くの町々を訪れても愉《たの》しい。

ヴェネツィアに借りたとすれば、西に行けばヴェローナやヴィチェンツァ、北に向かえばオーストリア、東ならばアドリア海に沿ってあるスロヴェニアやクロアツィアの町々。南に道をとればパドヴァもラヴェンナもというわけで、見る場所にもものにも不足しない。借りた先がフィレンツェやローマだとしたら、もはや言うまでもないだろう。

気ままな旅人とは、短期滞在を愉しめる人のこと、ではないかと思い始めている。

住みつく

外国に住みつくことを結婚に例えたが、それは、外国に長く住むことは、結婚生活をつづけるのに似た条件のすべてを満たさなければならないからである。

第一に、親しき仲にも礼儀あり、を絶対に忘れないこと。イタリア人は歴史的に批判精神の旺盛《おうせい》な民族なので、自分の国を批判されたくらいでは怒らない。それでもなお、彼らの誇りを傷つけるような、批判ではなく非難は、しないほうが安全だ。この種の配慮は、礼儀というよりも感受性の問題である。

第二は、完全な同化も浸透も、所詮《しょせん》は不可能であることを深く心に刻んでおくこと。互いに異なる文明のもとに生まれ育った以上、簡単に同化できたり融合できたとしたらそのほうが偽物《にせもの》だし、イタリア人はとくに、そういう根無し草的な人間を好まない。

と言って、事あるごとに母国と比較しては嘆く人も困る。ことあるごとに、日本だったらこんなことは起こらない、とか言い始めたら終わりで、こうなるともはや引き払って、日本に帰ったほうがよい。他国人の間で生きること自体が、アレルギーになってしまったのだから。

外国に住むことは、このように妥協の連続であり、適度な距離を保って生きることを、常に自分に言いきかせる日々になる。要するに、幾分かの緊張を常に強いられるのが、外国に住まうことなのだ。

だからこそ成田を発《た》つときに、機上から下方に去っていく日本の国土を万感の想《おも》いで眺めるようになるのだし、日本に帰任する人を、少しばかりのうらやましさを感じながら送り出すようになるのである。

言い換えれば、この種の代償を払っても住みつづけるのが自分にとってはトクだという確信が持てないかぎり、外国などには住みつくべきではないのだ。

ただしこうも開き直れば、「イタリア人はあらゆる面で批判は可能だが退屈という批判だけはできない」と言ったあるイギリス人の言にも、まったくホント、とでも言って笑うことができるようになってくる。

（二〇〇八・五）

イタリアを旅する

食事は文化である、と確信している。有名なシェフが料理したから文化になる、というのではない。駅前の立ち食いにすぎないのに店を選ぶうどんも、総菜屋で買って帰ったおかずに一工夫するのも、そして高額を費やしてまで炊飯器を買い求め、それで炊《た》きあげる米の飯の出来に一喜一憂するのも、このすべてが日本の文化だからである。

文明は人を緊張させるが、文化は人を安らかにする。教育やビジネスがないと人間社会は生きていけないが、満足感を与える食は、その労苦をやわらげてくれるのだ。だからこそ、その地の食を味わわない旅は、日本国内であろうと外国であろうと、旅行ではないと私は思っている。美術館を熱心に見てまわり、動かすことのできない壁画を見たいがために教会を訪れるのも大切だが、それを終えた後には「食」が待っている、というくらいの探求心を、ささげられる価値は充分にあると思う。

だが、ここからが要注意なのだ。

まず、最高級のレストランには行かないほうがよい。この種のレストランはナショナルかインターナショナルな客を対象にしているので、地元の料理を供するのは恥とでも思っているのか、そういう場所では、食文化は味わえないからである。

それにこの種の店のシェフは奇妙な面で誇り高く、自分の創作料理であることに固執する傾向が強い。おかげで、高いおカネを払っているのに、食べていてちっとも気が休まらない、ということになってしまう。隠し味、なんて日本料理みたいなことを言い出す欧米のレストランだったら、私ならばそれだけで敬遠するだろう。

この定義は、ローマでもフィレンツェでもミラノでも、またナポリでも当てはまる。「クオーコ」（料理人）という立派な言葉があるイタリアでも、このごろでは「シェフ」と称するのだから。

近づかないほうがよいレストランのもう一つは、観光客相手であることが明らかな店。最高級レストランのシェフは少なくとも仕事には緊張して向かうが、こちらはこの種の緊張は皆無で、おかげで出てくる料理がすべていいかげん。一食損をした気になるのだけは確実だ。

最高級レストランも観光客向けの店も避けたほうがよいとなれば、どこへ行ったらよいのだろう。

それについて書く前に断っておきたい。

第一に、メタボとかやせたいとかの観念は、旅行中ぐらいは忘れること。人間に満足感を与える食事は、もともとからして肥《ふと》る養分ばかりでできているのである。オリーブ油でもバターでもたっぷり使っているし、塩も砂糖も、必要な分は使っている。だから、それを一日に三回食べつづけたのでは、どんなに日中歩きまわろうとも必ず肥る。とは言っても、パスタ料理は肥るからやめるなんて言っていたら、イタリアの文化は理解できない。スパゲッティを先頭にしたパスタ料理こそがフランス料理とイタリア料理を分ける特色で、パスタなしのイタリア料理はイタリア料理ではないのだから。

それで私の食事のやり方を披露したいのだが、それは、何でもすべて、デザートまで食べるけれど量は半分に留める、なのだ。そしてこのやり方をレストラン側を納得させ満足させながら実施するには、次の殺し文句を告げればよい。

「前菜からデザートまで、すべて味わいたいから」

パスタ料理よりも次にくる肉や魚の料理のほうが、普通ならば高くつく。だから、パスタで満腹して次を食べてくれないのではレストラン側も損するので、この文句で

OKしないレストランはない。

もしも二人連れならば、二人で一皿を注文し、それを目の前で分けてもらうほうがよいと思う。男女でも同性同士の二人連れでも、一人一人の欲する量はちがって当然なのだから。

だが、そうやってもまだデザートまでたどり着けない場合もあるだろう。そのような場合に言う殺し文句も、つけ加えておく。

「もうこれでやめておくわ。この味を口の中に残しておきたいから」

まあ私などは、ヨーロッパでも北アフリカでも中近東でも、これでけっこう生きのびてきたのだ。旅行者用の簡単な辞書でも、各国語でこれらの殺し文句を記してもよいくらいだと思っている。

前菜からデザートまで、皿にも残さずに料理を食べなければならない場合がある。それは招待された席で、招いてくれた人への礼儀もあり、半分だけ食べて後は残す、なんていうまねはできないからである。だから全部食べざるをえないのだが、そういう場合に私がやるのは、次の食事を抜くことだった。

招待が昼食ならば、夜の食事は抜く。夜に招待されたのならば、翌日の朝は飲み物だけにし、昼も通常の半分に留めるのである。なんのことはなく、胃と腸を休ませてやるだけなのだが、体重のコントロールにも、少しならば役立つはずだ。

だが、公式の席ならば、このような対策は立てる必要もない。この種の席の常連に焦点をあわせて料理されているので、はじめから量が極端に、庶民の私から見れば小鳥の餌《えさ》、と思うぐらいに少ないのである。あの程度ならば全部食べても、次の一食を抜く必要はない。

それに、多くの人との会食は、多少とも緊張しているのか、意外にもエネルギーを消費するのだ。私の体験では、最も多く体内脂肪を消費するのは、私の本職である歴史物語を執筆しているときか、さして親しくもない人と対談しているときである。

だから、知らない国を旅し、知らない人々と接しなければならない海外旅行では、少しくらい食べすぎても心配することはないと思う。それどころか、食べすぎたと思うくらいの充足感がないと、造形美術や建造物を見ても、そのすばらしさを満喫することができないのではないかと思うくらいだ。せめては外国を旅している間は、日本の食を忘れてもよいのではないか。日本食は、日本に帰り着いた後の愉《たの》しみに残して。日本食は文化、なのである。文明には国境はないが、文化には国境がある。だから、地産地消は食には言えても、ローカルに留まっていては話にならない最高の芸術には適用されない。つまり、酒も加えた「食」は、絶対に現地で味わう必要があるのだ。旅は、それも実現するための絶好の機会なのだから、うまく使わなければもったいないと思っている。

食への欲は、生きることへの欲でもあるのではないだろうか。

食が細い、と評される人が、このごろでは多くなった。メタボを心配し肥ることもそれとは関係ないとしても食の細い人からは、強い意志や気力が感じられない。消化器官が弱いのだろうと思って見ているが、一緒に食事していても少しも愉しくないし、まずもって食の細い人には、面白くない人が多いように思う。

一昔前は、高級官僚にも政治家並みの健啖家《けんたんか》が多かった。政治家は始終人と会っているためか食欲の旺盛《おうせい》な人が多いが、官僚も昔は政治家同様に健啖家であったのだ。それがこのごろでは、なぜか食の細い人が多くなった。それに比例して、仕事もできない人も多くなった気がする。

昨今の官僚タタキも、仕事ができるがゆえに権勢もある官僚だからタタくのではなく、真の力がないために既得権益を守ることしか頭にない官僚に、国民が愛想をつかしたからではないかと思っている。こんなへっぴり腰の集団に自分たちの運命を左右されたのではたまったものではないとは、私だって感じているのだから。

あるとき、一人の政治家が私に言った。「一度しか会っていなかったのに、キミにはなぜボクの考えがわかったのかね」。私は答えた。「二千年昔の、会うこともできない政治家たちを書いてきたのです。だから、一度でも会えば何を考えているのかわかります」

しばしば会って話していなくても何を考えているのか想像がつくのは、会ったときにその人が、何をどのように食べ、どのように酒を飲んだのかを観察したからにすぎない。それだけでも、そのひとの頭の中の半ばはわかる。残りの半分は、新聞やテレビで知ったそのひとの発言で埋める。声とか言葉とかも人間理解には役立つが、何をどのように食べたかよりは役立つ度合いが低くなる。

食が一国の文化ならば、個人の場合の「食」も、その人の文化なのである。ミシュランの評価に左右されること大という人は、自分に自信のないことを自らアピールしているようなものなのだ。

文は人を表すというが、食も人を表すのである。

イタリアの旅、春夏秋冬

（二〇〇八・四）

春

　春ならばイタリアのどこへ行ってもよいが、人ごみを嫌う人ならば、旅行ガイドにさえも小さくしか出てこない町や村を旅してみたい。ホテルと言ってもレストランのそえものという感じの、いくつかの部屋しかないところだから、まずはたくさんの荷物をもって行かないこと。それでもイタリアは観光国だから、一応の予約はしたほうが安全だ。

　このような町や村の訪れかただが、事前にあまり勉強はしない。着いてホテルに荷物を置くや外に出て、町の中央にあるバルに行く。そこで食前酒でも注文して、やおら周囲を見まわし、情報にくわしそうな人を物色して話しかける。ここの郷土料理を食べたいんだけれど、どこへ行けばよいかしら、と。

虚栄心の強そうな人には聞かないほうがよい。自分は行ったこともないのに、町では有名なレストランを教える危険があるからだ。また、情報を得るとは言っても、美術館や有名な壁画のある教会などについての質問はしないこと。イタリアにはこの種の文化遺産がやたらと多いこともあって、自分の住む町や村なのにそれらを知らないイタリア人は意外と多いのである。われわれ外国人のほうがよほどくわしい。

イタリアの春は、このような文化遺産の〝すそ野〟を見て歩くのには最適の季節である。〝すそ野〟としたのはレオナルドやミケランジェロやラファエッロを頂上と考えればのことで、そのすそ野に広がる他の多くの芸術家たちとて絶対に悪くはない。それにこれらの人々の創造した芸術作品を多く見た後だと、頂上のスゴさがもっとよくわかってくる。

イタリアは長く小国に分立していたので〝すそ野〟もあちこちへ出向いて制作していたのだ。それに壁画が多いから、現場に行かないと鑑賞できない。こういうわけで、小さな町や村でも、びっくりするくらいの傑作に出会う率は高い。南国の春は暖かいので、観光客も少ないこのようなところを見てまわるのにちょうどよい季節なのである。静かに鑑賞した後で外に出ると、つい道端の野花をつんでしまうような優しい心になるだろう。

夏

夏には絶対に、海辺には近づかないほうが良い。イタリア人は夏ともなると、海に行って太陽を浴びないと生きた気にならない民族なので、海に向かってどっとくり出す、ということになる。イタリア人だって美男美女ばかりではないので、私だったら、わざわざ醜い肉体を見に行かないだろう。海は好きだが、夏の海辺は好きではない。

それで、海を味わいたければ、高い崖《がけ》の上に建つホテルからにしろ、眼下に広がる夏の地中海を見おろすということになる。まあ小さなプールぐらいはあるから、水着でバチャバチャできないわけではない。いずれにしても、砂浜でイモの子を洗うのに交じる気だけはない。若いころからそうだったから、社交的にはできていないのだろう。

昨年の夏はそんなふうに過ごしたので、今年の夏は海から離れて、山の中の古いお城で過ごそうかと考えている。そこは中世からある城で、今でも持ち主が住みつづけているらしい。客用に供する部屋は二つだけ。朝食はサービスするとのことだが、昼食や夕食はどうなるのかはまだ調べていない。私は一日二食だから昼か夜のどちらか食べられればよいのだが、広い庭園があるというその外まで出て行かなければいけないのだろうか。

静かな場所で夏休みを過ごすのは、いっこうに苦にならない。数冊の書物と幾枚かのCDがあれば、考えているのが好きな、というよりもそれが仕事なのだが、一カ月ぐらいならばすぐにたつ。

イタリアの山中の夏は、涼しいだけでなく美しい。ロングの麻のワンピースにサンダル。それにつばの広い麦わらの帽子にサングラス。陽が落ちると寒いから夏用のショールはぜひ必要だ。そんなことを考えていると、そんな自分の姿が目に見えるようで愉《たの》しい。一年のうちでは夏ぐらい、歴史関係の書物や美術館や史跡から離れていたいものである。

だがそれも危うくなってしまっている。というのは次の作品を書き始めたのだが、それが予想していたよりも長くなりそうで、もしかしたら今年の夏は、『ローマ人の物語』を書いていたころのように、夏もローマにいて書きつづけているのではないかと、今はそれが心配なのです。

秋

秋は、夏とちがってイタリアでは、海辺を散歩するには好適だ。観光客も去って人もいなくなった秋の海は、空気も澄んでいるのか、深い蒼《あお》をたたえて遠くまでつづく。ブラウスの上に薄手のカシミヤのセーターをはおり、素足にスニーカーでどこまででも歩けそう。

それに、料理がうまい。材料が豊富で新鮮で、レストランでのサービスも、気のせいか親切に変わる。とは言ってもイタリアには一年を通じて観光客は絶えないのだが、それでも夏が過ぎると人の量はぐんと減る。ローマでさえも、空の色が一段と美しくなる。大都市から離れれば、それはもう絶対的な事実になる。

地中海世界では、秋が最もすばらしい。人々が、どの季節よりも人間らしくなるような気がする。学校も新学期が始まるし、職場も再び動き始める。私のように仕事の性質が、自由なのか不自由なのか判然としない生活を送っている者は、ただただ感心して、そのような人々の動きを眺めているだけだ。エライわねえ、と思いながら。

秋になったら行ってみたいと思いながらいまだに実現しないのは、シチリアとチュニジアの中間の海に浮かぶ小さな島、パンテレリアである。夏には行ったことがある。地中海をヨットでまわっていたころに立ち寄ったのだが、昼食で飲んだ葡萄酒《ぶどうしゆ》に足を取られて驚いた。

ワインでふらつくなんて起こったことがなかったので驚いたのだが、それよりも、地中海の島で産する葡萄酒の強さに驚いたのだ。太陽をこうも多量に浴びると、葡萄酒のアルコール度も上がると身をもって納得したのだった。事実、島で産するワインは、どこのでも強い。

パンテレリア島が近年有名になったのは、デザイナーのジョルジョ・アルマーニがこの島に別邸を建て、世界中のＶＩＰたちを招いたからであるらしい。そのパンテレリアは知らないが、アルマーニもＶＩＰたちも、秋にはいなくなっているだろう。私は、華やかな人々が立ち去った後の島で、やわらかい秋の陽を浴びたいのである。

冬

冬だけは、絶対に大都市にかぎる。オペラもコンチェルトも、冬に集中している。それに冬はイタリアでも寒く、暖房の整ったところでないと私は住めない。また、冬こそおしゃれをできる季節である。人間は内容だなんて言うバカまじめな人種がいるが、外観だって大切だ。われわれ人間はしばしば「外」をきちんとして初めて、「内」の再充実もできるようになるからである。おしゃれはそのためで、他人のためではなくて自分自身のためにやるものだと思っている。

長めのコートを身にまとい、首もとを毛皮か何かで防衛し、きゃしゃなブーツをはき、やわらかくてぴったりとした革の手袋をつけ、さらに画竜点睛《がりようてんせい》といきたければ、つば無しの帽子をかぶる、なんて服装は冬でなければ楽しめない。クラシックとは、冬のものなのである。

それに、美術館や画廊を見てまわるのも、冬ならば人も少ないからゆっくりとできる。芸術鑑賞が、人の頭越しにとか、行列してとかになるのはやむをえない場合があるが、それはヨーロッパにあるものを日本に持ってきて見せるからで、それはそれで便利ではある。だが、外国を旅する最大の利点は〝本籍地〟に行って鑑賞することにあり、ゆえに人ごみも許容範囲にとどまっている、ということになるのだろう。

イタリアは、よくまあこうもたくさんありますね、と言いたいくらいに美術館からして多いが、それ以外に各種の展覧会までしてくれるので、冬だからといって丸くなって過ごすわけにもいかなくなる。

各種の展覧会と言っても、珍しいものを集めて展示するのは少ない。まずはテーマを決め、その後であちこちの美術館からテーマに合う美術品を集め、それらを一堂に集めて見せる。これをカネ集めの新手段と思っているのは、私のような意地悪ばかりではない。

イタリアは観光立国だが、自然の美しさならば、ギリシアやスペインと同一線にあるかもしれない。しかし、文化遺産となると敵なしだ。それで、先祖が遺《のこ》してくれたものを手を替え品を替えて活用するということになる。ゆえに冬のイタリアは、訪れて損する心配だけは絶対にない。

おカネについて

（二〇〇八・二）

今回は、おカネについて話したい。外国に旅しようと住みつこうと、この問題を抜きにしては語れないからである。カネを軽蔑《けいべつ》する者はカネに裏切られる、とは古人の格言にもあるそうだが、全くそのとおりで、有益で楽しかった体験も、途端に不愉快な思い出に変わったりするから要注意だ。

と言って、掘り出し物を買ったとか、反対に損をしたとか、の問題ではない。ここで言いたいおカネとは、人間社会には不可欠の社会基盤であるインフラのようなもので、初めからきちんとしておくと、後になって起こるかもしれないもろもろの不愉快な出来事の、防波堤になってくれるからである。

第一に重要なことは、新聞やテレビが伝える公式な為替のレートはあくまでも基準であって、実態は相当な幅で上下するものと覚悟しておくことだ。だから、電卓をパチパチやっていれば大丈夫と思っていると、思わない大損をする危険が隠れていたりする。なぜかと言うと、為替のレートとは、相手国のインフレ、それも個々別々の分野ごとに違う率で現れるインフレまではフォローしてくれないからである。

第二は、大使館関係者や新聞やテレビの特派員たちが与えるおカネに関する情報も、鵜呑《うの》みには絶対にしないこと。円高になっても円安に流れても、この人たちは差額を補塡《ほてん》するシステムで守られているので、為替レートの動向に敏感でなくても構わないという、幸せを享受《きょうじゅ》している人々だからである。

第三だが、それは外国に出るやなぜか起きる、解放感というか心のゆるみと言うか、まあそのたぐいの精神状態も、勘定に入れておくべしということだ。

いつも使い慣れている円ではなくてユーロを使う場合、終わりの二けたをカットするだけで、何となく安いように感じてしまう。それでつい財布のひもを緩めてしまうことになるのだが、私には、旅行者ならば悪くない選択だと思う。第一と第二の心構えと反対を言っているようだが、たまには人間、舞い上がることも必要なのです。

万年筆

頑固に今でも原稿用紙に万年筆で書く生活をつづけているので、私にとっての万年筆は文字どおりの商売道具である。いろいろ使ってみたが、気分によって変化する筆圧に耐える品ということで、モンブランに落ちついてずいぶんとたつ。少なくとも、常に四本は机上にある。

四本も常備しておくのは、原稿を書いている途中なのにインクが切れたときに、ただちにバトンタッチできるためだが、毎朝仕事を始める前に四本すべてにインクを満たすほどは律義《りちぎ》に出来ていないので、当たり前の話だが、四本全部がインク無しになることも珍しくない。そのようなときは、調子が狂っちゃう、などとボヤきながらインクを入れ直すのである。作家の執筆の現場なんて、こんなふうで滑稽《こっけい》なものなのだ。

ところが、この大切な商売道具の四本ともが『ローマ人の物語』を書いていた十五年間で完全にダメになってしまったのである。他に万年筆がないわけではなかった。日本中の書店主の集まりが贈ってくれたペリカンが一本あって、今もそれで書いている。これは調子が良いのだが、商売道具である以上は一本では足りない。それで、ローマの都心にあるモンブランの専門店に出向いたのである。

日本の雑誌で見た値段だと一本が五万七千七百五十円だったから、ローマで買えば三百六十ユーロだと思いながら。

ところが店員は、四百五十ユーロだと言う。九十ユーロは、一万四千円ものちがいになる。これは日本で買ったほうが安いと思ったが、ユーロ高・円安に敏感になっていることもあって考えたのだった。

おそらく日本での値段は、一年以上も前に仕入れた値のままであろうということ。だが、それも売り切れた後に入荷する品からは、為替レートを正直に反映した値、つまり値上がりは避けられないということになる。

それにしても、急激な為替の変動である。製造業は順調に行っているらしいので、政府と日銀の無政策ゆえと思うしかない。為替差額の補塡に浴している、在外公館や特派員らの情報に頼っているからであろうか。

肉料理

フィレンツェ式のステーキを意味する「ビステーカ・アラ・フィオレンティーナ」を、日本の寿司《すし》や天麩羅《てんぷら》と同じと私は考えている。つまり、家庭で試みるのは初めからあきらめて、プロにまかせるという意味でだが。

肉の選び方、切り方、焼き方の一つでも不十分だと、ステーキを食べたことにならないが、家庭でこれらすべてを満足させるなどは不可能である。だからステーキを食べたくなると、それ専門のレストランに行くことにしている。

ちなみに、このごろではイタリアでも「クオーコ」(料理人)と言わずに「シェフ」

と呼ぶ。しかしステーキくらい、「シェフ」と相性の悪い料理もない。それだからか、イタリアではステーキ屋は高級レストランとはされていず、ゆえにミシュランの星とは無縁な世界で生きている。

私が好んで行くのは、スペイン広場のすぐ近くにある店だが、初めてイタリアに来たときからあるから、少なくとも四十五年は続いているわけだ。内装も当時からまったく変わらず、料理も変わらず、給仕たちも長年変わらずで、イタリア語ならば「オネスト」(正直な)料理を提供しつづけている、今では少ない店の一つになっている。

この店ではステーキが目的なのだから、パスタは食べない。また、フィレンツェ式のステーキに使う肉は赤身なので、切るのも厚く、焼き方も「アル・サングエ」(血のしたたる)でないとダメで、おかげで二人以上で行く必要があるのが、欠点と言えば欠点。

それで初めから、ステーキの名に恥じない堂々たる大きさのものを注文する。他は、トスカーナ地方の名物の白いんげん豆のサラダと、ルコラという名の葉っぱのサラダのみ。ぶどう酒はキャンティを注文するか、一本も飲みたくなければハウスワインを頼む。老舗《しにせ》レストランの特色の一つは、良質のハウスワインを備えていることにある。

これで一人前が六十ユーロ。チップを加えれば、一万円だ。東京の都心でも、五千円はかからないのではないか。円安に加えて、ユーロ圏でのインフレのせいである。

浪費

おカネについての最終回の今日は、これまでに書いてきた心構えや円安への対抗策などはいっさい忘れる。つまり、浪費、について話したい。

とは言っても、病的と言ってよいほどに目が血走った買い物狂いではなく、人生をほのかな愉楽で包んでくれる、自分だけでできる自分一人のためのムダ遣いである。

第一の条件は、必要不可欠なものには使わないこと。

女性ならばわかってくれると思うが、必要なものにおカネを使っても、いっこうに愉《たの》しくはならない。いかに高価でもモンブランの万年筆を何本も買おうと、私にとっては浪費ではないのである。

条件の第二は、限度を超えていないこと。数でも金額でも限度を超えては、エレガンスを失う。適度な浪費とは、優雅に成されないと、本来の意味を失う。もちろん、一人一人のふところしだいで、適正限度なるものも上下するのは言うまでもない。

第三の条件だが、人によって好みがちがうということを知って行動することである。言い換えれば、どんなに親しい人でも、その人の意見は参考にする程度に留めておいて、それで決めてしまうようなことは、後になって後悔するからやめたほうがよい。

買い物は、とくにこの種の浪費の場合は、本来的には一人で行って一人で選ぶべきなのだ。自分で選んで自分の財布から出して、買った物を受けとって家にもって帰るという一連の動きだけで、ときには人はほんとうに幸せになれる。

そして条件の最後だが、こうして買ったからには、そのまま仕舞っておくのではもったいない。浪費による愉楽の最後は、見て愉しむ、にあるのだから。

私なんて、少なくとも一週間は見て愉しんでいる。外出するわけでもないのに持ってみたり、宝飾品ならばつけて愉しむ。自分ながら、これだけで元は取ったのではないかと、苦笑するくらいなのだが。

人生には、ある程度の無駄が必要だ。無駄をしないと、ほんとうに有益なことさえもできなくなる。

帰国のたびに会う銀座

（二〇〇八・二）

一九六〇年代のはじめにヨーロッパに出てしまった私にとって、銀座は、娘時代の思い出を残しているただ一つの街になっている。それもあって帰国中に滞在するホテルも、帝国ホテルと決めてから、もはや二十年が過ぎたのではないかと思う。

夕方にホテルに到着するのだが、まず部屋に入ってやるのは、カーテンを全開にして東京のネオンの灯りを満喫すること。古都ゆえにネオンは規制されているフィレンツェやローマに住んできたので、私にはネオンの光の海は、もうそれだけで生まれ故郷の東京に帰ってきたことを感じさせてくれる。

次いでやるのは、ホテルを出て夕暮時の銀座を散策することだ。別に買い物のためでも、なじみの店に立ち寄るのでもない。ただただ街路を歩くだけだが、それでも故《ふる》郷《さと》に帰ってきた感慨は満たせる。ホテルの部屋にもどってきてスーツケースを開け、服や靴やバッグを取り出して整理するのはその後のことです。

滞在中も、しばしば銀座に出る。そうなると昼間のことなので、銀座の変わりようには驚いてばかりいる。このごろの銀座にはイタリアの最高ブランドの進出がいちじるしく、これではまるでローマのコンドッティ通りか、ミラノのモンテナポレオーネ通りかを歩いているのと同じだと思ったりする。

それでも、同じブランドの店なのにやはりちがう。とくにイタリアのブランドだと、ちがいは歴然としている。銀座で売られている品々は、品の良いということになっているらしい「銀座」を反映してか、総体的におとなしい。品は良くてもおとなしくないモードを好む私は、母が昔に私に言った言葉を思い出して微笑する。作家らしい格好をしなさい、というのが母の口ぐせだったが、当時も、あれから四十年が過ぎた今でも、作家らしい格好とはなにかがわからないし、わかろうとも思わない。

その私でも、母に連れられて歩いた時代から残っている名店に出会うと、健気《けなげ》にやっていますね、とか独り言を言ってはフッと笑う。東京とローマでは地球の反対側だが、それでもお互いに健気にやっている者の間でしか生まれない、同志愛のようなものかもしれない。それが、和服のお店でもおそば屋でも、また昔どおりに作っているアンパンやシュークリームを売っている店でも変わりはない。

そして、和服は着物でも帯でも高くて簡単には手は出ないが、アンパンやシュークリームならばその場ですぐに買う。ホテルでの朝食のためだ。日本に帰ってきてトーストパンでもないでしょう、というわけで、帰国中の私はホテルの朝食をほとんど食べないが、それに代わるのが、ローマでは手に入れたくても入らない、アンパンというわけです。

もう四十年以上もイタリアに住んでいることもあって、「住」と「衣」はイタリアのもので良いという気持ちになっている。

「衣」は、昨今のイタリアン・モードの日本での人気を見ても納得は簡単と思うが、「住」も、フィレンツェでもローマでも都心《チエントロ》に住んできたので古い家になじんでいる。古いと言っても、四、五百年は昔の建物《パラッツォ》になるから壁も五十センチ以上はあり、音はしないし天井は高いしで、住み心地はゆったりと落ちついているからだ。

長年の外国暮らしなのに、どうしても日本式でないとダメというのが「食」である。食だけはジャパニーズ、という感じで、おかげで私の銀座散策も、「食」に出会うと眼が輝いてくる。銀座はこの面でも、私を幸福にしてくれる。おそば屋も和菓子のお店も、そしてなによりも、東京っ子の私にとってはかけがえのないお寿司屋《すしや》の数々。帰国中にフランスやイタリアの料理を食べると一食損した気になる私にとって、これらの銀座のお店は、なによりも私を幸せにしてくれる。

そんなわけで、私の帰国中の銀座散策は、半年ぶりにしてはおカネがかからない。今や銀座の「顔」の観あるヨーロッパのブランドも、あちらで買えばよいのだし、和装のほうも、母が遺《のこ》したものを全部ゆずってもらったのが私で、外国人の席では日本の着物、と決めているとはいえ、まだまだ充分に使える。つまり新たにあつらえる必要に迫られていないということだが、それでショーウィンドウで見る高い値段も、今のところは無縁だと思っている私を気落ちさせることにはならない。

三人姉妹の中で私だけが母の着物や帯をもらったのは、生前の母はお仕舞をやっていて、謡《うたい》のテーマごとに白生地に染めさせていたからである。帯も、自分が舞うテーマに染めさせていた。

こうなると、日本ではやはり大胆で派手で人眼につきすぎる。外国で着て、ちょうどよいという感じだ。また袖《そで》も小袖づくりが多く、日本では目立っても外国では、小柄な日本の女には適しているように思う。

しかし、外国にいてもそれが日本人の席だと、まったくと言ってよいくらいに和服を着ない。ヨーロッパの歴史を書いてきた私の着物姿は、どうしても日本人の眼には落ちつかない取り合せに映るらしく、和服姿の私を見ると、いちようにびっくりした顔をするからだ。びっくりさせては申しわけないと、ローマやミラノでの私はアルマーニを着て日本人の前に立つ。

帰国中の日々は、仕事関係の会合で埋まることが多い。だが、それでもスキ間を見つけては、私の足は自然に銀座に向かう。ホテルを出れば、もうそこは銀座、だからでもあるけれど。

銀座が私の仕事に関係する場合は少ないので、銀座に行くのは一人か、それとも妹とか、でなくても親しい仲の編集者と一緒ということになる。要するに銀座は私にとって、仕事以外の場であり、それゆえに緊張が解かれる場であり、なにかしら心がなごむ場ということになるのだろうか。足を向けるのは一人の場合が多いのも、そのためかと思ったりしている。

ある人に、銀座に昔からあるおそば屋で厚焼きタマゴで日本酒を一杯、というのは粋《いき》なアペリティーヴよ、と教わった。これは一人というわけにはいかないので、目下相方を模索中、というところです。

（二〇〇七・十二）

宝飾品の与える愉楽について

美しいものは、眺めているだけで幸せになる。

古代ギリシアやローマの彫刻でも、ルネサンス時代の絵画でも美しい傑作に接して幸せになるのは、私自身が豊かになったような気分にひたれるからだろう。

といって、それらを買い求めて自宅に置きたいという想《おも》いは一度としてもたなかった。ヨーロッパ中の美術館をまわって見ているうちにこちらの眼も肥えてきたのか、私ごときの資産力で購入できる品は三級品にすぎなく、それでは私が納得できなくなってしまったのだった。つまり超一級にしか眼が向かなくなったということだが、それならば美術館に行くしかない。美術館にはどんな大金持ちでも買えないもの、要するに「値のつけようもないもの」が並んでいるのだから。おかげで今なお美術館通いは止《や》めない私だが、自分自身では、美術品といえるものは一つとして所有していない。

この私でも宝飾品は買う気になるのは、私程度の資力でも、「超」は無理でも「一級品」ならば買えるからである。なぜなら品自体も小さいからだが、そのうえジュエリーには、眺めて幸福になるだけでなく、身につけて幸せになるという利点もある。それをいつ、どこで、どの服と合わせて使うかと考えるだけで、その品の購入費の半分くらいは元を取ったのではないかと思うほどだ。

　美しい傑作には必ず、それを見る人の想像力までも刺激するという特質がそなわっているからで、この点ならば宝飾品も、彫刻や絵画の傑作と同じ「刺激力」をもっていると思っている。それも自分で所有しようと思えばできるおカネで可能なのだから、毎日それを眺めながら幸福感にひたれるというわけだ。

　塩野さんが仕事を済ませた後のストレス解消は何ですか、と問われるたびに宝飾品を見ることと答える私なので、クリスティーズが主催するオークションにはよく参加する。そこでどのブランドよりも高値で安定しているのがカルティエとブルガリの品だった。まるで東西の横綱という感じで、この二店制作の品は、買うときも高いが売るときも高く売れる。

　その理由は数多い老舗《しにせ》の中でもカルティエとブルガリが、伝統は守りながらも変革を怖《おそ》れないからではないかと思う。世界中に名を知られた老舗ならば高度な技術をもっているのは当たり前だが、この二ブランドはとくに、技術に加えてイノヴェーションの意欲が強い。カルティエのカトレアをモチーフにした一連の品には息を飲んだが、ブルガリのエリシア・コレクションも別の意味ですばらしかった。

いずれもローマのコンドッティ通りに向かい合っている店で見たのだが、カトレア・シリーズの華麗に対し、エリシア・コレクションは繊細。前者が身につける女の強い自己主張を助ける品だとすれば、後者のほうは、それを身につける女人をやわらかくおだやかに包みこむ感じ。

もはやカルティエはフランス的とされることから超越しているのに対し、ブルガリもまた、イタリア的であると同時にイタリア的であることから超越している。宝飾界でこの両ブランドの双壁《そうへき》状態は、これからもしばらく続きそうである。

第二章　日本人を外から見ると

Su Giapponese

日本人・このおかしなおかしな親切

（一九八〇・一）

日本人にしてみればごく当り前なことなのに、外国人が特別な反応を示すのを見て、かえってわれわれ日本人のほうがびっくりしてしまう例は枚挙にいとまがない。

そのような例に出会うたびにいつも考えるのだが、外国人の反応まで充分に予測してことを運ぶべきだとする考え方は、無用な労でしかないのではないか。われわれ日本人にかぎったことではないけれど、所詮《しょせん》、人間は誰でも、自らの気質に合う方向にしか動けないものである。

ヨーロッパに住んでいると感じることだが、こんなにまでしなくてもと思うほど、ドイツ人の、自分たちはナチとは絶縁しているということを示す〝心遣い〟に出会って、かえってこちらのほうが困惑してしまうことが多い。

その一例が、ドイツ人の行進だ。

ドイツ人は行進が上手《うま》い。彼らは、一人でぶらぶら歩いている限りは普通の人間で、少しも怖《おそろ》しくはないが、まとまって行進すると断然サマになるだけでなく、脅威を感じさせる。行進が夕暮時に行われたり、そのうえたいまつを持ったりすると、聴こえてくるワグナーの音楽とともに、これだけでもう、ヨーロッパ人の心根を寒くしてしまうのだ。

ドイツ人は、もちろん充分に、ヨーロッパ連合の仲間たちの反応を予測しているから、西ドイツ人は、こういうことは絶対にやらない。それどころか、行進する羽目におちいった場合でも、オリンピックの開会式のように、わざと下手に行進するのである。

ところが、そのようなことを気遣う必要を感じない東ドイツの国民は、平然と、夕暮にたいまつ片手の行進を見事にやってのける。これをテレビで見るヨーロッパ人は、「やれやれ、あいつらはちっとも変っていない」と、あらためて寒気を感じるのだ。これだから西ドイツ人の心遣いなど、まったく無用な労ということになってしまう。たいまつは願い下げにしたにしても、整然たる行進ぶりは、やはりドイツ的なのである。わざと下手にやることもない、と私などは思う。

しかし、外国人の反応を知っておくことは、いちがいに無用な労とも言えない。生来の傾向は変えられないであろう。だが、少なくとも、独断と暴走を防ぐには役立ちそうな気がする。

＊　＊　＊

これから書くのは、十月二十四日から三十一日にかけて東京で開かれた、第九回産婦人科世界大会の印象記である。ただし、日本人である私の印象を記すのではない。それに出席していた外国の医学者たちの印象を、私が代わって記す文になる。なにしろ、そこでの私の立場は、日本の報道人としてではなく、外国の医者の妻としてのものであり、とくに日本人を妻にしているのは、この大会に出席した外国の医者ではわが亭主一人だったらしく、自然、彼らの印象や反応や疑問が私に寄せられることが多かったからだ。

それにしても、完璧《かんぺき》な組織運営ぶりであった。日本人からすれば、これがかゆいところに手のとどくという日本式やり方かと思って、特に印象深いことでもないのだが、かゆいところに手のとどく式に無縁な外国人にしてみれば、これはショックなのである。彼らは、半ば呆《あき》れ果て、このような日本人の完璧主義はなにに由来するのか、という疑問をいだいたのも無理はない。

あるイギリス人の医学者は、こう言った。

「これほどの完璧さでやれるのは、日本人の他にはドイツ人だけだろう。なぜなら、ドイツ人は、自分たちを誰よりも優秀だと信じているから、自分たちの優越性を誇示するためにも完璧にやる。

日本の完璧主義も、自分たちにはどの国民よりも優れた組織能力があり、運営能力に長《た》けていると信じての結果だろうか」

そのグループにはドイツ人もいたのだが、彼はニヤニヤ笑って何も言わなかった。私はやむをえず、こう答えたものである。

「日本人は、自分たちが他の国民よりも優れているなんて思ってはいません。ただ、支障なくことが進行し終了することを何よりも重視する気質なので、つまり、ヘマをやることを極度に怖れているので、その結果として完璧にやってしまうのです」

イギリス人は、大笑いした。しかし、ここで、イタリア人が口をはさんだ。

「だが、ドイツ人はこれほど完璧にはやれませんよ。ドイツ人に、それをやる能力がないのではなく、ドイツ人が少なすぎるからです。だから末端のサーヴィスは、移民に頼るしかない。気質のちがう移民には、ドイツ式の完璧主義は絶対にやれないのだから」

私は、招待状を受取る女の子から、グラスが空になりそうと見るや瞬時も置かずに新しいグラスを差出す給仕に至るまでが、ヴェトナム人や朝鮮人ではない、わがなじみの日本人だけであることを、一同に証言しなければならなかった。

まったく、日本式の完璧主義は、人海作戦でもあった。カードを渡す人とそれにポンと何かを押して返してくれる人が別の人なのである。同じ人がやってもよいようなことを、二人の女の子に分担してやらせている。私がこの話をしたら、ある日本人は、うめくような声で言った。

「日本には人間しかないんですよ。まったく、人間しかないんだ」

ところが、人海作戦による完璧主義で外国人を圧倒したのは大会期間中の一週間だけであったが、物量作戦による完璧主義のほうは、大会のはじまる五カ月以上も前から、出席者の中でもとくに研究成果を発表する者に対して、まるで機関銃の弾のように、連続して攻撃をかけてきたのだから恐れ入る。

＊　＊　＊

まず、五月十五日の日附けで、大会会長の東京大学医学部産婦人科部長坂元正一教授の名で、第一弾が発射された。

ディア・サーの後に続く、あなたの研究発表が大会組織委員会から正式に承認されたことを喜びとします、までは、受取った側も、別に何と言うこともなく読む。それから、あなたの学問上の業績の発表によって、大会の成功に寄与されることに心から感謝をいたします、というところも、お世辞にはちがいないが、これは文章上の礼儀なのだからと素直に読み流す。問題は、ガイドライン・フォー・スピーカーという、つまり発表者への注意ということだが、次頁《ページ》から述べるそれを熟読して実施されたし、というのが曲者《くせもの》であったのだ。ガイドライン・フォー・スピーカーという文字にアンダー・ラインが引かれているのに注目しないで、なに気なく読み流してしまった者は、第二頁からを読みだすや目を丸くする結果になる。

それに目を通していた夫は、やおら笑い出し、私を呼んで言った。

「キミの同胞である日本人たちは、ボクたち外国の同僚に、ホテルでのオシッコの仕方まで指示してきたぜ」

私は、まさかと思った。だが、その瞬間の私の気持を正直に白状すると、微に入り細にわたることの好きな、支障なくことが運ぶのをなによりも重視するわが同胞のことだから、ひょっとしたらひょっとしてオシッコの仕方まで指示してきたのかな、と思ったのだ。なにしろ、何千人という外国からの医者を迎えるのだし、彼らのほとんどが、日本訪問ははじめてにちがいないからだ。

それで、半信半疑ながらも、夫が、〝読みあげた〟それに耳をかたむけた。

「トイレに入ったら、もしも暗闇《くらやみ》ならば、電燈《でんとう》を点《つ》けてください。通常、電燈のスイッチは、トイレのドアの左側にあります。

用を足す方法は、二つのグループに分類されます。小であるA式と大を足すB式です。用を足す前に、自分の現状がどちらのグループに属すかを確認すること。

Aのグループに属す場合、

この場合は、まずトイレのふたを壁側に向けてあげ、さらにその下のわくも、壁側にあげます。それから、ズボンのボタンをはずし、出すべきものを出し、用を足します。最後の一滴まで出つくしたのを確かめた後、しまうべきものをしまい、ボタンをかけ、水を流します。通常、水を流す仕かけは、トイレのなめ上についています。これらすべてを終えたら、ドアを開けて外に出、電燈を消してください。

Bのグループに属す場合、

このグループに属す場合は、上のふたを壁側にあげるまでの過程は、グループAと同じです。ただし、その後は、ふたの下にあるわくはそのままにして、そこに坐《すわ》ります。ベルトをはずし、ズボンをぐっと下にさげることを忘れないでください。（図を

参照せよ）

用を足したら、通常、すぐ右側にそなえてあるトイレット・ペーパーをちぎってふきます。

〔要注〕日本では、通常ヴィデは設置されていないので、充分に紙でふかれるか、シャワーや入浴の前になされるよう勧めます。これを注意しないで、かゆくなるとかの支障が生じても、組織委員会としては責任を負いかねますので、あくまでもこの注意を頭に留めておいてください。

身仕度をととのえ、手を洗い、ドアを開けて外に出、電燈を消す段階は、グループAと同じです。

〔要注〕用を足した後の電燈のスイッチは、必ず消してください。省エネルギーの精神をお忘れなく。

要約　この注意書をよく読み、厳密に実施されるようお願いします。係員に無用な労をかけないためとお考えください」

もちろん、これは嘘《うそ》である。いかに支障なくが好きな日本人だって、ここまではやらない。しかし、夫に勧められて、第二頁からはじまる発表者へのガイドラインなるものを読みはじめたら、日本人である私だって、なるほどここまで細かく、という印象はどうしようもなかった。読み終えた後、夫にこう言ったものである。

「これはあなた、日本の医学者たちは、外国の同僚の知的水準をよほど低く見ているのですよ」

私とて、大会の組織委員たちが、外国の医者をバカと信じているとはもちろん思わない。夫の冗談に、冗談でこちらも対抗しただけだ。

＊　＊　＊

それにしても、この注意書なるものは、日本人のかゆいところに手のとどく考え方を示す傑作であった。全文を飜訳《ほんやく》したいところだ。いかに支障なくが好きな日本人だって、笑い出すにちがいない。ただしそのための紙面もないから、一部だけしか紹介できないのが残念である。

まず、同時通訳を正確に行わせるためという項では、
(1)発表論文は、二通のコピーを用意すること。
(2)タイプライターで打った文章は、その十行が一分間で話す分量と考えること。持ち時間の中には、当然、スライド説明に要する時間もふくまれます。——
面白いのは、スライドをいかに用意すべきかを記した箇所であった。医学上の発表

なのだから、ほぼ全員の発表者がスライドを使う。
(1)スライドの数——十枚以内。
(2)サイズ——三十五ミリのスライドを、五十ミリ×五十ミリのフレームにはめこむこと。
(3)フレームの材質は、金属かプラスティック製の良き情況にあるものを用いること。
(4)厚さ——三ミリ以内。
……
スライド使用上の注意という項では、
(1)スクリーン一つに、スライドは一つしか映写できません。
(2)スライド交換について——もしもあなたが、同一のスライドを何度も使用しようと思うならば、同じものを使用希望回数分だけ用意し、設置する必要があります。
これは、日本人である私にはすぐに理解できた。要するに、最初のスライドをもう一度写してほしいとか、三枚前のをもう一度見せてくださいとかの希望はかなえられないから、写す順序にそって、同一のものでも二枚用意せよ、ということなのである。

いかに、この会議はサイマル・インターナショナルが請負っているとはいえ、スライド映写の技師まで、英語を完全に解する者を集めるなど不可能だからであろう。発表の会場だって、一つではない。だから、映写技師の仕事が、わかりもしない外国語で寄せられる要望でモタつくことを心配して、技師たちが、ただただスライドを次から次へと写すだけに専念できるようにと、このような注意を発表者に与えたのであろう。

たしかに、いくつかのぞいてみた会場では、外国の医学者たちも、

「ネックス・スライド・プリーズ」

と言うだけで、いや、それしか言えなかったわけだから、このような会議ではしばしば起るスライド映写の不手ぎわも、東京のこの大会では一度も生じず、まったく奇《き》蹟《せき》的にスムースに運んだのであった。ネックス・スライド・プリーズだけなら、いや、これだけ理解すればいいのだから簡単だ。くり返されれば、終《しま》いには犬だって尾をふるようになる。そして、気質のちがう外国の医学者たちも、指示されたとおりに、スライドに番号や名を入れたり発表時間を秒きざみで計ったりして、日本式正確さを期すためにテンテコ舞いしなければならなかったのである。

日本方式に振りまわされたのは、論文の発表者ばかりではない。会議の前日に行われた登録というのが傑作で、私には、ヨーロッパにある馬鹿《ばか》さ加減を試すゲームを思い出させた。登録に使用される部屋は、その中に並べられたデスクまでいちいち番号

入りで図解され、しかも、デスクをまわる順序まで、これまた図入りで親切な説明がつく。参加者は、そこに書かれてある順序に従ってデスクをまわって、会議カードを示したり参加料を支払ったりするうちに、自然に登録終了、つまり〝上がり〟になるという仕かけだ。

こうまで懇切丁寧な指示を受けて、それでもなおかつオタオタしている者がいたとしたら、その者からは医者の免状を取りあげてしかるべきであろう。大会の組織委員会にこういう下心があったかどうかは知らないが、そばで見ていると、われわれ医者にかかる側にとっては幸いなことに、医者たちは流れ作業のコンベアー・ベルトに順調に乗っているようであった。日本人の几帳面《きちようめん》さに感嘆しながらも。

しかし、すべては支障なく、完璧に終了したのは、出席者全員の認めるところである。決められた時刻どおりにはじまり、これも決められた時刻どおりに終る国際会議などはじめての経験であった、というのが、外国からの出席者たちの感想であった。当意即妙なることは一切禁じられていたから当り前の話にしても、これほどの大きな国際会議を成功させるのは、大変な苦労であったにちがいない。微に入り細にわたり、それもくり返しくり返し送られた注意書を重ねると部厚な本ぐらいの厚さになるほどだったが、その内容が、外国の同僚たちの知的水準の最も低い程度に置かれたものであっても、これぐらいしないと大会議は支障なく運営されないのだから仕方がない。最も低いところを基準とするという組織委員会の方針は、夜のレセプションで供された食事の量を見ても明らかであった。質も良かったけれど、量がまず多いのだ。これには外国の医学者たちはいちように、

「医局の中で一番若い、いつも腹を空《す》かしている奴《やつ》を基準にしたにちがいない」

と感心していた。後で坂元先生に確かめたら、やはりその考えで用意したのだそうである。長年大学の医局にいると、食うという段になってまず頭に浮ぶのが同じことなのは、洋の東西を問わない現象なのかもしれない。

* * *

完璧な運営というのは、どうしても最低線を基準としなければならないために、そばで見ている者でなくても登場人物たちまで、なんとなくユーモラスな雰囲気を感じてくるものなのである。支障なくを最大目標として苦労してきた組織委員会は、おそらくそんなことは予期しなかったと思うが、出席の外国の医学者たちは、まるで小学生のようにあつかわれながら、けっこうそれを愉《たの》しんでいる風であった。その面での傑作は、大会に関係する者ならば全員が胸につけていたカードである。これは、実に

合理的に考えられていると、私まで感心させられたものだ。

まず、縦六センチ横十センチほどのセルロイド張りの白いカードには、下の部分が帯状に色分けされている。そこの色がグレーならば出席者当人であり、ピンクならば同伴者を意味する。女医もだいぶいたが、彼女たちの同伴者である夫たちもピンクであったかどうかは、ついに実例を見つけることができなかった。その帯が青であると大会の事務局の職員を意味するから、同時通訳者もこの部類に入るのであろう。赤帯となると、医学会議には附きものの薬品会社や医療器具会社からの出張員を意味する。これで、会議場をうろつく者は全員、何かの色に色分けされたことになる。

さて、カードの大部分を占める白いところだが、そこにはまず、名前がタイプされている。もちろん、日本人でもローマ字だ。名前の下には、国名がタイプされる。

ここまでは、他の国際会議と変らないので私にはことさら面白くもなかったが、国名の右にポンポンとついている丸型の色紙には大変に感心させられた。

赤がポンとついていれば、その人は英語を話すというわけである。それが青になると、フランス語だ。黄色はスペイン語で、紫は日本語ということになる。ポンポンと二色つけている人も多かったし、赤、青、紫などと、語学に達者らしい日本の医者も何人かは見られた。

これは大変に便利なアイデアで、これまでの国際会議のように、話しかけても相手がチンプンカンプンで、話しかけた方も話しかけられた方も気まずい沈黙におちいるという事態を防ぐのに役立ったであろうと思う。

なにしろ、ちらと相手のカードを見やり、紫色だけなら、グッド・モーニングとぐらい言ってニコリとし、そのまま別れればいいのだから便利で良い。外国人同士ならば、これほどの心遣いは必要ないのである。いずれの国語も、遠い近いの差はあっても互いに親戚《しんせき》同士のようなものだから、共通語を持たなくても、フランス人はフランス語を話し、イタリア人はイタリア語を話していて、同じ産婦人科医同士なのだから、けっこう通じ合えるのである。外国語があまり得意でない日本人の医者を配慮してのアイデアであろうが、紫色しかつけていない日本人が、会議場内を堂々と胸を張って闊歩《かっぽ》しているのをよく見かけたが、それも、自分の国で開かれた会議という理由からだけではなかったと確信している。

＊　＊　＊

あまりにも完璧だと、これまでに述べたようなユーモラスな面も表れたりして、なかなかに愉しい現象だが、完璧主義はやはり、それを受ける側にとっては、なにか圧倒されたような気分を味わうのはどうしようもない。第九回産婦人科世界大会に参加した外国人の多くは、それぞれの国民性によって受けとり方はちがっても、日本人の完璧さに圧倒されたことでは同じであった。日本人の経済力と組織力と実行力を改めて印象づけられた外国の医者たちは、こんなふうに反応したものである。あるインド人の医学教授はこう言った。

「われわれには、この三つのうちの一つもありませんよ。でも、患者は不足しないから経験は積めます」

望むかぎりの患者を提供するからボンベイに来ないか、とこの教授にさそわれた夫は、もうそれだけで興奮していた。

一方、アメリカ人はこう言った。

「次回のサンフランシスコでの大会も、日本人に組織と運営をやってもらったほうがいいくらいですね」

同席していた他の国々の学者たちはみな、このアメリカ人が冗談を言っているのであって、彼らの誇りのためにもそんなことが起るはずはないと確信していたようである。ただ私だけは、国際会議のノウ・ハウの輸出は可能だろうかということを考えていた。

イギリスの医者の感想は、例のウサギ小屋の件に似て、少々トゲがあった。

「日本の軍隊はたいしたことないらしいが、そんなことに目をくらまされていると、またもとんだことになりますよ。見事な組織力に加えて、命ぜられたことを忠実に実行するこの日本人たち。彼らは明日にでも立派な軍隊に変りうる。もう一度はじめますかな、彼らは」

私は、ロンドンで見た在郷軍人たちの行進を思い出しながら、

「おやおや、あなた方のほうこそ三十年過ぎてもしつこくやっているくせに」

と反論しようと思ったが黙っていた。そして、もしもあるエピソードをこれらの外国の出席者たちが知ったら、どんな反応を示すであろうかと考えた。それは、こんな話だ。

学術会議に出席した者には、会長の名で、一種の証明書が出される。これを持ち帰らないと勤務する大学や病院で、会議中の出張を認めてもらえないというわけではないのだが、まあ、この種の証明書はどの会議でも出す。そして、会長の署名も、印刷されているのが普通だ。

ところが、今回の坂元教授は、自筆の署名をしようと考えたらしい。しかし、その主旨は立派でも、一枚ずつ署名するには数だけでも大変なものになる。それを教授は、

二十二時間ぶっとおしで、結局やりとげてしまったのだ。腫《は》れてくる手を時々水で冷やしながらの作業は、傍目から見ても一種の苦行に思え、会長が自らこれほどしているのだからというわけで、事務局の女の子までハッスルし、おかげで全員一致して働く空気が生れたのだという話である。

われわれ日本人であったら、美しいエピソードだと感動して、それ以外のことは考えない。しかし、外国人ならば、どう受けとるであろう。少なくとも、鬼気迫る光景に思われて、異様な感じを受けるかもしれない。一方、日本人は、捨てられるかもしれない証明書と知っていても、心をこめてやるほうを選ぶのだ。私は、この話を、どうやって納得させるかに自信が持てなかったものだから、結局、外国人には誰にも話さないでしまった。

日本人は、それがヘマをやるのを怖れる気持からしても、微に入り細にわたる完璧さでやらないと気の済まない国民なのである。だが、それがどう外国から受けとられようと、結局は日本人的にやっていくしか道はないのだと思う。ちゃらんぽらんでルーズなのは、中南米の人ならば愛敬《あいきよう》にもなろうが、日本人では愛敬にもならない。ぶざまな行進をわざとするドイツ人のように、かえって疑いの眼で見られる結果になっては、元も子もないではないか。

おとなになること

(一九九〇・四)

アイデンティティという、日本人の大好きな言葉がある。日本語に訳すとありがたみが薄れるかもしれないが、本質とか本性とかを意味する言葉と思う。

私はこれを、二つに分けて考えることにしている。

閉じられたアイデンティティ、と

開かれたアイデンティティ、の二つだ。

この分類法を個人にあてはめてみると、閉じられたアイデンティティのほうはその人がもともともっている性質であり、開かれたアイデンティティは、その人が出会う環境によって、その人自身が変ることによって形成される性質、というわけだ。

もちろん、いかに環境によって変るとはいえ、もともとの本性とは完全に別の性質になれるわけはない。家猫は竹林に放り出されてもやはり猫で、虎《とら》に変りはしない。

しかし、暖かい家の中から竹林に環境が変れば、野生猫ぐらいには変るだろう。変らなければ、死ぬしかないからである。

これを、ルネサンス時代のイタリアの政治思想家マキアヴェッリは、時代に合わせる才能、とした。いかに能力に優れ、いかに好運に恵まれた人でも、その人が生きる時代に合致しなければ成功の存続は望めないのだ、と言って。

要するに、いかに能力に秀《ひい》で好運に恵まれた人でも、時代の要求に答えることのできない人は、早晩衰退するしかないのである。なぜなら、これまたマキアヴェッリによれば、時代というものは変るものであり、昨日まで良かったことが明日も良いとはかぎらないからである。

日本は能力をもっている。そして、昨日までは運にも恵まれてきた。だが、これからもこの状態をつづけていかれるかどうかは、まだ未知数である。

未知数はわれわれ自身にとってだけでなく、われわれが関係をもたねばならない世界の他の国々も、この面での日本の能力を未知数と思っている。だからこそ、日本を怖《おそ》れたり悪く言ったりするのである。すべては「未知数」ゆえにである。

だが、未知数とは、若者特有の性質であって、おとなのものではないことは誰でもわかるだろう。幸か不幸か、国家としての日本は、親ばなれする時期にさしかかっているらしい。

おとなになれるかなれないか。一九九〇年代は、それを決める時代のような気がする。

ローマ発ノーブレス・オブリージュ宣言

（一九九六・四）


つい先頃までの日本の躍進中は、ノーブレス・オブリージュなるものを唱える人が多かった。ところが不況が深刻になるや、そのようなことを口にする日本人はまったくといってよいほどにいなくなっている。それは、日本人の考えるノーブレス・オブリージュが、経済的に恵まれたがゆえに行う慈善と思われていたからだろう。

たしかにそういう面もある。キリスト教では「カリタス（慈愛）」は非常に重要な概念で、これがエスカレートすると、着ている外套《がいとう》まで脱いで貧者に与える、なんてことにもなる。これを国家規模に広げると、日本人が頭と肉体を使って築きあげた蓄積も、日本自体の生活大国化などには使わず、発展途上諸国に毎年さしあげる、のと同じことになる。

だが、これでは人間の本性に照らしても非現実的というわけで、中世時代に教会に納めていた税金も、収入の十分の一と決まっていた。つまり、着ている外套を脱いでまで与える、などという善行も、一般的にはしていなかったということである。

しかし、「カリタス」という言葉自体がラテン語であることでも明らかなように、慈善はキリスト教の専売特許ではない。古代でも、累進《るいしん》課税制ではなかったが、富裕者の責務はちゃんとあった。ただしローマ時代では、その責務が公共事業に向けられた点が特色だ。社会全体の生活水準を向上させることで、弱者の救済をしようと考えたからだろう。また、もっぱら悪く言われている「パンとサーカス」も、国家ローマの社会福祉である。

とはいえ、これでもまだノーブレス・オブリージュは経済の範囲内に留まる。しかし、ノーブルであることはそのようなものに留まらず、頭脳の問題でもあると考えた先人は少なくなかった。ユリウス・カエサル（英語読みだとジュリアス・シーザー）は、次のように言っている。

「すべての人は平等に、自らの言行の自由を謳歌《おうか》できるわけではない。社会の下層に生きる人ならば、怒りに駆られて感情に走ったとしても許されるだろう。だが、社会の上層に生きる人ならば、自らの行動に弁解は許されない。ゆえに、上に行けば行くほど、言行の自由は制限されることになる」

「理性に重きを置けば、頭脳が主人になる。だが、感情が支配するようになれば、決定を下すのは感性で、理性のたち入るすきはなくなる」

ノーブレス・オブリージュにも右のような一面があると考えれば、不況になるやとたんにお払い箱というような事態にはならないのではないだろうか。いやもしかしたら、この半世紀ずっとプラスに機能してきた社会のシステムがマイナスに機能しはじめたがゆえに生じている、現在の日本の混迷の打開にも道が開けるのでは？

祝辞

（一九九三・五）

卒業生の皆さん、そして卒業生の御家族の方々、本日はほんとうにおめでとうございます。

もともと出無精な私なので、このような晴れがましい席に出席し、しかもお祝いの言葉まで述べるなどということは今日まで一度もしたことがなかったのです。それがまたなぜ、というわけですが、今の私は『ローマ人の物語』と題した古代ローマ史の連作一本に集中する毎日を送っています。その第二巻がローマとカルタゴとの間に闘われたポエニ戦役なのです。それでこの一年間というもの、私の頭は、戦略や戦術や武将たちで占められてきたのでした。しかも、ポエニ戦役の主人公であるハンニバルもスキピオも、そして私が古代の戦略戦術を勉強するためにとりあげざるを得なかったアレクサンダー大王も、いずれも二十代から三十代にかけての若さで、戦史に残る業績をあげた人物です。

こういうことばかりを考えていた私に、防衛大学校の卒業式で話せというお話がきたのでした。それには思わず笑ってしまったのです。なぜなら、戦略戦術に若い武将たち、そして他でもない日本の武将予備軍であるあなた方、とくるなんて、まるで連想ゲームだ、と思ったからです。でも、笑ったのが承諾と受けとられ、今ここにいるというわけです。

しかし、冗談はさておくとして、古代にしろ戦争を書いていながら、さまざまなことを考えさせられたものでした。

まずはじめは、一級の武将はイコール一級のシビリアンである、ということです。シビリアンであらねばならない、と言っているのではありません。一級のシビリアンでなければ、戦場でも勝てないからです。

では、なぜ一級のミリタリーは一級のシビリアンでもあるのか。

それは、戦争でも戦闘でも、勝利を収めるということが、実にさまざまな要素の結合であるからなのです。勇敢であるだけでは、充分でない。兵士たちを従《つ》いてこさせる人望があっても、それだけでは充分でない。

古代ローマ軍の戦略単位は、二万から二万五千の兵士たちで構成された二箇軍団でした。

これは執政官一人で指揮したところから執政官軍団と呼ばれていました。ところがこの二万でも大変なのに、ハンニバルやスキピオ級の最高司令官ともなると、この二倍は率いなくてはならなかったのです。それを彼らは、二十代でやったのです。アレクサンダー大王も同じでしたが。

では彼らは、どういうことに気を配る必要があったのか。

まず第一は補給線の確保でしょう。勇敢な兵士といえども、腹が空《す》いては戦さにならない。歴史を見ていると、優秀な武将ほど、部下たちの腹具合に、しかも戦闘に出かける前の腹具合に注意を払っていたようです。それに補給を必要としているのは、食糧にかぎりません。戦場での兵士一人一人の力を十全に発揮させるために欠くことのできないものすべてです。こうなると一級の武将は、一級の大蔵省や厚生省の役人、ということにはなりませんか。

また、戦闘に訴えないでも勝利を得ることに、彼らはなかなかに敏感でした。武力で解決することしか知らないのでは、一級の武将とはいえません。なぜなら、指揮官が心がけなければならないことの第一は、自分に与えられている兵力をいかに有効に使うか、であるはずなのですから。

そうすると、いかにすればよき味方を作れるか、ということにもつながってくる、これはもはや外交です。一級の武将は、一級の外交官でもなければならない、ということになります。

そのうえ、部下たちをやる気にさせる心理上の手腕。人間は、苦労をするのも犠牲を払うのも、必要とあればやるのです。ただ喜んでやりたいのです。だから、それを喜んでやる気持ちにさせてくれる人に、従いていくのです。これはもう、総理大臣の才能ですね。

そして、戦場で駆使される戦術とて同じことです。

古代の有名な戦闘は、アレクサンダー大王もハンニバルもスキピオも、そして私もいずれは書くことになるユリウス・カエサルの行った戦闘も、まったく一つの例外もなく、兵力では劣勢であった方が勝ったのでした。これこそ戦術が優れていたからですが、なぜ、彼らにだけ、優れた戦術を考え出すことができたのか。

私の思うには、それは彼らが、一般人よりは柔軟な思考法をする人物だったからだと思います。つまり、アレクサンダー大王はギリシア人であると同時にギリシア人でなく、ハンニバルは、カルタゴ人でありながらカルタゴ人でなく、スキピオやカエサルは、ローマ人であると同時にローマ人でなかったゆえである、と私は考えます。

他者が考えるのと同じことを考えていたのでは、絶対に勝てない。なぜという疑問を常に持ち、その疑問を他者が考えつきもしなかったやり方で解決する、それには思考なり発想なりの柔軟性こそが、勝敗を決する鍵《かぎ》になるのです。

このように、軍事とは、まったく政治と同等に、いや、すべての分野と同等に、総合的な才能が発揮されてこそ一級になるのだと思います。

世間ではよく、シビリアン・コントロールという言葉が使われますが、それは一級の武将がなかなかいないから、われわれシビリアンは危っかしくて、コントロールしなくては、と思わざるをえないからです。コントロールなど必要としない、一級の武人になってください。そうすれば、アレクサンダー大王もハンニバルもスキピオもカエサルも考えなくてすんだ最高の難問、戦争をしないでどうやって勝者でありつづけるか、という難問の解決への道も、自《おの》ら《ずか》開けてくるのではないかと期待します。

最後に、一つだけお話ししておきましょう。それは、私益の追求は、それがよい形で成されれば、必ずや公益の達成につながるということです。

半年ほど前でしたが、イタリアに住む私のところに、日本に帰れば戦闘機乗りの訓練に入るという一人の青年が訪ねてきました。その彼が私に、自衛隊の立場は将来どうなるのか、と質問したのです。心配だったのでしょう。当り前です。自らの人生を託すのですから。ただ私は、こんなふうに言ったのでした。

「わからない。おそらく今の日本で、それに確答を与えることのできる人は一人もいないと思う。でも、あなたはなぜトップガンを志願したのですか？」

彼の答えは、十一歳の頃からの夢で、それでごく自然に選択した、というものでした。

そこで私は、「ならばそのままお続けなさいよ、トップガンになる道を」と言ったのです。その後二カ月ほどして、奈良の訓練基地から、同僚たちと写した制服姿の写真がとどきました。

私はあなた方に、日本のためと思って防衛にたずさわれ、などとは言いたくありません。でも、あなた方自身の才能を発揮するのに防衛にたずさわるのが適していると思えば、それに人生をかける価値はある、とは言います。

相手のためであるという想《おも》いだけでやると、その相手が認めてくれなかったりすると腹が立つものです。しかし、自分のためにやると思えばよいのです。そうはならないでしょう。なに、私益のよき追求は公益の達成に通ずる、と思えばよいのです。そして、この考え方が正しいことは、歴史が実証してくれています。

お話ししたように、一級の武人になることはなかなか大変なことです。でも、シビリアンの世界でも、一級になることは同じく大変なことなのです。

私には、ハンニバルもスキピオも、軍事力を使うことしか知らないだけの男には書けませんでした。私が書こうとしなかったからではなく、彼らの実態がそうではなかったからです。

あなた方も、明日シビリアンの世界に放り出されても、一級のシビリアンで通用するミリタリーになってください。そしてそれが、古今東西変わらなかった、一級の武人になる唯一《ゆいいつ》の道だと思います。


（平成五年三月二十一日、防衛大学校卒業式にて）

キライなこと

（二〇〇八・七）

年を取ると人格が円満になるなんて、まったくの嘘《うそ》である。もしもそのような老人がいるとすれば、それは、老いた以上はとあきらめて年齢相応を装《よそお》っているか、でなければただ単に、以前にはあったバイタリティが失われてしまったからにすぎない。それで、このどちらでもない老人はキレるという事態に向うらしいが、そうなってはやはりハタ迷惑でもあり、また、キレた老人ぐらい醜い存在もない。それで、キレる前に、嫌いに思っていることは堂々と口にすることにしたのである。

なぜこうも急に開き直ったかというと、昨日見たテレビで、イヴ・サンローランの死を報じていたからだった。いや、一昔前のフランスのモード界をリードしていたこのデザイナーの死自体は、私にはショックでもなかった。モードの世界では、何と言おうが過去の人であったからだ。私の受けたショックは、これを報じたフランスのテレビもイタリアのテレビも、早すぎた死、とか、残念な死、とかは、一言も言わなかったことだった。つまり、年相応の死というわけだ。イヴ・サンローランは私より一年前の生れだという。ということは私も、いつ死んでもおかしくない年齢になったということだ。となれば、と腹を決めたのだった。キライなことは全部言っちゃおう、と。

それで、キライなこと第一条――

日本にいて毎日接していると変化に気づかないのかもしれないが、私は六カ月ごとに日本にもどってくる。それで近年、帰国のたびに唖然《あぜん》とした想《おも》いになるのは、日本人の顔の幼稚化だ。若いのではなく、幼ないのである。若さが匂《にお》い立つ顔と幼ない顔は、まったくちがう。日本人の顔の幼稚化は、男でも女でも変わりはない。

キムタクという愛称で呼ばれる俳優のことは知ってはいたが、この人の顔を始めて見たときも唖然とした。これが日本の、結婚して子まで持った男の顔か、と思ったからである。また、サユリとかいう芸者が主人公のハリウッド映画に、登用されたのが日本の女優ではなく中国人であったときを思い出した。英語が話せるかどうかは、ハリウッドの映画製作に関係したことのある息子が言うには、たいして重要な問題ではないのだそうである。吹き替え技術の進歩はめざましく、この程度の欠点のフォローはむずかしくはないらしい。

要は、主役を張れる顔の「格」の問題で、これがある女優が今の日本にはいなかったということなのだろう。かつてはいたのに、今はいない。今の日本の女優たちは皆きれいで可愛いけれど、女ではないということだ。

人間の顔にも、「格」がある。今流行《はや》りの「品格」ではなく、「格」と言いたい。品や美には欠けるとしても格ならばある、という意味で。

この意味の「格」は、リアリティと言い換えてもよいかもしれない。このことを痛感したのは、コンピューターだけで製作した劇映画を見たときだった。髪の毛の微妙なゆれ具合までも絶妙に再現していながら、誰一人として生きている登場人物がいなかったのである。コンピューター上の遊びならいざ知らず、おカネを払って映画館まで見に行く価値はないように思えた。少なくとも、私にとっては。

『椿《つばき》三十郎』を始めとして、黒澤明のかつての名作のリメイクが盛んであるらしい。この大事業に挑戦した監督たちの才能は疑っていない。俳優も、全力をつくして演じているのだろう。しかし、「顔」はあるのか。ストーリーや演出よりも、見るわれわれを納得させるに必要な「顔」を、リメイク版の主役たちは持っているのだろうか。

俳優の存在価値は、演技力よりも何よりも先に、顔と眼にあると私は信じている。顔と眼の力さえあれば、あとは監督しだいと思うくらいに。生きている顔と眼こそが、生身の俳優が演じる映画と、コンピューター映画のちがいなのだから。

と言って日本にも、イイ顔をした男や女が、映画界ならばイイ顔をした男や女を演じられそうな俳優、がいないわけではない。ゆえに問題は、より絶望的である。私には、現在の日本人の大半が、もはや格のある人やイイ顔を求めていないのではないかと思えてならない。需要がないのだから、供給する側も腰が引け、幼稚化の流れが現今の主流になってしまったのではないか、と。

キムタク同様に、今の日本人から大受けしているもう一人の日本男は、つい最近社長になったという、マンガの島耕作だろう。社長昇格を祝って大々的に新聞の一面を占領したこの人の顔を見て、またも私は考えてしまったのだった。

さわやかな顔ではある。上司にも認められ、部下たちからも人望のある、できるサラリーマンとしては理想的な顔ではある。

だがこれが、社長の顔だろうか。社長とは、美醜には関係なく、厳しい顔をしている人が多い。なぜなら、会社全体の存亡が彼にかかっているわけだから、その責任感が自然に顔に表われてしまうのである。その証拠に、社長から会長になっただけで、とたんに穏やかな顔に一変する。

社長になった島耕作クンの顔を見ながら、この顔ならばせいぜいが課長で、まあよほどオマケしたとしても部長ですね、と思ってしまった。ただし、今の島耕作は社長になったばかりだから、これ以後社長を務めていく過程で顔が変化していくのかどうかは、作者である弘兼憲史氏の考えしだいである。今のように晴れ晴れした、しかし幼稚な顔でつづくのか、それとも、緊迫した世界の経済情勢を映して、苦悩と、それによるカッコ悪さと、ただしこれらをすべて経験することで現われてくる格の高さ、をもつ男になっていくのか。

かつては『坂の上の雲』が、敗戦後の日本人をふるい立たせたものだった。今は島耕作が、落ちこんで元気のない日本人をふるい立たせることになるのだろうか。ならばせめて、「格のある島耕作」に、引っ張ってもらいたいものである。

ほんとうはキライなことは十ぐらいあったのだが、一つだけ書いたら紙数がつきた。だが、意地悪婆《ばあ》さんをつづけるのも、これぐらいで留めておいたほうがよいかもしれない。私、塩野七生の格を保持する必要からではなく、もしかしたらあと五年くらいは長生きするかもしれないので、そのときにはまた、別のキライなことを書けるためである。いや、もしかしたら五年が過ぎても、四十歳のキムタクは今と同じように幼なく甘い顔でいたり、島耕作も、社長昇格当時といっこうに変わらない、さっそうとした晴れやかな顔でいたらどうしよう。

もしもそうだったら、私は、絶望のあまりに一言も書かなくなるだろう。老いの後に来る死は自然だが、老いもしないのに迎える死は、不自然なだけでなく醜悪である。愛するわが祖国の男たちに、オスカー・ワイルドの名作『ドリアン・グレイの肖像』の主人公と同じ末路をたどってほしくない。

第三章　ローマ、わが愛

Roma, Il Mio Amore

都市物語ローマ

（一九八二・五）

外国に住んでいるので読んでいないのだが、この「都市物語」と題したシリーズの中で、ローマは多分、最後に取りあげられる都市ではないかと思う。もしもそうでなければ、日本人の、ローマという都市に対する認識不足のためである。ローマは、他の都市とはちがう。ヨーロッパ人ならば必ず、私に賛同してくれるはずだ。京都や奈良を、同じ規模を持ち同じくらいの人口を持つ日本の他の町々と、日本人ならば一緒には考えられないのと同じ意味で。

しかし、現代のローマは、ニューヨークやロンドンやパリのような、主役級の都市ではない。かといって、単なる脇役《わきやく》でもない。言ってみれば、テレビや映画の配役紹介の最後に、字格も一人だけで出るのも主役と同じ待遇で紹介される、スペシャル・ゲスト・スターというところであろう。往年の主役スターが、出番は少なくても格は保ちながら新進につきあうという感じで、こういう登場のしかたは、今のローマにまことにふさわしい。

　有名な都市は、形容詞をつけて呼ばれることが多い。森の都ウィーン、霧の都ロンドン、人種のるつぼニューヨーク、水の都ヴェネツィア、そして花の都と言えば、パリかフィレンツェと決まっている。だが、永遠の都と呼ばれるのは、ローマしかない。そして、花の都と言うだけならば、パリのことかそれともフィレンツェのことかわからず、水の都だって、ヴェネツィアもあり松江もあり、もしかしたらアムステルダムを指すのかもしれないのに、永遠の都だけは、その後にローマとこなくても、だれでもわかる。欧米人にかぎらず、ローマ文明を母胎にしていない日本人だってわかる。

　ちなみに、ローマを素材にした格言で、日本人も知っているものだけをあげても、次のようになるではないか。

「ローマは、一日にして成らず」

「陽の下に、新しきものなし」

「すべての道は、ローマに通ず」

　ゲーテもかの有名な『イタリア紀行』の中でこう書いている。

「人類の歴史は、すべて、この都に濃縮されている。わたしは、今日この日から自分の年齢を数えはじめるつもりだ。なぜならば、ここローマを訪れた日こそ、わたしが真に生まれた日だからである」

スペシャル・ゲスト・スターの資格、充分ではないかと思うがどうだろう。

＊　＊　＊

私の名の七生は、七月七日に生まれたからである。おかげで、七という数字にはなんとなく親近感があって、それに関係のある場所や歴史上の出来事でさえ、他人事とは思えないのだからおかしい。

ローマも、七という数字と縁が深い。西暦前八世紀ごろとされるローマ市の起源も、ローマの七つの丘に人々が住みついたころにはじまる。いまだに英語でさえ「七つの丘の都」と言えば、ローマを指すのは常識だ。その七つの丘というのは、現在のローマ市でもやはり中心になる。古代のローマ人の言語ということでラテン語で書けば、クィリナリス、ヴィミナリス、カピトリウム、エスクィリヌス、パラティウム、カエリウス、アヴェンティヌスの七つである。カピトリウムとパラティウムの丘が、後に古代ローマが大を成す時代の政治の中心になる。また、クィリナリスは、現在は大統領官邸のある場所だ。それで、これのイタリア語読みであるクィリナーレは、大統領官邸とことわらなくても、大統領官邸を指す。テレビのニュースでも、「今日、首相は政情報告のために、クィリナーレに行きました」と言うだけである。カピトリウムのイタリア語風発音であるカピトリーノの丘には、現在でもローマ市庁がある。昔とは比べようもないほどに力が落ちたためか、主《あるじ》は共産党員である。この丘の上から見る、かつての繁栄の中心フォロ・ロマーノの眺望はすばらしい。

また、創設期のローマ、伝説では紀元前七五三年から五〇九年ということになっているが、その時期の政体であった王政の担当者も、七人の王ということになっている。狼《おおかみ》に育てられたといわれるロムルスが一代目の王で、次に賢人王として有名なヌマが続き、七人目の王の時に王政は打倒されて、紀元五〇九年を境に共和政に移ったのである。そのころからローマは七つの丘を中心にしながらも、少しずつ勢力圏を広げていくことになる。

そして、大を成した後もローマは、七という数字と縁が切れない。ローマという都市は、七つの顔を持つからだ。古代ローマ、初期キリスト教徒のローマ、中世、ルネサンス、バロックに、ゲーテの遊んだ時代と現代を加えると七つになる。

いかにローマが他の都市とはちがって、七つの顔を持つ都と言っても、ローマが最も自慢でき、また他の国々も認めるのは、第一の顔、古代のローマであるにちがいない。「ローマ人」と一言口にするだけならば、古代のローマ人を意味するのは欧米での常識であり、帝国崩壊後から現代までのローマっ子は、中世の、とか、現代の、とか形容詞をつけないとわかってもらえないのである。

＊　＊　＊

ところでその古代だが、現在のローマを訪れて味わおうとしても、実にむずかしい。フォロ・ロマーノをはじめとする遺跡を訪ね、その場に立って二千年前を想像しようにも、あまりにも残っているものが少ないからである。

それでも、フォロ・ロマーノとコロッセウムを中心にした一帯は、円柱と大理石の外装のはがれたむき出しの煉瓦《れんが》の壁にしても、まだ少しは残っていて見ることはできる。しかし、この一帯はローマの中心ではあったが、古代のローマ市は、ここだけではないのだ。現在のローマを、ほぼすべておおう大きさだったのである。

今のローマで、新しい装《よそお》いの建物の壁に、二千年前のアーチの一部が埋まっていたりするのは珍しくもないし、また、路上駐車の多いのも、地下駐車場を造ったりすると、たちまち昔の遺跡にぶつかって、「文化財保護委員会」あたりから待ったがかかるため、作りようもないのだ。

有形のものにして、この有様である。無形の文明を想像するなど、よほどの好奇心の持ち主でないとむずかしい。

それで、古代ローマを案内するなどという難事業はあっさり放棄することにして、ローマ近郊の新市街エウルにある、「ローマ文明博物館」の存在を紹介するにとどめたい。普通のガイド・ブックにはふれられていないから、ほとんどの日本人は知らないと思うのだ。

フィアット財団寄贈のこの博物館の内部が夏でもひんやりするのは、広いだけではなく、見学者の数が極端に少ないからである。日本人だけでなく、欧米人にも知られていないからだろう。しかし、内部に入ると圧倒される。ローマ文明のあらゆる面が、有形のものは復元され、無形のものは図解して展示されている。ローマ市全体の復元もあって、大広間いっぱいに広がるそれを回廊から眺め、建物一つ一つを示すボタンを押すと、その大模型のあちこちに、それに応じたランプがつくという具合だ。まずはそれだけでも面白いから、一見をすすめたい。

「ローマ文明博物館」についてもう少し続けるが、それは、有形の文明は無形の文明と密接につながっているという、ローマ文明の特色を、手っ取り早く理解するのに役立つからである。

＊　＊　＊

例えば、かの有名なローマ街道がどこを通り、どのように造られていたかの図解と模型を展示した部屋では、ローマ人が、効率をあげるためには努力を惜しまなかった、プラクティカルな民族であったということが理解できるであろう。戦闘が主な仕事であった各軍団の兵士たちによって敷設《ふせつ》されたこれらの街道は、実に周到で見事な舗装がなされ、その上を行く人々の旅の安全と速度に、飛躍的な進歩をもたらしたにちがいない。現在でもところどころに残っている、丸くすりへった石の道を見て、これでは馬車の旅も、おしりが痛くならないではすまなかったろう、などと思うのは早合点もよいところである。あの惨状は、ローマ帝国崩壊後に、メンテナンスをしなかったがゆえにすぎない。

「すべての道は、ローマに通ず」という格言にしても、実際の街道のことだけを意味しているのではない。道というものの基本概念が、古代のローマ人によって確立した、という意味でもある。これは、高速道路の現代になっても変わっていない。

それにしても、かつては「世界の首都」と呼ばれたローマからは、実用的なローマ人の建設好きもあって、十一もの街道が、四方八方に向けて発していたのである。アッピア街道は、そのうちの一つにすぎない。ちなみに、イタリアを訪れる国賓級の外国人は、飛行場から車で、アッピア街道を通ってローマへ導かれるのだそうだ。古《いにしえ》の皇帝たちの凱旋《がいせん》と同じ道だから、それを思い出して良い気分になってもらおうというつもりかもしれない。

古代ローマのエンジニアたちの最高傑作である街道は、今日ではイタリアだけの首都になりさがったローマにとっても、今なお大変に役に立っている。ところどころに残る丸くすりへった石の道と書いたのは、それ以外はアスファルトで舗装されて、実際に使われているからである。イタリアでは、高速道路以外の国道線は、ほとんどが古代ローマ街道をそのまま使わせてもらっている。国道一号線は、ローマからフランスまで通じていたアウレリア街道だし、フラミニア街道もカッシア街道も、国道三号線と二号線として使われているだけでなく名前も同じ、アッピア街道は、国道七号線。

こうも祖先のおかげをこうむっているのは、現代のイタリア人がだらしないためか、古代ローマ人が見事だったのか、その点の判断は読者にまかせるとしよう。

＊　＊　＊

歴史の面白さは、別の世界の出来事を知ることはもちろんだが、それが少しばかりできた後は、次々にわいてくる想像を楽しむものでもある。マキアヴェッリは、それを「ギリビッヅァーレ」することだと言った。この言葉はトスカーナ方言で、空想する、想像する、気まぐれな空想を楽しむ、などという意味を持つ。それで、今回は、古代ローマをギリビッヅァーレすることにした。

テヴェレ河ぞいの七つの丘からはじまったにしろ、共和政を経て帝政に移行した後のローマは、北はブリタニアと呼ばれたイギリスから、南は北アフリカ一帯まで、西は現在のポルトガルから、東はカスピ海とペルシア湾に及ぶ一大勢力圏を築きあげたのだから、感心するよりも呆《あき》れてしまう。よくもまあ、精力的に、と思うしかない。もちろん地中海などは、その彼らにとっては文字どおり、「われらの海」であった。当時は地中海とは呼ばず、われらの海を意味する「マーレ・ノストゥルム」か、内海という意味の「マーレ・インテルヌム」と呼んでいた。

それで、こうも広大な帝国を築いた原因だが、はじめからではないにしても、侵略主義を旗印にし、一定の計画にそっての結果ではないと思う。それよりも、あるところまで勢力を広げたら、どうも隣近所との折り合いが悪くなり、めんどうくさいからその隣近所と戦って勝つ。そこもまた、街道を伸ばしたりして勢力圏に加えるのに成功すると、今度はまた、その一帯と国境を接する新しい隣近所と具合が悪くなって……とまあ、こんなことをくり返した結果ではなかろうか。

私は偽善を好まないから、この空想は別に、古代のローマ人は平和主義者でありました、などと弁護するためではない。だが、古代ローマ人のした戦争を順に調べていくと、ただ二つの例外のほかはみな、この仮説で説明できそうな気がしてくるのだ。私も、かつてのローマ世界をすべて旅したわけではないが、それでもだいぶ見てまわっているうちに、

「ハハア、ここではガリアとやるしかなかったですね」

とか、まあそんな感想が自然に浮かんでくるのである。そして、こんな具合に、街道を造ったり国境都市を整備したりしているうちに、ついつい、国境都市が国境の都市でなくなり、新しく国境都市を造ったり街道を敷設したりしなければならなかったのではないだろうか。

例外の一つは、現イギリスである。あれは、ドーヴァー海峡に立ってみたら、その向こうにあるという島が知りたくなってという、好奇心の結果にちがいない。例外の

第二は、カルタゴ遠征であろう。あれだけは、地中海の覇権を賭《か》けていたから、真剣な話だった。

＊　＊　＊

高校の世界史では、ギリシア文明はあらゆるものを創造したのに対し、ローマ文明は、そのギリシアを模倣しただけである、と教えている。これは、模倣の定義をきちんとしていないためにちがいない。また、それがために、日本人は模倣民族であると欧米人に言われると、われわれはとたんに恐縮するのであろう。しかし、その模倣民族とされてきたローマ人について、ウィル・デュランは、次のように書いている。

——ローマ人が、教育制度を考えだしたわけではない。しかし、ローマ人はそれを、以前にはなかった水準にあげ、国家の規模で行うまでにした。そして、われわれの時代にまで続く「教養科目」を完成させたのである。

ローマ人は、アーチも円屋根も生まなかった。しかし、これらの原理を、すばらしい大胆さと華麗さの感覚でもって活用したのである。建築のある分野では、その才能は今日でも越えられていない。なによりも、中世のカテドラルのすべての建築原理は、ローマ時代のバジリカにすでに見られるではないか。

彫像も、彼らの創造になったものではない。しかし、ローマ人はそれに、ギリシア彫刻の理想美に欠けていた、リアルな強さを与えたのである。

哲学も生まなかった。しかし、ルクレティウスとセネカによって、エピクロス派とストア派の哲学は、完成の域に達したのである。

文学の新しい形式も、生まなかった。しかし、だれが、弁論学におけるキケロの影響を、ダンテやタッソーやミルトンにおけるヴェルギリウスの影響を、歴史におけるリヴィウスやタキトゥスの影響を、ドライデンやスウィフトに対するホラティウスの影響を、否定することができよう。

ローマ人の言語は、すばらしい発展の末、イタリアの、ルーマニアの、フランスの、スペインの、ポルトガルの、そして南米諸国の言語になった。白色人種の半ばが、ラテン語に発した言語を使っているのだ。

また、自然科学でも、人文科学でも、今日でさえ不可欠な国際用語は、その多くがラテン語を語源にしている。ローマ人の言語は、彼らを倒したキリスト教徒の祭式の中に生き続けただけでなく、医学の用語にも、法学の用語にも生きているのだ。

われわれの受けたローマ人の財産は、現代のわれわれの生活の中に、充分にいまだに生き続けているのである——。

古代というローマの第一の顔が、今まさに燦然《さんぜん》と輝いているのと同じ時代、第二の顔、初期キリスト教徒のローマも、彼らなりとはいえなかなか派手なやり方で登場しつつあった。ギリシア・ローマ世界をモノにするにはまずその首都を、という意気ごみであったかどうか、聖ペテロと聖パウロがローマに来たのは、紀元一世紀のことである。当時のローマには、ペテロとパウロにとっては同民族のユダヤ人の、ローマ世界では最も大きなコミュニティーが存在していた。しかし、この二人の遠来の旅人を暖かく迎えたのは、彼らにとっては異民族であった、ギリシア人のコミュニティーのほうであったらしい。

当時の地中海世界は、「パクス・ロマーナ」を満喫していた時代でもあった。ペテロとパウロの二人にかぎらず、平和で安全で整備された交通網を利用して、多くの異民族も、世界の首都ローマを訪れていたのだ。二人の貧しいユダヤ人も、この多民族のるつぼのようなローマで、たいして目立つ存在ではなかったにちがいない。キリストの教えをユダヤ人の間だけでなく、異民族の間にも広めようと考えたパウロの先見の明もたいしたものだが、それを現実化できたのは、ローマ帝国によって確立していた平和と秩序のおかげであった。

そして、ネロ皇帝による迫害がはじまる前は、キリスト教は非合法ではなかったから、布教の中心を貧しい人々に向けた彼ら二人も、意外に平然と太陽の下を歩きまわっていたのであろう。しかし、まもなくして起こった「ローマの大火」は、皇帝の評判を落としただけでなく、キリスト教徒たちにとっては、地下生活者に変わる転期になった。

アッピア街道での聖ペテロを、私はとても好きである。迫害に荒れ狂うローマを逃れて行くペテロの前に、イエスが姿をあらわす。驚いたペテロは、こう問いかけた。

「クォ・ヴァディス、ドミネ」(主よ、いずこに行き給《たま》う?)

この漁夫あがりの、人の善《よ》いだけが取りえだった弟子を理解し、それを愛していながらも時々、いじわるを言っては彼を試す癖のあったイエスは、この時もこう答える。

「臆病風《おくびょうかぜ》に吹かれて逃げ出したお前に代わって、わたしが十字架にかかりに行くのよ」

腹の底まで恐縮してしまったペテロは、まわれ右をして後もどりしたのであった。

おかげで、ローマは、皇帝たちが滅びた後でも、働かずに食っていけることになったのである。

ローマ帝国を倒したはずなのに、キリスト教徒は、ラテン語や教会建築様式をはじめとする多くのものをローマから受け継いだ。そのうえ七という数字への愛着も、一緒に継承してしまったらしい。ローマの七つの教会がそれである。

＊　＊　＊

中世人は、学問のためにしろ商売のためにしろ信心のためにしろ、旅するのが意外と好きだったが、中世のローマは、巡礼たちの目指す第一の都であった。もちろん、イエルサレムに行きたいのはやまやまなのだが、あの地がイスラム教徒に支配されるようになってからはそれも簡単にはいかなくなっていたから、西欧の人々の眼には、ローマは格好の巡礼先とうつったのであろう。

まず、十二使徒の第一人者聖ペテロと、キリスト教興隆の立役者聖パウロの二人が殉教した地である。次いで、ローマに居座わった聖ペテロの後継者である代々の法王は、実に巧妙と言おうか、ずる賢いと言おうか、まあ、なかなか上手《うま》く立ちまわった結果、それまではイエルサレム、アレクサンドリア、アンティオキア、コンスタンティノープルなどの司教たちと同格であったはずのローマ司教、つまり法王を、同格ではなく、断然格が上とすることに成功したからであった。

そして、この誘致作業の決め手は、一三〇〇年、ローマに巡礼した者には免罪を与える、と公表されたことにつきる。免罪を得るためならば十字軍にも参加した当時の信者たちのことだ。しかも、ローマには、北方の蛮族やキリスト教徒に破壊されたとはいえ、まだまだ古代の遺物が残っていた。巡礼は、信心という大義名分にかくれた、庶民の観光旅行でもあったのである。ヨーロッパの北でも西でも、人々は春の声を聴くや、草木のなびくようにローマへ向かった。巡礼行となれば、領主様も認めざるをえなかったのだ。自由を満喫する巡礼たちは、ローマへ着くとすぐ、次の七つの教会にお参りするのが決まりであった。

聖《サン》ピエトロ大寺院、聖《サン》パオロ・フォーリ・ムーラ、聖《サン》ジョヴァンニ・イン・ラテラーノ、聖《サンタ》マリア・マジョーレ、聖《サン》セバスティアーノ、聖《サン》クローチェ・イン・ジュルサレンメ、聖《サン》ロレンツォ・フォーリ・ムーラ。

これらは七つとも、後世に再建されたりして、創立当時の四世紀の面影をしのぶのはむずかしいにしても、いまだに健在だ。そして、かつての寄進が美術館の入場料に代わり、巡礼寄宿所の泊まり賃がホテル代に姿を変えても、ローマは、カネを落として行ってくれる人に不自由しない点では、少しも変わらなかったのである。

＊　＊　＊

長い間、巡礼のお賽銭《さいせん》でうるおっていたローマが、倒産に追いこまれそうになったのは、フランス人のせいである。例の「アヴィニョン捕囚」といわれる事件で、法王が南仏《なんふつ》に拉致《らち》されてしまったからだ。

いかに聖ペテロやパウロや、その他多勢の聖者たちの遺骨（聖遺物という）に恵まれ、それにお参りするのが巡礼たちの目的だったとしても、やはり生き身の「神の地上での代理人」のありがたみは、相当なものであったのだろう。巡礼者も激減し、彼らの落とすカネが入らなくなったローマ市民は困ってしまった。

七十年近くにも及んだ法王不在時代のローマの零落ぶりは、ダンテの『神曲』やペトラルカの詩編に見られるとおりである。法王がローマにもどり、その後の内ゲバ時代もまずは大事なく切り抜けた十五世紀前半、ローマ貴族出身のマルティーノ五世の即位から、ローマは、法王の後援を受けて、ルネサンス時代の黎明《れいめい》期を迎えたのだった。一四五三年に起こったトルコによるコンスタンティノープルの征服で滅亡したビサンチン帝国の学者たちが大挙イタリアへ逃げてきたのも、ルネサンス文明の基盤となる古代の精神を根づかせるのに、無視できない役割を果したのである。だが、文化の創造にはカネがいる。そして、法王が定着した後のローマは、再び巡礼たちのあこがれの都になったのだった。

十五世紀後半から十六世紀前半に及ぶ時代のローマに、どれだけの学者や詩人や芸術家が集まったかを思うだけで、歴代の法王という格好なパトロンたちの、カネ離れの良さを想像するのはむずかしくない。

フラ・アンジェリコは、フィレンツェ生まれ。ピントゥリッキオはペルージア出身。ボティッチェッリもまず、フィレンツェで有名になったのだし、ペルジーノも名の示すごとくペルージア生まれ。セバスティアーノ・デル・ピオンボはヴェネツィア出身である。レオン・バッティスタ・アルベルティはフィレンツェ生まれで、ブラマンテ、ブルネレスキ、ラファエッロも、ローマに来たのは成人後だ。もちろん、ミケランジェロもフィレンツェで成長したのだし、レオナルド・ダ・ヴィンチの出身地を知らない者は一人もいないであろう。

要するに、この時代のローマは、才能ある者にはだれにも、開かれた社会であった。また二十代のミケランジェロが、「ピエタ」を制作しての代金に、依頼主の枢機卿《すうきけい》に百五十ドュカート要求した。普通の人の一年分の生活費の五倍の額にあたる。しかも、高すぎると言った依頼主に、若い芸術家はこう答えたのだ。

「得をするのは、あなたです」

＊　＊　＊

私は、芸術文化のパトロンは、あまり精確な知識や特殊な趣向の持ち主ではないほうがよいと思っている。なぜなら、知識や強い個人の好みは、しばしば、作り手たちの才能の開花を妨害するように思えるからだ。ただし、カンは必要だ。ホンモノを見分けるカンである。ルネサンス時代の法王たちの中で、後世に残る作品を最も多くプロデュースしたのは、決してインテリとは言えなかった法王ジュリオ二世であった。

ある時、この法王は、ヴァティカンの中にある自分用のアパルトマンをちょっと装飾する気になった。美術総監督のような仕事もしていた建築家のブラマンテに、だれか適当と思われる画家を推薦せよ、と命じる。ブラマンテは、ペルジーノ等二、三人の画家の名をあげた後で言った。

「フィレンツェでこのごろ良い仕事ぶりで評判の、若い画家が一人いますが」

法王は、早速その若者を呼ばせた。試しに描かせてみると、なかなかイケる。ジュリオ二世は、他の画家はみなクビにして、この若者にまかせることにしたのである。若い画家の名は、ラファエッロ。当時、二十五歳だった。

ところがラファエッロは、優しい外観にかかわらず大胆な野心の持ち主でもあったらしい。神の地上の代理人の依頼だからといって恐縮などせず、自分の思うままに描くことにしたのである。依頼主の肖像も描き入れたが、別の部屋の壁には、古今の学芸の天才を一堂に集めた図を描いた。キリスト教徒から見れば異教の徒の、プラトンやアリストテレスまで加えて。これを法王の居室に描いたラファエッロもラファエッロだが、それを大変に気に入ったジュリオ二世も、ルネサンス時代にしかあらわれない法王であった。今日このフレスコ画最高の傑作で飾られた部屋は、「ラファエッロの部屋」と呼ばれている。

しかし、ルネサンス時代を最も圧倒的に体現したのは、やはりミケランジェロであろう。食わず嫌いだったゲーテも、システィーナ礼拝堂を見た後は、やはりいい、なんて言っている。マーク・トウェインのユーモラスな賛辞を紹介したい。

「彼は聖ピエトロ大寺院をデザインした。それどころか、法王もパンテオンもスイス衛兵の制服もテヴェレもヴァティカンもコロッセウムも、まあ永遠の都すべてを創《つく》ってしまったのだ。わたしは、昨日ほど、嬉《うれ》しく、この永遠なるおせっかいに安心もし、神の恵みによる平安を感じたことはない。なぜなら、ミケランジェロはすでに死んでいる、ということを知ったからである」

＊　＊　＊

アメリカのある学者が、こう言ったそうである。「ローマは、三度世界を支配した。最初は軍隊によって、次は法によって、最後はキリスト教によって」

軍隊によってというのは、もはや説明の要もないであろう。また、法によってというのも、法律を基本にした生活様式を完成したローマ人の影響は、今に至るまで計りしれない。

それで、最後のキリスト教によってというのだが、これは、聖ペテロの時代のキリスト教ではなく、ローマに定着し、変容し、西欧に広がっていったそれを指すのではないかと、私には思えてならない。ルネサンス時代までのカトリックは、人間の弱点を熟知し、それに寛容であったから、ルネサンス精神と相容《あいい》れ、ともに豊かな果実を結ぶことができたのだった。しかし、ヘレニズムとヘブライズムという互いに相反する精神をごっちゃにし、それがために人間的ではあったが、厳格に人生を考える人々からはチャランポランだと非難され、はじめは宗教改革、次いでは反動宗教改革に、反旗をひるがえされる結果をまぬかれることができなかった。

理性にもとづく相対主義は、しばしば、感性が支配的な絶対主義の前に、敗退するしかないのである。ルネサンス・ローマは、一五二七年、プロテスタントのドイツ人の傭兵《ようへい》の群れによって破壊された。ルネサンス時代の建造物がローマでは比較的少ないのは、この「ローマ掠奪《りゃくだつ》」と呼ばれた事件のためである。

しかし、ローマという都は不思議な都だ。廃墟《はいきょ》から生き返れたのは反動宗教改革のおかげなのだが、これを精神的基盤としてはじまったバロックも、ローマの水で顔を洗うやたちまち、重苦しいところは消えうせ、その代わりに、古代風と言ってもよい官能性の、人間的な奔流と化す。ここローマではなにもかも、風通しが良くなってしまうのだ。

ナヴォーナ広場やトレヴィの噴水、建物ではなにをあげたらいいかわからないほどだが、ローマ・バロックの立役者は、ベルニーニやボロミーニ等であり、それを経済面からささえたのは、聖ペテロの後継者であるはずの法王たちであった。

これでは、魂の救済は厳格なやり方でしか実現できない、と信じている人々がローマを憎悪《ぞうお》し続けたのもわからないでもない。しかし、ローマ的なるものを理解し愛する人々は、そっとつぶやくのだ。

「神様ばかり愛して、人間を憎むようにならねばよいが」（アレクサンドル・デュマ『三銃士』より）

＊　＊　＊

ローマは、古代から「巡礼の都」であった。広大なローマの属州から、人々は整備のゆきとどいた街道を通って、この世界の首都を訪れたのである。これらの旅行者の目的は、仕事探しとか商いのためとか、さまざまであったと思うが、コロッセウムやフォロ・ロマーノを埋める神殿、パラティウムの丘にそびえる宮殿を見て驚嘆しない者はいなかったに違いない。その後、キリストの後継者たちが皇帝に代わって支配するようになると、巡礼たちの目的は変わったとしても、ローマを訪れ、それが後の人生になんらかの影響をもたらさずにはおかないという意味で、ローマはやはり、世界の都であり続けた。バロック時代のローマを訪れた日本の四人の少年使節の一人、中浦ジュリアンは、帰国後にクリスチャン迫害に出会って殉教したが、ただ一言「わたしはローマを見た」と言って死んだという。

そして、十八、十九世紀のローマも、またも目的は一転したとはいえ、巡礼の都であることには変わりはなかった。ローマ的なるものが、北からの巡礼たちの心を引きつけたのだ。

この時代にローマを訪れた〝文化人〟をあげるときりがない。ゲーテ、キーツ、バイロン、スタンダール、ロングフェロー、ブラウニング、グノー、リスト、ベルリオーズ。歴史家のギボン、グレゴロヴィウス、パストル、モムゼンが、ローマそのものにペンで挑戦したのも納得がいく。絵画や音楽部門では「ローマ賞」なるものがあって、それを受賞するとローマに留学できたのであった。

この人たちの見たローマは、どうであったのだろう。遺跡などは放ったらかしだったから、入場料を取られないだけでなく廃墟の美さえ味わえたことだろう。美術館は完備してはいなかったが、法王庁も個人の屋敷も、これら知的エリートの観光客には嫌がらずに見せてくれたから、その面での不満はなかったはずである。

当時はまだイタリア統一は成っていなかったから、ローマの支配者は法王だった。そして、当時の法王たちは、啓蒙《けいもう》主義やフランス革命のおかげで、ひどく神経質になっていたのである。

一八七四年三月のある日、ドイツ人の歴史家グレゴロヴィウスは、彼の著作『中世ローマ史』が、法王禁制の書にあげられたということを聞いた。彼は、聖ピエトロ大寺院までわざわざ、その法王教書を見に行く。そして、その日の日記に、こう記した。

「だれもがわたしに、この名誉のお祝いを言った」

当たり前だ。法王禁書の先輩には、マキアヴェッリやルターもいたのだから。禁書にするのもローマだが、それを名誉と祝うのも、同じローマだったのである。

＊　＊　＊

ローマ讃歌《さんか》を書くぐらい、ワリに合わないものはない。二千年このかたそれをやる外国人が絶えないものだから、ローマっ子もイタリア人も慣れていて、ゲーテぐらいになるとさすがに彫像などを立てて感謝の意を表すが、塩野七生ではなにを書いても問題にもしない。『ニューヨーク・タイムズ』にＴＯＫＹＯという題で十四回も連載すれば、たちまちモーニング・ショウあたりから招待されるにちがいないのだから、私も選択を誤ったというものである。それで、今回は悪口を書く。でも、悪口になるかどうか……。

いかにローマが好きな私でも、かつてのローマの特質が、現代のローマっ子の中にも生きている、とまでは言わない。あるとすれば、二千年来の国際都市であっただけに、現代のローマ人も外国人に対しては変に開放的であることと、陽気で、エキセントリックにはなりにくいという点ぐらいであろう。また、古代末期からの習性か、働かずに食っていくという才能でもずば抜けていて、官庁や政府公団が集中している現在のローマは、工場ひとつないくせにふところが豊かなのである。ローマの官庁の生産性の低さを知れば、ミラノがローマを憎むのもわからないでもない。だが、ミラノに比べてローマは、断然料理が美味《うま》く安く量も多いのも事実だから、これもローマ的な特質の一つと言うべきか。

しかも、街中が汚れている。共産党市政になったら少しは改善されるかと期待していたが、現状はまったく絶望的である。そのうえ、騒々しい。先日のニュースでは、ローマは世界一騒音の高い都市だということだった。鳴らす必要もないのに、やたらと警笛を鳴らすからである。

それでも、私が住んでいた二十年近く前は、まだまだ住み良い街だった。それが、近年のテロの横行とインフレの激しさと麻薬の流行のために、かつてはあれほど人なつっこかったローマっ子も、険悪な顔でトゲトゲしてきたようだ。

こうなってしまったローマでは、あまり現代とつながりを持とうなどとは思わないほうが、楽しく過ごせる。騒音も険悪な顔の人々も忘れ去れば、ローマはやはり、美しい都なのだから。それどころか、世界一美しい都だとさえ思う。画一化した都市計画などで造られていないから、なお美しい。二千年の間の七つの顔は、そのいずれもはっきり独立してはおらず、微妙に重なり合って生きている。これほど、変化の美に富んだ都を、私は知らない。そして、その一つ一つに、人間の生を感じるのだ。

＊　＊　＊

ある時、ウィーン大学のアルケッティ教授がこう言った。

「古今東西の有名な都市は、みな、水や食糧を確保するに有利だったとか、防衛に適していたとか、交通の要所にあたっていたとかの理由で、とくにその地に発生し、繁栄もしたのだということになっていますよね。

ところが、ボクに言わせれば、もう一つ原因があるのです。何万年も昔に地球上に落ちてきた大隕石《だいいんせき》の落下地点の分布図が、文明を生んだ大都市を完全にカバーしているのですよ。もちろん、隕石が落ちても都市が発生しなかった地点もありますがね。つまり隕石の出す磁力も、そこに住みついた人々に、なんらかを創造する力を与えたとは思えませんか」

教授のこの仮説は、アメリカの石油資本から頼まれて地球上の天然資源の分布図を研究していた時の、副産物なのだという。自然科学に弱い私は、「なるほど」としか言えなかったが、それだけに、相当に幼稚な質問も、恥知らずにできるのだ。

「都市には栄枯盛衰がつきものですが、それも、時代が経るにつれて、磁気の作用が衰えたからでしょうか」

教授は、大笑いした後で言った。

「磁力は、何万年が単位ですよ。それに反して都市の盛衰は、長くても千年が単位でしょう。だからその盛衰は、そこに住んだ人間のせいと言うしかありませんね」

磁気の作用によるかどうかはまず置くとしても、私には、「都市」と「文明」の間には、切っても切れない関係があるのではないかという疑問を捨てきれないでいる。まずもって、多くの言語で、都市をあらわす言葉と文明を意味する言葉が、実に良く似ているではないか。

ラテン語では都市を意味する言葉はウルブスだが、そこに住む人々をふくめて言う時は、チヴィタスとなる。一方、文明はチヴィリタスなのだ。ここでは古代ローマ人に敬意を表して、また多くの近代言語の祖というわけでラテン語の例だけを引いたが、イタリア語は当然にしても、英語でさえも似ているような気がするがどうだろう。

そして、もしもこの私の想像が正しければ、文明を生まなければ都市と呼ばれる資格はないということになる。いかに占める地域が広くても、そこに住む人の数がいかに多くても、かつて文明を生んだか、それとも現在生みつつあるかしなければ、単なる集落にすぎず、都市ではないというわけだ。余計なことだが、東京にも大隕石が落ちたのだそうな。

ティベリウス帝の肖像

（一九七六・八）

歴史上の人物の中には、在世中の業績が実に優れていたにかかわらず、いっこうに人気のわかない人物がいる。ローマ帝国二代目の皇帝ティベリウスも、その一人だ。彼を最初に認めたのが、千七百年も後の人ヴォルテールだというのだから、ティベリウス帝の不人気のほどもしれるというものである。

それにしても彼は、なぜこれほども嫌われてきたのだ。

だが、私に彼への興味を持たせたのは、皇帝としての彼の業績でも、歴史上の人物としての彼の不人気でもなかった。数年前の春に一週間ほど、カプリ島に滞在した時からである。

＊　＊　＊

いわゆる有名観光地を好まない私でも、ただ一カ所、あそこなら一年の半分くらいは住んでもよい、と思う観光地がある。それがカプリ島だ。ローマやフィレンツェやヴェネツィアも観光地だ、と言われれば困ってしまうが、これらのような生活の場ではなく、避暑地や避寒地とされている場所の中では、という意味である。

ナポリ湾上に浮ぶ島カプリの良さは、列記してみればまずはこんな具合になる。

第一、風光明媚《めいび》なこと。

第二、気候温暖なこと。

こんなことなら、他の有名観光地と同じではないかと言われるかもしれないが、カプリのこれは、超一級品である。

第三、蛇のいないこと。(ただし、とかげはいる)

第四、俗世間と附かず離れずでいられること。言い換えれば、気が向いた時に俗世間と交わっても、いったん気が向かないとなれば離れていられる利点である。

これが二十世紀の現代だと、社交界の俗物を眺めたかったり買物をしたくなれば、歩いてヴィラの外に出るだけで充分だ。エリザベス・テーラーやジャクリーン・オナシスが、写真うつりのいかに良い女かもわかるし、サルトルとボーヴォアールが、白いパンタロンにラフな、しかし高価なカーディガンをはおり、裸足《はだし》にヨット用の靴で、なんとも非哲学的な愉《たの》しそうな顔つきをしているのも見られるだろう。カプリには、着のみ着のままで出かけても大丈夫。ロンドンやローマやパリの一級店の品物が、金額を気にしなければただちに手に入る。このようなことに嫌気がさせば、高い石べいに三方を囲まれたヴィラにでも籠《こも》ればよい。あなたの前には、海が広がるだけだ。それでいて、ナポリやソレントの灯火がはるかに眺められるから、絶海の孤島にいるような断絶感にさいなまれることもない。

もちろん、紀元一世紀の頃は、カプリ島全島が皇帝の別荘のようなものだったから、社交界の人間やブティックはなかったのは当り前だけど、四つの条件は充分に満たされていたはずである。そのうえ、カプリ島に籠れば、石のへいに囲まれたヴィラに隠れなくても俗界と断絶できたことと、当時は、ナポリ近郊のポッツォーリに軍港があり、警備面での安全も心配なかったであろう。蛇のいないことも重要なのである。なにしろ、古代ローマ人は、現代のわれわれと同じように、サンダルで歩きまわる癖があったのだから。

カプリ島に今でも残るティベリウス帝の邸宅跡に立って、三つあったそのどちらからも、ナポリ湾がパノラマのように見渡せるのを眺めながら、私はしきりに、「ミカ・マーレ」とつぶやいていた。このイタリア語を日本語に換えると、悪くないですねえ、となる。このような快適な生活をしながら大帝国を支配するのは悪くないですねえ、というのが私の感想であった。さすがに、快適な現世の生活を重視したローマ人だけのことはある。キリスト教を経てもなおかつ現代の西欧人に快適なる生活を好む傾向が強いのは、絶対に古代ローマの影響だと信じている私としては、ティベリウス帝こそ、古代ローマ人の典型ではなかろうかと思ったのである。

さわやかな海風が吹きわたる遺跡を歩きまわりながら、私はこんなふうな空想を愉しんだ。この辺の海は貝類が豊富だったのだから、かきなど生で食べていたにちがいない。ウニも食べたのだろう。それにしても、海苔《のり》と寿司米《すしまい》を知らなかったのは残念。ウニは、お寿司にするのが最も美味《うま》いのに。フォアグラもちゃんとあったのだから、食べたにちがいない。もちろん、冷やした白ぶどう酒とともに。ビールは大衆の飲み物だったから、皇帝では飲むはずがなく、ぶどう酒一本やりだったろう。彼は、酒に強いことで有名だったから、食事毎《ごと》に飲んだにちがいない。海面から反射する陽光はやはり強烈だから、今の私のようなサングラスはかけていなかったにしろ、色ガラスはちゃんとあったのだから、一眼鏡を造らせて、それをとおして海を眺めていたのかしらん。それとも、回廊の一部を色ガラスで囲ったのだろうか。そうすれば眼がチカチカしなくても、ソレントからヴェズビオまで眺められたであろうから。こんなふうに無責任に、私のティベリウス帝への興味がはじまった。

＊　＊　＊

ところが、まずはとタキトゥスの『年代記』とスヴェトニウスの『皇帝伝』を読んでみるや驚いた。ティベリウス帝の不人気の原因のひとつが、私が彼に魅《ひ》かれるようになった理由、つまり、カプリ島に籠ったことにあるらしいのである。古代ローマ人自身は快適な生活を好みながらも、自分たちの皇帝は、それに徹しては不満なのだ。どうも女の心理と似ているけれど、民を治めることは女を御すことと同じようなものだから、支配者ともなればその点への配慮が必要なことも、わからないでもない。ティベリウス帝も、権力を放棄し、完全に隠退してしまったのなら、それはそれでよかったのかもしれないが、カプリに引き籠っても皇帝ではあり続けたのだから、ローマに住む人々は、自分勝手すぎる、と怒ったのであろう。無視されたので怒ったのは、元老院であった。（当時の元老院は、ちょっと現代日本の国会の野党に似ている）

今世紀になって書かれた、学問的考証の面では疑問の余地もないとされている歴史書を読んだ後でも、歴史上の人物の業績と人気は必ずしも比例しないのではないか、という私の思いは、解消するどころかますます増大しただけであった。歴史が裁く、とよく言われるけれど、それは、業績のほうに光をあてるのに役立つだけで、いかに光をあてても、それによって人気が出てくるとはかぎらないのである。いや、業績を冷静に判断できるのは、いつの世にも少数派でしかなく、大多数は、官僚的とか血が通っていないとかで、その人物を評価してしまうらしい。これが、二千年も昔のティベリウス帝が、単なる歴史の上の人物として以上の人間として、私の心に留まった理由であるように思われる。

彼は、あらゆる面で運の悪い、言葉を換えれば分の悪い男だった。

第二代の皇帝だったティベリウスは、カエサルとアウグストゥスという、二人の有名人の後を継いだのである。歴史学者たちは、カエサルのはじめた事業を、つまりローマ帝国という大事業を、アウグストゥスが完成し、ティベリウスが強固にした、という意見で一致しているけれど、一般の民衆は、そんなことまでは考慮してくれない。彼らは、ティベリウスを、前二者と比べたのである。こうなればティベリウス帝が分が悪くなるのは当り前だ。ネロ帝やカリグラ帝の後にでも皇帝になっていたら、この二人の皇帝不適格者と比べられて、ティベリウスの堅実さも、帝国の中興の祖とか賞《ほ》められ、認められていたにちがいないと思うが、残念なことにそうではなかった。カリグラやネロがどんなに勝手なことをしても、それでも帝国が崩壊しなかったのは、多くはティベリウスの在世中の業績のおかげなのだ。ところがこの頃になって、狂気がもてはやされるや、カリグラやネロも、にわかに狂気の人というわけで再認識される傾向があるのに、ティベリウス帝とか、カリグラとネロの中間の皇帝で、官僚組織を完成して、ネロ帝の自分勝手さにも帝国を持ちこたえさせた功労者クラウディウス帝の二人は、あいもかわらず人気なしである。まったく、分が悪いのもここまでくれば気の毒になる。

そこで、ティベリウス帝の住いとは比較にならないが、それでもキラキラ光る海を眼下にしたホテルのテラスで、この歴史上にもまれな不人気男の不人気の原因を、彼の一生を順にたどることによって、探ってみることにした。

＊　＊　＊

ティベリウス帝は、紀元前四十二年の十一月に生れた。十一月十六日と十七日の両説があるが、一介の旅人には、そんなことはどうでもよい。ユリウス・カエサルがブルータスらに暗殺された年の、二年後であることのほうが重要だ。つまり、幼ないティベリウスは、カエサル暗殺後の内乱時に育ったということである。しかも彼の父親は、反オクタヴィアヌス派に属していたらしく、追われて逃げ歩いていたのだから、子供のティベリウスは安定した家庭生活に恵まれなかったのであろう。

いや、家庭生活どころの話ではなかったかもしれない。ティベリウスが四歳の時に、母親がオクタヴィアヌスに惚《ほ》れられて、その妻になってしまったのだから。母を他の男に盗《と》られた幼児は、その五年後、今度は父を失う。父親は、他の女に惚れて彼を捨てたのではなく、死んだのであった。九歳のティベリウスには、しかし、すぐに新しい父親ができる。かつて母を盗った男オクタヴィアヌスの、というより、このすぐ六年後にはローマの支配者となるアウグストゥスの継子として、正式に迎えられたのである。この年アウグストゥスは、三十歳。

これがティベリウスに幸運をもたらすきっかけになったのだが、私にはどうも、彼の不人気は、ここに端を発しているように思えてならない。なにしろ、女のおかげで、というのは、どこでもいつでもあまり良くは見られないものである。不幸な少年時代を過ごしたことなど、女のおかげで得た幸運に反撥《はんぱつ》する心情の前では、忘れ去られてしまうのは無理ないのかもしれない。歴史を動かす要素の一つに嫉妬《しっと》があるということを、昨今痛切に感じている。

九歳から二十七歳までの期間は、それほど特記すべきこともなく過ぎた。初代皇帝アウグストゥスの、いわゆる「パクス・ロマーナ」の中で、ティベリウスも、皇帝の一族に属す若者の一人として、それにふさわしい待遇を受け、彼もまた、与えられた義務を立派に果したと言えよう。数々の公職はもちろん、当時のエリートの義務であった戦争にも、軍団の副官のような責任ある立場で参加している。

背が高く（養父のアウグストゥスは美男であったが、背丈は並より小柄であった）がっしりした体格で、腕力は強く、新鮮なりんごをつぶせるほどだったという。眼が大きかった。だが、陽気な人柄ではなかったらしい。豪放だったカエサルはいざ知らず、陽気でも豪胆でもなかったアウグストゥスに比べて、それほど変わった性格とも思えないが、まあ、あまり口数の多い青年ではなかったらしい。自分を前面に押し出すほうでなかったことは確かだが、それが、彼を嫌う人に言わせると、陰険だとなるのである。

＊　＊　＊

二十七歳の時、アグリッパの娘のヴィプサーニアと結婚した。だが、三年も経ないうちにティベリウスは、アウグストゥスの命令で、ヴィプサーニアと離婚させられ、アグリッパの未亡人でアウグストゥスの娘であるユーリアと再婚させられる。戸籍上にしても姑《しゅうとめ》を妻に迎えたのだから、めんどうな話だが、ローマ帝国では別に珍しい例ではない。それにしても、短かかったとはいえ、ドゥルーススという一児まで得たヴィプサーニアとの結婚は幸福なものだったらしい。ティベリウス嫌いで知られたスヴェトニウスでさえ、次のようなエピソードを書き残している。

最愛の妻との離婚後、ティベリウスは、一度だけ、ヴィプサーニアの姿を見た。偶然の出会いだったが、彼は、去り行くかつての妻の姿を、情愛とやさしさに満ちた涙をたたえた眼で、ずっと追い続けたという。そして、それ以後は、会う機会をなるべく避けようとした。

ヴィプサーニアが、どんなタイプの女であったかは知られていない。しかし、ティベリウスが、その生涯で憎悪《ぞうお》した女たち、妻ユーリアと養子ゲルマニクスの妻アグリッピーナの二人の女の性格を思いうかべれば、おそらくティベリウスが、ただ一人愛した女だったヴィプサーニアは、出しゃばらない、それでいてしっかりした性格で、また、きっと、やさしく温かい心根の女ではなかったかと思われる。

第二の妻ユーリアとの不幸な結婚生活は有名だ。皇帝の一人娘と結婚しただけで、凡人から見れば相当に荷が重い感じだが、それだけでなく、ユーリアの高慢で浮気な性格が原因であったと、ティベリウス嫌いの歴史家までが書いている。彼女との間に得た一児を失ってからは寝床も別にした、とスヴェトニウスも書いている。それでも、皇帝の婿《むこ》ティベリウスのこの六年間は目ざましかった。各地の遠征では輝かしい業績をあげ、凱旋式《がいせんしき》も挙げるし、執政官には何度もなるし、五年間の護民官職権まで授与される。

ところが、旭日《きょくじつ》のごとく運が上昇している、と誰もが思いそうなこの年、三十六歳になっていたティベリウスは、突然、ロードス島に隠退してしまったのだ。不和の妻から逃れてとか、アウグストゥスの孫二人とのライバル関係にいや気がさしてとか、または、自分の野心を皇帝に気づかれ、殺されるかどうかしてしりぞけられる前に、自分から先手を打って舞台から退場したのだとか、臆測《おくそく》は二千年このかた盛んだが、私には、これらが全部合わさってのことであるように思える。

皇帝の娘ともなれば、いくら気に入らない妻でも、別居も離婚もできなかったろう。そのうえ、三十代前半の男盛りのティベリウスに比べて、十四歳と十一歳という少年ではあっても、ガーユスもルキウスも、アウグストゥスの孫であり、この少年たちの母は、ティベリウスの妻となっている、アウグストゥスにとっては一人娘のユーリアである。だから、こちらのほうが直系であるのは、誰の眼にも明らかだ。

そして、アウグストゥスはその年五十七歳。ティベリウスは、まだまだ停年に間がありそうな教授のもとにいる、助教授の心境にあったかもしれない。しかも、このなかなかに有能な助教授も、有能かどうかは未知数にしても、教授の推薦だけは確実な若い助手二人に迫られる身だった。とはいえ、この助教授には、教授夫人の絶大な支援があったけれど、教授は夫人の頼みを容《い》れて、助教授にまではなれる状況をととのえてくれたにしても、さて、自分の後継者指名となると、まだ態度を決めていないのだ。つまり、ティベリウスは、アウグストゥスの継子であって、この時点では、後継者にはなっていなかったのである。

このティベリウスのロードス島行きについては、タキトゥスは、はなはだしんらつだ。彼は、ロードス島で隠退をよそおい、じつのところは追放生活を送っていた時でも、復讐心《ふくしゅうしん》と猫かぶりとひそかな放蕩《ほうとう》のほかにはなにも考えなかった、と人々は噂《うわさ》していたと書いている。

まあ、どうでもよろしい。その時のティベリウスとは同年輩の私としても、〝隠退〟するほど出世した経験もないこととて、心の底では理解しにくい。ただ、よりによってロードス島を選ぶとは、と、カプリ島と思い比べて、ティベリウスの美的センスの良さのほうに、感心するばかりである。

ロードス島でのティベリウスは、簡素で静かな生活を送った。ローマ帝国の支配者の一族としての待遇も嫌い、ローマの高官中の高官の前歴も捨てて生きることにしたのだ。一介の世捨て人だからと、島に立ち寄って彼に敬意を表しようとする人々の訪問さえも、ひどく避けようとしたらしい。どんな心境であったのだろう。ただ一人、年来の友人が同行していたということだが。体操も勉強も、これはおそらく歴史書を読むことだったと思うが。それから、数人の友との気の置けない会話。海で泳ぐことはなかったであろう。古代ローマ人は、水泳にはあまり興味がなかったのだから。また、長い長い散策。これは、毎日のようにしたはずだ。ティベリウスのロードス隠退は、母リーヴィアはもちろん、養父アウグストゥスの反対まで振り切って決行したのだから。気の弱い男なら、できることではなかったろう。

＊　＊　＊

七年が過ぎる。このギリシアの島で、ティベリウスは、妻ユーリアの死を知った。そして、ユーリアの息子で皇帝の孫の、ルキウスの死の報も。これではじめて、四十三歳になっていたティベリウスは、アウグストゥスの命令に従ってローマへもどってくる。だが、ヴィプサーニアとの間に得ていた息子ドゥルーススを公式に紹介しただけで、今度はローマで、再び陰にかくれてしまった。公職も公けの行事も避けて。

しかし、三年も経ないうちに、もう一人の皇帝の孫ガーユスまでが死ぬ。皇帝の直系では、孫の一人アグリッパ・ポストゥムスが残っていたが、アウグストゥスは、この粗野で無知なだけの若者を、プラナシア島に追放してしまった。ティベリウスはこれで、もはや誰の眼にも、アウグストゥスの後を継ぐに、最も確実な男となった。皇帝は彼を、正式に養子とする。

この年、ティベリウス、四十六歳、アウグストゥス、六十七歳。

このあたりで、ティベリウスの不人気の基礎がほぼ完成したと、私などは思う。もしも、彼が、あのままロードス島に籠ったきりだったら、歴史上の人物にはならなくても、野心のない男として、後世の小説家のインスピレーションを刺激するぐらいの存在にはなっていたかもしれない。それが、ライバルが次々と去った後に公的生活に復帰したのだ。それで、タキトゥスあたりに、猫かぶり、と評されるのである。また、民心の側から想像すれば、どうも、将来ある若者が次々と死んだために、一番年上の連れ子に幸運が舞いこんできた、という、なんとなくすっきりしない印象も、ティベリウスに対して持ったであろう。こういう心情は、アウグストゥスがティベリウスの才能を的確に察知して後継者にする気になったという、冷徹で現実的な決断などとは関係なく人心を支配するものである。

といって、ティベリウスは、これですぐに全権をにぎれたわけではなかった。アウグストゥスは、これ以後十年も在世する。この十年間、ティベリウスは、皇帝の養子、アウグストゥスの第一の後継者にふさわしく、外征に数々の輝かしい業績をあげた。皇帝と同等の命令権を与えられたのは、しかし、アウグストゥスの死のわずか一年前のことでしかない。

紀元後十四年、ローマ帝国の創始者アウグストゥスは、七十七歳で死んだ。ティベリウスは、五十六歳にしてようやく、プリンス・オブ・ウェールズの身分から元首になったのである。

五十六歳にして、というのが、私にはまた、不人気の原因の一つだと思えてならない。三十そこそこで第一人者になったアウグストゥスは、七十七歳まで長生きし、四十五年間におよぶ長い治世を享受《きようじゆ》したのに、なんとなく人々に与えるイメージは若い。しかも、五十六歳といえば、ユリウス・カエサルがブルータスの剣に倒れた年と、ほぼ同じではないか。人生五十年、とか言って花と散る男を好むのは、なにも日本人にかぎった趣向ではないのである。

ティベリウスにも、当然、皇帝になる野心はあったであろう。だが、野心を持つことは、それほど非難すべきことであろうか。助教授になれば教授の座を狙《ねら》うのは当り前の話であり、政治家を志す男が大臣を、総理大臣を望むのも当り前であろう。もしも、このような気持をいだかない者がいれば、その男は、自らの限界を知って非現実的な望みを持たない利口者か、それとも、自分の無能を、なにやら高尚な理想で隠したがる卑怯者《ひきょうもの》だ。私心を持たないと高言する理想主義者が、いかに人類に害を与えたかは、歴史が多くの実例をあげて証明してくれる。私は、これらの偽善者よりも、野心家のほうがずっと害が少ないと思っている。いや、人間性を眺めれば、野心をいだくほうがよほど自然だと思う。

鳴かぬなら、鳴くまで待とう、ではないが、ティベリウスという男の忍耐も相当なものである。これまた彼が、陰険とか猫かぶりとか悪評される原因だと思うが、私にはどうしても悪く思えない。自分の時が来るのを待つことを知っていることは、男の器を決める大きな要素ではなかろうか。

九歳の時に継子として認められてから、四十六歳でようやく養子にされるまで、実に、三十七年間の忍耐である。その間、七年間のロードス島生活にいたっては、結果は七年で終わったからいいようなものの、彼が隠退を決心した時は、いつ終わるか予定の立つことでもなかった。アウグストゥスの孫が次々と死ぬのも、予測できることではなかった。彼らは病体どころか、若さを誇っていたからである。ただ単にティベリウスは、運が良かっただけである。運に恵まれた人間を、ただそうだというだけで悪く評するのは、運に恵まれない人々の嫉妬にすぎない。

四十六歳になって養子として認められてから、アウグストゥスの死までの十年間も、ティベリウスには、いろいろと忍の一字に親しむ機会が多かったにちがいない。アウグストゥスは、ティベリウスを養子にする条件として、ティベリウスの弟で若くして死んだドゥルーススの息子で、自分の孫娘アグリッピーナと結婚しているゲルマニクスを、養子に迎えるよう命じたのだった。ティベリウスには当時、十七歳に達した息子までいる。しかも、ゲルマニクスは、ティベリウスの実の息子よりも二歳年長の十九歳であった。これは、アウグストゥスが、直系の孫を自分の後継者にすることは断念したけれど、ティベリウスの後は、ティベリウスに後継者の選択権を残さず、自分の血を引いた者をあらかじめ配置しておこうと考えていたことを示している。ゲルマニクスには、ティベリウスの後に皇帝になるカリグラもふくめて、何人もの男児がいた。皇帝のこの真意を、馬鹿《ばか》でないティベリウスが気づかなかったはずはない。これまた、忍の一字以外のなにものでもないではないか。

＊　＊　＊

さて、普通の人なら停年という、これは、停年のなかった古代の人々とて、男の生涯の一応の決算期と感じていたのは同様と思うが、その年になってようやく皇帝の座についたティベリウスの仕事ぶりは見事だった。人事の妙をたたえられた内政はもとより、広大なローマ帝国の属州統治の巧妙さ。とくに、戦いに訴えることを可能なかぎり避けて、話し合いと策略で進める彼の外交。特筆してしかるべきは、彼の経済政策であろう。ローマ帝国の国庫は、天災人災によって被害をこうむった属州に鷹揚《おうよう》な援助を与えながらも、着実に豊かさを増していった。ティベリウス帝の統治家としてのこれらの業績の前には、いかに彼を嫌う歴史家とて、落第点をつけるわけにはいかないほどである。

くり返すようだが、ユリウス・カエサルのはじめた帝国建設という大事業を、アウグストゥスが完成し、それを堅固にしたのが、第二代皇帝ティベリウスの最大の功績であった。一例として、ティベリウスは、アウグストゥスの広げた帝国領を、さらに広大にしようなどとは少しも思わなかった。前任者から受け継いだものを、整理することで確実に管理し、それを自分の後継者に引き継いでもらおうということを、彼自身が疑いもしなかったであろうと思われる。ティベリウスの治政を分析していくと、彼自身がそれを確信していたにちがいないという思いが、ますます強くなるのだ。つまり、ティベリウス帝は、有能なテクノクラートであったのであろう。

＊　＊　＊

一方、私生活のほうは、いっこうに明るさを増さなかった。ティベリウスが即位してから五年後、養子ゲルマニクスが病死する。これも、ティベリウスが殺させたとか噂されたが、アウグストゥスの孫二人が相次いで死んだ時にも、ティベリウスと母のリーヴィアの陰謀だと噂が広まったくらいだから、権力を持つ人々にはよくある害と、彼も思って済ませたかもしれない。ただ、ティベリウスの眉《まゆ》をひそませたのは、ゲルマニクスの未亡人アグリッピーナという、やっかいな存在が表面に出てきたことだった。この、アウグストゥスの孫娘をことごとにひけらかす高慢な女には、ティベリウスも閉口したらしい。今でもイタリアでは、父や祖父の名を盾になんにでもちょっかいを出す女に、アグリッピーナと仇名《あだな》をつける習慣がある。しかも悪いことに、アグリッピーナには、三十四歳の若さで世を去った人気のある貴公子ゲルマニクスとの間に生れた何人もの子をかかえる未亡人という、いかにも一般庶民の同情をひきそうな利点もあった。

それから四年後、今度は、ティベリウスの唯《ただ》一人の実子ドゥルーススが、これまた三十六歳の若さで死ぬ。六十五歳のティベリウスにとって、この事件がどれほどの痛みを与えたかについては、想像するにかたくない。息子の死の三年後、彼は、カプリ島に引き籠ってしまう。母の葬式にも出席しようとしなかった。

ティベリウスは、この母を、秘《ひそ》かに嫌っていたらしい。ティベリウスの今日あるは、すべて自分という母を持ったおかげだ、と高言してはばからないだけでなく、成熟した息子に対してもなお、ことごとくに干渉することをやめなかった母リーヴィアは、ティベリウスがカプリに隠居した三年後に死んだ。

カプリに隠退したとは言っても、ロードス島に引き籠った時とは、当然すべてが違っていた。皇帝ティベリウスは、皇帝であり続けた。書簡を送るという方法と腹心の部下を駆使するやり方で、彼は、ローマ帝国を統治しつづける。当時のティベリウスを示す証拠として、タキトゥスの書き残した話を記す。属州の人民が、アウグストゥスの例にならって、ティベリウスにも神殿を献じようとした時の話である。

——元老院議員諸君、わたしは誓って言う。そして、後世にも記憶されることを願う。「わたしは、死ぬ運命にある人間である。わたしに課された義務は、人間の義務である。そして、元首の地位を占めていれば、わたしには充分に満足である」。

もしわたしが、祖先にふさわしい人物であり、諸君のために注意深く振舞い、危機に際しては毅然《きぜん》たる態度をとり、公共の福祉のためには誹謗《ひぼう》にすらひるまぬ人物だと信じてもらえるなら、わたしの記憶は充分に、いや十二分にも敬意を表されたことになるだろう。諸君の心の中にある神殿こそ、わたしの神殿である。なぜなら、大理石で建てた神殿でも、もしも後世の評価が憎悪に向きを変えれば、墓石も同然に軽蔑《けいべつ》されるのだから。

神々にわたしはこう祈る。どうか生涯を終えるまで、平静な魂をもち続けられるように。人間と神々の法則を理解する精神に恵まれるように。同盟者とローマ市民にはこう祈る。わたしがこの世を去ってからも、わが業績と名を思い出し、いつまでも賞《しよう》讃《さん》と好意ある思慕を寄せてくれるように。——

どうやらティベリウスの願望は裏切られたようである。古代ローマ時代に、もしも〝官僚的〟という言葉が存在していたら、彼こそこの言葉で、一刀両断されていただろう。〝民主主義〟の世の中では、絶対に大統領に選ばれる男ではなさそうだ。まず、マスコミから、徹底的に嫌われたであろうから。

しかし、創業間もなかったローマ大帝国の幸運は、ティベリウスという、有能な官僚を持ったことにあったと私は信じている。七月はユリウス、八月はアウグストゥスと名づけたのだからと、九月をティベリウスと名づけたいという元老院の要請を、きっぱりと断わった男でもあった。

＊　＊　＊

私に、地中海文明の基本的な要素が官能性にあることを最初に教えてくれた人は、大学時代の恩師の一人であった富永惣一《そういち》先生である。それを先生は、大学の講義の中で、こんなふうに説かれた。

「フランスからイタリアへ入ると、樹《き》の形まで変るんですよ。なまめかしくね」

学習院大学哲学科の人文コース専攻の知力の低い学生たちは、このような調子で講義される先生を、最新の美術史学説について少しも紹介しないのは、西洋美術館の館長などして勉強していないためで、やむをえずあんな感想をしゃべってはごまかしているのだ、などと、生意気にも批判したものである。馬鹿な連中である。そんなことが知りたければ、研究室の書庫で自分で調べれば簡単に解決することなのに。

卒業後一年ほどしてイタリアを訪れた私は、どんな学術書でも書いていない先生のこれらの言葉が、実に真実であることを痛感した。そして、その一年後ローマで会った時、先生から、外国語は異性から学ぶものだよ、という忠告を受けた。もちろん、この恩師の言葉は忠実に実行された。

しかし、先生の官能性と私のそれとでは、少しばかり違うように思われる。先生は、洗練された、そしてまろやかな美がお好きのようであったが、私は、凝縮した情熱が厳しい形で美になっているものに、より惹《ひ》かれる。これは、先生が男であり、私は女であるためかもしれない。先生なら、繊細な味わいのコニャックを好まれるだろうが、私の最も好きな飲物は、メンドゥーサ枢機卿《すうきけい》という名の、スペインのブランデーである。ユリウス・カエサルの『ガリア戦記』や『内乱記』を読むと、肉体的快感さえ覚えるのだ。そこには、ベッド・シーンなど書かれていないのにである。とはいえ、これは、個人の嗜好《しこう》の問題かもしれない。しかし、たとえあらわれた形に違いはあっても、官能的ということには変わりはない。

ルネサンス時代では戦争もまた芸術であった、と言ったのはブルクハルトだが、これは、マキアヴェッリに教えられたからだと思う。日本では〝論〟と訳されているマキアヴェッリの言葉は「アルテ」で、これを私もどう訳したら適切かと今でも悩んでいる言葉である。アルテを芸術と訳すと、日本人ならば、いわゆる芸大で教えるものぐらいに受け取る心配があるからだ。しかし、技術と訳すのも、なにやら真意と遠いような気がしてならない。技術とは、大学の工学部の専門のような印象を与えかねないからである。つまり、芸術と技術の合わさった感じで、それがゆえに現世的で官能豊かな言葉である「アルテ」は、実に地中海的な意味合いをもつ言葉である。だから、戦争も政治も、そして一人の人間の生き方も、充分にアルテとして論じられるのである。私が、真にローマ的な人間として、学芸に関心の深かったハドリアヌス帝やネロ帝でなく、有能な官僚ティベリウス帝を選んだのは、私なりの「アルテ」の解釈によるのであろう。

隠居するのにカプリ島を選んだだけでも、実に現世的で美的で官能的ではないか。そのうえ、皇帝でもあり続けたのだから、なおのこと現世的でよい。私は、一人勝手に、こういうのを地中海的だと思うことにしている。

歴史と法律

（一九九〇・十一）

この頃の私の頭の中は、二千年昔に行ったきりになっている。ルネサンスの次に立ち向うときめている、古代ローマを勉強中であるからだ。

それで古代ローマだが、ローマは三度世界を支配したと言われている。

第一は軍隊によって。第二は法によって。第三はキリスト教によって。

最後のキリスト教は、ローマを経過したキリスト教という意味だろうから、古代ローマ崩壊後の中世を支配したのもローマであったという、ある意味では逆説を言っているのだ。だがまだこのあたりまでは、私の勉強は進んでいない。

目下のところの私の勉強の対象は、こういうわけで第一と第二にとどまっているのだが、古代のローマ人の書き遺《のこ》したものを読んでいて痛感するのは、ローマ人のもっていた、まさしく「法の精神」である。

それは、世界を支配するとかしないとかよりもまず、彼らの日常生活のすみずみにまで浸透していたので、感心するよりもあきれかえり、そのこだわりようには思わず笑い声をあげてしまうほどだ。

ケンカでさえ、法律をふりかざしてやる民族だった。ケンカといっても、権力争いのたぐいではあったけれど。

カエサルの頭の中は、〝六法全書〟で埋まっていたのではないかとさえ思う。もちろん、法律に精通していることによって、法律の抜け道を他の誰よりも活用するためである。

その彼は、こんなことを言っていたという。

「法を破るのは、王国創立のとき」

これは彼の創作ではなくて、ギリシアの悲劇作家エウリピディスの作中からの借用だが、法を破るのはここ一番というときにかぎるべきで、いつもは守っていたほうがよい、という意味だろう。また、相当に辛辣《しんらつ》でいながらウィットにも富んでいたカエサルだから、法を破るような大悪は天才にのみ許されることであって、並の人間は守ることだけ考えていたほうがよい、という意味もこめられていたかもしれない。

ここ一番という勝負どきになど、男を誘惑するとき以外にはあまり出会わない凡人である私などは、法律となればすべて守る主義でとおしている。

しかし、歴史にあらわれては消えていった諸民族の中で、法の精神に富んでいた民族とさほどでなかった民族とに分かれるのはどうしてなのか。

日本人は、私の私見もいいところの考えでは、さほどでない民族に入ると思うのだが、それを知識豊かな人々は次のように言う。

「日本人は単一民族であって、それゆえになんとなくわかり合うことができ、法を制定してまで普遍妥当性を獲得する必要がなかった」

私は法律のシロウトだから、なるほどそんなものか、と長い間思っていたのである。だが、歴史に親しむ歳月が重なった今、法の精神の有る無しは、民族の構成だけに原因を求めてよいものかどうか、大変に疑問に思うようになっている。

なぜなら、カエサル時代までの古代ローマは、征服民族と被征服民族には分かれていたけれど、北イタリアを流れるルビコン川が国境と考える、単一民族国家であったのだ。複数民族国家になって行くのは、帝政期に入ってからである。

ローマよりはさらに民族的には閉鎖的であった古代ギリシアとなれば、もうもう単一民族の国家である。いや、都市がちがえば、もう同じ考え方は通用しなかった。それでもあの民族は、ローマ人ほどではなかったとしても法を重視している。

法の精神に富むことでは古代ローマの継承者とされている中世・ルネサンス時代のヴェネツィア共和国にいたっては、その一千年におよぶ歴史のはじめから終りまで、単一民族の国家であったのだ。それでいてこの都市国家くらい、法の前の公正に神経を払いつづけた民族もない。

法律というものにはまったくのシロウトの推測にすぎないのだが、法の精神の有無は、その民族の生き方によるのではないかと思いはじめている。生き方とは、生きるうえでのマナーを言うのではないだろうか。そして、この意味での生き方は、ラテン語ではチヴィタスと呼ばれ、「文明」の語源になった言葉である。

（一九八八・四）

〝シルク・ロード〟を西から見れば……

中国の存在は、古代のギリシア人やローマ人も知っていた。

彼らは、中国を、「絹の国」と呼んでいた。中国人は、Seres「絹の民」というわけだ。

現代の西欧の人たちの、絹物に対するほとんど偏愛とも言ってよい執着は、だから歴史は古いのである。

わが家の少々古風なお手伝いは、私が中国に旅した人から贈られた絹のピジャマを、あちらではひどく安価なのだそうだが、その中国製のピジャマを、イタリア製の見事なレースのついたものよりも、よほどていねいにアイロンがけをする。

また、ヴェネツィアでは最高のホテルの支配人は、わに皮のビューティケースもちのお客よりも、絹製のねまきがベッドに脱ぎすてられているお客のほうを、客室係は秘《ひそ》かに上客あつかいするのだと教えてくれた。

しかし、ペリクレスやアレクサンダー大王やユリウス・カエサルが、絹物のトーガを身にまとって人前に出たとは考えられない。まして哲学者のプラトンや歴史家のリヴィウスが、絹のトーガの常用者であったはずはない。絹は高価で、文化を一生の仕事にしてお金がもうかった例は皆無だからである。

しかし、アレクサンダーやカエサルは、権力の絶頂を極めた男だった。いかに高価であろうと、そのようなことは関係なかったにちがいない。それでも、彼らと絹とは結びつかないのである。いや、結びつくとすれば、女に会うときとか、ゆっくりとくつろぐときだろう。行動派の男たちと絹物とのつながりは、なぜか、ひどく官能的な想《おも》いを刺激する。

絹は、古代でも、女が愛したものではないだろうか。ローマ帝国二代目の皇帝だったティベリウスは、タキトゥスが伝えるのによると、帝国の男たちに絹物の使用を禁じたという。いまだ質実剛健が男の理想像であった帝国初期、やわらかで色が美しくてふわりと落ちる絹を好むのは、柔弱の証拠と思われていたのだった。

戦場で柔弱なのは、困るのである。女を前にしての柔弱なのは、ちっとも困らないけれども。

女は常に、男ならば寝室で、という絹の愛用途が史実であったかどうかは知らないが、絹が西欧で愛されたのは史実である。

すべての道はローマに通ず、のとおり絹の道も、東から西へ幾本となくのびはじめ、ますます踏みかためられていったのであろう。

なにしろ、嗜好《しこう》だけでなくそれにお金を払える国が、確固としてあったのだ。

当時の古代ローマほど、市場として頼りがいのあるものもなかったのではないかと思う。もしかしたら、あれほどの消費市場は、その後の歴史にも例がないのではないか。

草原でも砂漠でも、そして海でも、最終地がローマならば、運ぶ者の苦労は充分以上に報われたからであった。

運ぶ者の苦労が報われたのは、東方からの道にかぎらない。当時の人々が世界と思っていた範囲ならばどこからでも、物産がローマに集中していた。

ブリタニア（イギリス）からは、錫《すず》をはじめとして金にいたるまでの、鉱山物資が輸出されていた。ヒスパニアからは、葡萄酒《ぶどうしゅ》や銀。エジプトからはパピルスや小麦。

調べていくと、絹や宝石や香味料《スパイス》は、ローマ世界の東方、つまりオリエントの各地に集中している。このオリエントの物産だけは、そこが生産地ではなくて、中継地ということだろう。これらの物産の生産地は、ローマ帝国時代の西欧人の頭にあった世界、内海（マーレ・ノストゥルム）である地中海をかこむ帯状の外にある、東南アジアやインドや中国から延々と運ばれてきたからである。

遠く東方より運ばれて地中海域に達するまでに、どれくらいの日数が費やされたかは私は知らない。ただ、地中海沿岸の港からローマまでの海路に要した日数は、私でも追跡可能である。それを調べていて、日数の意外に少ないのには驚いた。

エジプトのアレクサンドリアからナポリの近郊の港までの日数は、十五日から二十日である。速達便（こういう名称はなかったけれど）だと、なんと九日しか要さなかった。上陸後は、アッピア街道を北上したのだろう。

シリアの港町カエサリアからローマへの直行便だと、二十日である。アレクサンドリアからマルセーユまでだと、一カ月かかる。ローマの外港であったオスティアから北アフリカのカルタゴまでの航海日数は、三日から五日であったという。

この最後のところは、大カトーがローマの元老院でカルタゴ征圧を提唱したときの言葉を思い出させた。水もしたたるほど新鮮で大きなカルタゴ産のいちじくを、並いる元老院議員に示しながら、弁説の巧者大カトーはこう言ったというのである。

「諸君、これほどの豊潤な果実を産する敵が、この新鮮さを保てる三日の距離にいる」

だからウソではないのです、この程度の日数であったということは。

だが、ローマ人は、相当に効率のよい優れた船をもっていたのだということも、わかったのだった。

なぜなら、これらの日数を、十五世紀のヴェネツィア船が航海に要した日数と比べてみると、海上交通に必要な日数は、一千五百年昔と、変りはないどころか劣るからである。

ヴェネツィア・アレクサンドリア間は、六十五日もかかったのだ。

しかし、このちがいは、航行技術の差でもなく、造船技術の差でもなかったであろう。

ローマの場合は、いかにも大国的に大船での直行便を多用したのに比べて、ヴェネツィアでは中型の船が主力で、各地に寄港しながらの沿岸航海が普通だったからである。

それに、ローマとヴェネツィアの、使った帆のちがいも考えにいれる必要がある。ローマ時代には主力であった四角帆は、風に恵まれればこれくらい強力なものもないが、風が弱まったり、逆風であったりすると、動きがとれなくなる危険がある。地中海は、風向きの変りやすいことでも有名だ。いかに奴隷《どれい》たちに櫂《かい》を漕《こ》がせても、ということはモーターの助けを借りても、大型船だけに、航行速度はひどく落ちたにちがいない。

反対に、ヴェネツィア船の帆は、三角帆が主力だった。

これだと、順風を完璧《かんぺき》に利用することもできないが、かといって逆風でもお手あげという事態にならない。ジグザグにしても、前進可能なのである。風向きの変りやすい地中海では、このほうが堅実なやり方だったろう。つまり、ヴェネツィアは、大帝国などになったこともなく夢見もしなかったヴェネツィア共和国は、きめ細かで着実なシステムのほうを選んだのである。

しかも、両国ともいた櫂の漕ぎ手だが、それゆえガレー船と呼ばれるのだけど、これは奴隷といえども食べさせなくてはならないので、人件費というものが無視できない。ローマの船でも、漕ぎ手、つまりモーター付きの船は運賃が高くなり、人間や高級品の運搬に使われたのだと思う。普通の荷ならば、もっぱら帆船だったろう。

漕ぎ手に奴隷を使わない方針で一貫していたヴェネツィアの場合はより人件費が高くなり、ゆえに当時では最高級品であった香味料を運ぶときだけ、ガレー船が使われた。

こう考えてくると、ローマ時代でもヴェネツィアの活躍したルネサンス時代でも、地中海を運ばれる物産の量には、たいしたちがいはなかったのではないかと思えてくる。要するに、順風を待って大規模に運ぶか、きめ細かに綱を張ってやるかの、ちがいにすぎなかったのではないだろうか。

だがこれも、話を地中海内にかぎってのことで、地中海世界の外側では、ローマ時代もルネサンス時代も、同じやり方で通したのだった。

ということは、他者に依存していたということである。他者とは、ギリシア人やアラブ人や、インド人であったのだ。

シリアの沿岸都市やエジプトのアレクサンドリアまでは、買いつけにおもむく西欧人の姿が見られたであろう。売り手は、古代ならば主としてパルティア人であったろうし、中世、ルネサンス時代ならば、アラブ人であった。

地中海へのこれらオリエントの物産の出口は、大別して四つであったと思われる。北から順にのべれば、一つは黒海の諸都市。そこから中継地であったロードス島までは、十日の航海で充分だった。ロードス島からは、ローマまで直行できた。

第二の出口は、シリアのアンティオキアである。現代ではさびれて昔日《せきじつ》の面影をしのぶにも苦労するトルコの一地方都市でしかすぎないが、アンティオキアは、エジプトのアレクサンドリアと並んで、当時ではローマに次ぐ大都市であった。

出口の第三は、同じシリアでもずっと南に下がり、現ベイルートか昔のカエサリアあたりの港町であったと思う。カエサリアからローマまでは二十日かかるということは、すでにのべた。

第四の、つまり最後の地中海への出口は、エジプトのアレクサンドリアである。ここからは、東風にのりさえすれば、ローマまで二十日の距離だった。

この四つの中継基地は、整備された中継基地があったからそこまでの交易路が開発されたのか、それとも、遠く中国やインドからの交易路が地中海に出るのに都合がよかったから、これらの中継基地が繁栄したのか、という問題まで提供してくれるが、それは、どちらと決めるわけにはいかない問題だと思う。

おそらく、両者相つぐなって、基地も繁栄し商いに都合よく整えられ、同時に交易路も固められる、という関係にあったにちがいない。
人間の行為とは、人間自身の肉体に似て、意識して改良しなくとも、自然にまかせておけば、つまりこの場合は商いの原理にまかせておけば、なんとなくうまく行くようになるものである。

しかし、ローマを中心とした古代世界は、やはり、地中海を内部にかかえた東西南北の諸地方であったのだ。

それは、ローマの街道網の広がりと、ローマ軍団の駐屯地の分布図を見ればわかる。ローマ人とて、この範囲の外は、外部の人間に頼ったのであった。

パルティア人に頼るのだけは、領土型の国家であるローマにとっては、苦虫をかみつぶしながら、であったような気がする。なぜなら、ローマは幾度もパルティア征服を試みたのに、結局は果たせなかったからだ。ために、パルティアは東西交易による利潤で大変に豊かになったのであった。

というわけで、東からの物産の地中海への出口の二と三は、ローマ帝国といえども経済的にならば、パルティア人を仲介にして交易するしかなかったのである。この道は陸路を通る〝シルク・ロード〟の中継基地にあたるわけだから、絹が多くを占めていたにちがいない。

だが、第四の出口になるアレクサンドリアを通って西欧にもたらされる物産は、軍事大国ローマの面子《メンツ》にかけても、ローマ人の支配下におこうと努めたようである。

初代皇帝アウグストゥスは、軍事力にものをいわせて、紅海の出入口をかためさせ、そこに税関をおいて、ここを通って地中海に向う、東からの物産すべてに高額の税をかけることにした。

これは、二つの点でローマ帝国に利益をもたらすはずであった。

第一の利点は、次のことにあった。高額の関税をかければ絹の値段もあがり、絹物となると眼の色を変えるローマの富裕な女たちも、やむをえず買いひかえるようになるということと、男たちも多額の出費には無神経でいられないのは同じだから、柔弱な風潮も退くしかなく、ローマ男子の質実剛健主義の保持にも役立つ、と考えたのである。

利点の第二は、言わずもがなのことだが、多量のしかも高価な物産にかかる関税ゆえ、国庫をうるおすことになるのは眼に見えていたからである。

これは、理論的には成功するはずであった。なぜなら、紅海の出入口からインドの南端までの航海は、ローマの支配下に入っていたギリシアの船乗りたちの独壇場であったからだ。

紅海まではローマの軍事力が押さえ、そこからのインド洋はギリシア人がうけおい、インドで、東南アジアや中国からの商人たちと商いをする。これならば、相当な程度まで、東西交易はローマがコントロールできるわけだった。

インド洋には季節風が吹くことに気づいたのは、紀元前一世紀頃のギリシア人である。夏期にはそれに乗って東に向えば、インドに達するのは、海洋民族であったギリシア人には簡単だった。冬期には反対に、モンスーンは東から西に吹くのである。これならば、大型船を使って効率良く、夏に出て冬に帰ればよい。そして、紅海の入口には、ローマの税関が待ちかまえているというわけだった。

あの地帯はアラブ人の世界なのだから、インド洋航路はなぜアラブが活用しなかったのか、と言われるかもしれない。

アラブ人だって、船には乗るのである。だが、彼らは、根本的には海洋民族ではない。ローマ人も海洋民族ではなかったが、アラブも、その点ならばローマと似ていた。

海洋民族は、古代ではフェニキア人やギリシア人、中世、ルネサンス時代ならば、ヴェネツィア、ジェノヴァ、ピサ、アマルフィの四海洋都市国家を中心とした、イタリア人である。

私の考えでは、日本人も海洋民族ではないと思っている。

海洋民族と非海洋民族のちがいをくわしく説明するのは、それらの国の全歴史をのべないとできないくらいの問題なのだが、表にあらわれる現象だけをのべると、陸影が見えないところを航行するのが平気か、それとも平気でないか、で分けてもよいと思う。

砂漠の中でもオアシス伝いに旅するのに慣れているアラブ人は、平気でない、のだ。もちろん、一般的な問題として、である。

だからこそ、インドから沿岸航海でペルシア湾に入る海路や、同じくインドから今度は東に、ベンガル湾を沿岸ぞいに進んで東南アジアに達する海路は、アラブ人でやっていけたのだろう。生来の船乗りギリシア民族が、お節介をやくまでもなかったのである。

このようなわけで成功するはずであったローマ皇帝の意図が、半分は成功したが後の半分は不成功に終った理由は、どこにあったのであろうか。

それは、陸地型の国家であったローマの、ある面での欠陥を実証してくれることでもある。

さしもの軍事大国ローマも、陸上でのコントロールならばできたかもしれないが、海上を伝わってくるものまでは不可能であったのだ。

つまり、ローマによる厳重な紅海の支配は、密輸を生じさせる結果になったのであった。

密輸の道は二つあったが、両方とも主役はアラブ人である。東西交易のウマ味を今度はローマにまで独占されそうになったアラブ人が、ローマの軍事力のおよばない地域に荷あげすることを考えついたからであった。

密輸の第一の道は、カルカッタやボンベイで求めた物産を、インドの西海岸を沿岸航海で北上し、そのまま沿岸航海をつづけてホルムズ海峡を通り抜け、ペルシア湾を北上してその近辺で陸にあがる道である。

これならば、海の民ではない彼らでも、不安をともなわないで航海ができる。そのうえ、上陸するやそこはもうパルティアだ。これではローマ人も、パルティア人のかかわりなしには、東方の物産を手に入れることができなくなる。それに、もちろん、わざわざ自家の入口までもってきてくれるのだから、パルティア人もアラブの密輸業者を歓迎する。

密輸の第二の道は、海洋民族でないアラブ人にとっては、それこそ眼をつぶって強行する想いであったろう。

死ぬ想いで、季節風に身をまかせるのである。

それも、インドの南端から紅海の出口まで、などというものではない。インドの南端にさえふれず、インドネシアあたりから一気に、西に向うのだ。東南アジアの特産である香味料を満載した木造船が、四角な大きな帆に命をかけて、大洋を一路西へ進むとたどり着くのが、アフリカの東端近くにあるマダガスカル島であった。

そこから、アフリカ大陸に上陸する。この後はただ、エジプトのアレクサンドリアか北アフリカの地中海岸都市まで北上すればいい。紅海を押さえるローマ帝国も、アフリカの奥地にまでは勢力を浸透していない。密輸は、その弱点をついたために成功したのだった。

だが、この道は、東南アジアとダイレクトに結ぶしかなかったために、運ばれる物産も、そのほとんどが香味料であったようである。だから、この密輸道は、通称「シナモンの道」と呼ばれていた。

カネがもうかるならば、人間なんでもする。だが、カネのためならなんでもする人間が切り開いたにしても、道はいったん切り開かれれば、誰でも、通りたいとさえ思えば通ることができるようになる。

未知の大海に乗りだしていくたぐいの冒険は、ロマンティックな想いではじめられたわけではまったくないが、それだけにかえって、「道」の整備や安全には注意が払われるようになる。なにしろ利益があがるのがわかっているのだから、設備投資というわけだ。そして、その結果として、ロマンティックな想いの人も通ることになるのである。物産の交流ではすまなく、文化文明の交流をもともなう理由はここにある。それに、稼ぐことしか頭にないはずの商人でも、インド洋の夕陽の美しさには、思わず心を動かされたこともあったにちがいない。

東西交流を、文化文明の面でのみ取りあげ、それを読んだり聴いたりする人の心をうっとりさせる紹介のやり方には、私は不賛成である。おカネを欲しいと思う気持は、実に健全で、人間活動の相当な部分のエネルギーになるのは現実である。そして、当初は考えもしなかったことも、それをつづけていくうちに達成してしまうのも、これまた人間の現実なのである。

それゆえに、「シルク・ロード」が衰退した理由も、お金の問題からなのであった。

古代末期、世界の首都（カプトゥ・ムンディ）と呼ばれていたローマの力が衰えはじめると同時に、最大消費市場としても、ローマはそれを背おう状態でなくなりつつあった。

草原を通ろうと砂漠の道であろうと、また海路を利用しようと、東西物産の交流路としての「シルク・ロード」も、下り坂をころげおちるような速度で衰退しはじめる。絹も香味料も陶磁器も、それに多額のお金を払える人間がいなくなってしまっては、わざわざ危険な遠路を運ぶ〝ウマ味〟もなくなる。西ローマ帝国崩壊直後の西欧をおおった暗黒の中世は、シルク・ロードにとっても暗黒であったにちがいない。

西欧には、別名ビザンチン帝国とも呼ばれる東ローマ帝国が健在だったが、この帝国の歴史は実に紆余《うよ》曲折していて、勢力全盛を誇る時代のすぐ後に、もう滅亡かと思われるほどの苦境が襲うという有様。信頼できる一大消費市場でありつづけるには、安定性というものが欠ける国家であった。

この他には、西欧には、蛮族たちの混乱から頭角をあらわしはじめていた、フランク帝国がある。だが、この民族も、混乱に乗じて領域を広げたにすぎず、東方の物産を賞でる経済力も文明度もまだもっていなかった。

ちょうどこれと同じ時期、東には唐という、最高の文明が栄えていたのだから、東と西のこの格差が残念でならない。唐の全盛期が古代ローマの全盛期とかち合ってい たら、さぞかし興味深かったであろうに、と思ってしまう。丁々発止の交流が見られ たかもしれない、と思うのだ。だが、歴史は、このように面白くは進んでくれなかっ た。西にローマあれば、東には漢があった、で満足すべきなのだろう。

このような状態で格差がひどく開いてしまった中世の東と西だが、そのためにかえって、東の高度な文明は西方に、抵抗なく浸透していったのかもしれない。

まずはじめに、高価このうえもなかった絹が、西欧でも生産されるようになった。最も高価で需要も確かな物産の自国生産化は、誰もが考えることである。

六世紀にはすでに、ビザンチン帝国で生産されていたという記録がある。伝説と思うが、皇帝の命によって中国に潜入した二人の修道僧が、もち帰るのに成功した繭《まゆ》がはじめだった、というのだ。今ならば、産業スパイというところだろう。

その後、絹は、今でもダマスカス織りという名が残っているくらいだから、シリア一帯に広まり、次いで、当時アラブの支配下にあったシチリアとスペインに広まっていく。イタリアに入ったのはその後まもなくであったと思うが、中世も終りルネサンス時代を迎える頃には、イタリアが一大生産地になった。

フィレンツェ、ルッカ、ヴェネツィアと、イタリアの都市国家でつくられた絹地はすばらしく、その色といい、デザインや織り方の多様さといい、まさに華麗なるイタリアのルネサンス文化そのものだったのである。

フィレンツェでもヴェネツィアでも、現在でも当時の絹織物の復元をしている工場がある。工場といっても、ルネサンス時代のままに手織りなのだから、工房と呼ぶほうがふさわしいくらいの小規模なものだ。

それでも、イタリア人は、ベッドのカバーにしたり、椅子《いす》をおおわせたりして使っている。もちろん、六十センチ幅の巻物で一メートル何万円という高さだから、お金のある、しかも趣味の良い人にかぎられるけれど。

話は二十世紀にまできてしまったが、このようなわけで、絹ならばすでに六世紀、西欧は自産できるようになっていたのであった。

陶磁器のほうは、模倣はむずかしかった。いや、模倣すること自体、無理なのが陶磁器の特質なのだろう。中国からの輸入は、ずいぶんと後期になるまでつづいたようである。イスタンブールのトプカピ宮殿のコレクションは、文字どおり眼を見張らせる。西欧でもずいぶんとたくさんの種類が生産されていたが、中国や日本のものは、中国や日本のものなのである。西欧人でもあのすばらしいコレクションの質と量には讃嘆《さんたん》の声をあげるだろうが、日本人の私は、あれにふぐの刺身を並べる想像から離れられなくて、われながらおかしかったことをおぼえている。

中国科学の四大発明とされている紙と火薬と羅針盤と印刷技術は、どのように西欧に根を張ったのであろうか。

紙は、これも伝説に属するのかもしれないが、八世紀の半ば頃に捕虜にされた中国人が、西欧人に製法を教えたことにはじまる、といわれる。その後アラブ人の手でまずスペインにもたらされ、次いでイタリアに伝わったというのだ。

古代ではパピルス、中世では羊皮紙がもっぱらだった西欧に紙がゆきわたるようになるのは、十二、三世紀頃に盛んになったイタリアの製紙業のおかげだった。

それでも相当に値が張るものであったらしいのは、当時の〝原稿〟に改行がほとんどないことでもわかる。行もつめ、字も小さめでぎっしり書きこむのは、レオナルド・ダ・ヴィンチの手稿でも変っていない。だが、少なくとも、羊皮紙に代わるものはできたのだった。

紙が広まれば、印刷術も土台ができたことになる。十五世紀半ばのグーテンベルク

った。

羅針盤にいたっては、西欧は、発明地中国を、あっという間に抜いてしまったのである。

羅針盤がアラブ人の手を経て西欧に紹介された先は、これまたイタリアの通商都市国家アマルフィであったが、これをイタリア人は、発明者中国人が考えもしなかった、ポータブル製品に変えて企業化する。

携帯用の小型羅針盤の需要先は、まず、海洋民族でもあった当時のイタリアの船乗りで、彼らには大変な利益をもたらした。十三世紀を境に、航海技術は大発展する。夜間の航行も、そして島影も見えない遠洋航海も、これで可能になったからだった。ポータブル羅針盤の需要先には、もう一つあった。砂漠を旅することの多いアラブ人である。砂漠も、目標物に恵まれないことならば一面の海と同じなのだから、らくだを船にして旅する人々も、これは便利と思ったであろう。相当な期間、アラブの商人の売る香味料を買う西欧の商人たちは、この先進技術を売って、貿易マサツ解消の一助にしていたのである

火薬は、それを活用した例が、ビザンチン帝国にすでに見られる。史上有名な「ギ

リシア火焔器《かえんき》」で、現代の火焔放射器と同じに使われた。だが、ここでも西欧は、中国人の考えなかったことを考案し、実践している。

それは、大砲だ。

大砲がはじめて船上にそなえつけられたのは、十三世紀のヴェネツィア船であったが、効力のほうはどうも、期待にそえるほどのものではなかったらしい。その後たいした発展を見せていないからである。

大砲の威力に注目した最初の人は、一四五三年、ビザンチン帝国の首都コンスタンティノープルを攻略したときの、オスマン・トルコのスルタン、マホメッド二世であった。この戦いが、今ならば新聞の第一面のトップを飾るくらいに重要な事件であり、しかも東ローマ帝国滅亡というショッキングな事件が大砲という新兵器に負ったことで、全西欧はいっせいに、大砲に注目するようになったのである。

この時代を境にして、城壁までも、それまでの人間を防ぐためのものから、砲丸の威力を減ずるのを目的としたものに一変する。薄手ながら高く直立していた城壁は、厚地に、しかも下にいくに従って傾斜をもつという形に変ったのである。

戦法も、同時に変った。きらびやかな軍装に身をこらした騎兵軍団から、しぶとく群をなして闘う歩兵軍団への移行である。貴族から平民への、移行でもあった。

このように、西欧は、東方の文化文明を次々と自国生産化するのに成功していたのだが、いくつかは、やはり無理だったようである。

ヴェネツィア人が熱心に地中海域での栽培法を探ったスパイス、香味料も、東南アジアの気候まで地中海に移植することはできない。香味料は、アラブ人の仲介を経て、あいもかわらず西欧にもたらされる状態は変らなかった。

陶器も、前にのべた事情で、東方から運ばれる東洋製を珍重する点では、昔とちがわなかったのである。

ちがわない物産のもう一つは、真珠や宝石類であった。これも、地中海世界に移植するわけにはいかない。今だに西欧は、宝石に魅了されることではまったく進歩のない女たちのおかげで、これらをほとんど東洋に負っているのである。

だが、東洋に負うしかなかったこの三種の物産は、いずれも、草原や砂漠のシルク・ロードよりも、海のシルク・ロードで運ぶほうが理にかなってていはしないであろうか。生産地が、どちらかといえば南に集中しているからである。

そして、一大消費市場ローマはなくなっても、ルネサンス時代からの西欧は、全体として豊かになり、これら東方からの物産を消費できるだけの、文明水準に達していたのであった。

（一九九七・五）

古代ローマと現代と

　現代は、古代ローマの末期と似ている。

　とは、仮説と呼べるほどのものではないが、『ローマ人の物語』と題したローマ通史を書きつづけている間に浮んできた私の感想である。感想にすぎないのだから、書くことで公にしたことはなく、頭の中でもてあそんでいただけなのであった。

　もともとからして、比較するということ自体が簡単ではない。すべての事象は、普遍妥当的なことと特殊事情の双方を合わせもつものだからだ。しかし、この種の困難も承知のうえで大胆に、というより乱暴に比較すれば、二十世紀末の現代は、五世紀末の古代と似ているのではないかと思えてくる。現代を、これまでの世界を支配してきた西欧文明が、危機に瀕《ひん》している状態、と見るならば。

＊　　＊　　＊

危機とは、政治危機であり経済危機であり軍事危機でもある。ところがこれらの危機状態は、一国なり一民族なりの興隆期でも、また高度成長の後に訪れる安定成長期でも起るので、すべてが容易に克服できたなんていう歴史は、どの国にも民族にもない。

それなのに、この種の危機でも興隆期や安定成長期に起るならば、乗り越えることができるのである。反対に、衰退期に起ると、克服することからして不可能になる。ローマ史の中で一例をあげれば、「蛮族の侵入」がある。高校の世界史の教科書を読むかぎり、蛮族の侵入は帝国末期のみの現象で、それによってローマ帝国は崩壊したかのような印象をもつ。ところがこの「危機」は、ローマが帝政に移行するずっと以前からの現象で、ローマ史は蛮族侵入の歴史と重なる、と言ってもよいくらいなのだ。食べていけなければ食べていける地に移動するのは、人間の本能だからであり、文明度が低いがゆえに生活水準も低い人々に侵入して来られるのは、高度の文明を築いた民族の宿命である。問題はだから、それを乗り越えることができたかできなかったか、にある。

古代ローマは相当に長い歳月にわたってこの「危機」を克服してきたが、それには二つの対処法があった。

第一は、属州化することで、帝国内に組み入れてしまうやり方だ。ローマが支配することで各部族間の争いをなくし、外部の敵に対してもローマ軍団が安全を保障し、同時にローマ式街道を主とするインフラを整備することで生活の安定化をみる。

この好例は、古代ではガリアと総称された現代のフランス、スイス、ベルギー、ルクセンブルクにオランダとドイツの一部までふくめたいわゆる西ヨーロッパで、ユリウス・カエサルによる完全制覇以後のガリア民族は、狩猟を主としていた民族から農耕民族に一変したといわれたくらいであった。敵におびやかされる怖《おそ》れさえなくなれば、人々は安心して畑仕事に専念できるからである。

農耕民族は定着型だ。定着すれば、その土地への愛着も生れ、その地の向上と繁栄に努めるようになる。この気持がローマによるインフラ整備と合体し、結果として生活水準が向上し、もはや人々は難民化しなくなる。

ローマ人の対処法の第二は、軍事力を行使しての撃退であった。種々の条件から自分たちとの同化路線は非現実的と見た蛮族に侵入して来られた場合、ローマは実力をもって排除している。

この場合の好例は、古代のゲルマニアで、ライン河以東の土地だから、現代ならばドイツの大部分に当る。

この地方に住むゲルマン民族に対してはローマは非同化路線をとるが、その理由は三つあった。

第一は、昼なお暗き森が多いという、制覇には困難を伴なわないではいられない地勢上の理由。

第二は、非定着型の多いゲルマン民族の典型的な狩猟民族としての特色。

第三は、ガリア人とちがってゲルマン人には、他民族との融合を嫌う性向が強いこと。

ローマ市民権所有者であるローマ軍の軍団兵が、退役後に属州の女と結婚するのを認めたローマである。つまり、混血に抵抗感をいだかなかったのがローマ人だ。このローマとゲルマンでは、価値観の共有は成立しがたいのであった。

＊　＊　＊

このようにして種々の、しかも何度にもわたる危機を克服してきたローマ人だったが、ある時期からはそれが困難になってくる。そしてついに、困難どころか不可能に変わる。不可能になった結果、ローマ帝国は滅亡したのである。

ではなぜ、興隆期や安定成長期ならば容易に、容易ではなくても少々の困難を伴なっても乗り越えられた危機が、克服できなくなったのか。

ここにきてはじめて、「精神の危機」が問題になるのではないかと思う。政治の危機も経済の危機も、軍事の危機も社会の危機も、精神の危機とドッキングしないかぎり、克服は可能ではないかということだ。

ならば、「精神の危機」とは何だろう。

よく言われるように、精神の堕落か。繁栄への安住か。労苦を嫌う性向か。成功者の驕《おご》りか。

こうも単純に割りきれる問題ではないように感じているが、ローマ人に関しては今の私は確言できない。ローマ人に精神の危機が襲う時期を書くのは、まだ八年も先の話だからである。

とはいえ想像をめぐらせるならば、精神の危機とは、それまでは自信をもっていた自分たちの考え方に自信をもてなくなることだと思う。胸のうちでは考えていても、明言するのは避ける社会の出現、と言い換えてもよい。

例を一つあげよう。現今のアルバニアを報ずるテレビニュースは、電柱を引き抜いて家にもって帰る人、建物の壁を壊してレンガ石をもち帰る人、工場の機械を壊して鉄片にし、それを奪う人々を映し出していた。

電柱は、連らなって立っているから送電の役割を果たせるので、一本ずつになれば鉄製の棒にすぎない。レンガ石も屋根板も、一緒になっているから建物なのだ。工場の機械も、壊してしまえばクズ鉄にすぎない。

このようなことを知っているのが、最低の文明である。ゆえに、このようなことさえ理解しない人々は、野蛮人である。しかし、西欧が唱え広めた思想は人権の尊重を第一としているので、野蛮人などとは、考えてさえもいけないということになっている。だから、歴史の上ならば「蛮族の侵入」としてよいが、同じ現象でも現代となると、「難民の移動」と言わなければならない。

もちろんのこと五世紀のローマ帝国には、十八世紀からの自由・平等・博愛のスローガンはなかった。しかし、キリスト教の神を信ずるならば、文明人や野蛮人の別なく神の前に平等であるとしたキリスト教は、ローマ帝国の国教になっていたのだ。いかに文明度が高くても、キリスト教に帰依《きえ》しない人は「非平等」の徒になった。文明の価値が、信仰の価値に入れ変ったのである。

失われた価値の再興に、誰が苦労するであろうか。「精神の危機」とは、以前は認められていた価値がもはや認められなくなった時代に起る、諦観《ていかん》ではないかと思ったりしている。

敗者の混迷

（二〇〇二・十二）

『ローマ人の物語』連作の第三巻の『勝者の混迷』を書き上げたのは、一九九三年であった。日本でバブルが崩壊した、二、三年後ではなかったかと思う。

歴史上でも、バブル的な現象はしばしば起る。人間とは勢いづくと、歯止めが効かなくなる存在であるからだ。とはいえバブルは、勝者になったから起るので、敗者には絶対に起らない。過剰なほどに何かを持ってしまったことがバブルの前提条件である以上、持たない者には起りようがないからである。だから問題は、崩壊という形の警鐘が鳴ったバブルの後始末をどうつけるか、につきるのだった。

＊　＊　＊

ローマ史上のバブルは、宿敵カルタゴに勝った後に起った。名将ハンニバルを敵にまわしての苦闘の末にようやく勝ったローマだったが、その後は一転して快進撃をつづけ、わずか半世紀の間に地中海世界の覇者に登りつめる。この時期のローマは、高度成長を謳歌《おうか》していたのだった。

ところが、覇者になったとたんにローマは、ハンニバルの予言が的を射ていたことを思い出さざるをえなくなる。それは、ローマ軍相手に連戦連勝であったのに最後の一戦で敗れ、それがために第二次ポエニ戦役の敗将になってしまったハンニバルが、勝者ローマに投げつけた一句だった。

「いかなる強大国といえども、長期にわたって安泰でありつづけることはできない。国外には敵をもたなくなっても、国内に敵をもつようになる。外からの敵は寄せつけない頑健そのものの肉体でも、身体の内部の疾患に、肉体の成長に従《つ》いていけなかったがゆえに生ずる内臓疾患に、苦しまされることがあるのと似ている」

覇者になったローマは成長した肉体に適した内臓の改造を迫られたわけだが、これを今風に言えば、構造改革を迫られたということである。だがローマも、必要とはわかっていてもそれに踏みきるまでには産みの苦しみを味わうことになる。この時期のローマを描いた巻のタイトルを『勝者の混迷』としたのも、大別しただけでも二つもの障害に立ちふさがれて、ローマ人も混迷していたからだった。

障害の第一は、カルタゴ相手の戦争では見事に機能した共和政体、つまり元老院主導の少数指導体制、という過去の成功体験。

第二は、その元老院を構成するエリートたちの固定化。自己防衛に走るようになるのは、成功体験をもつ組織の宿命なのである。

国家ローマにとっての抜本的な構造改革を行うのはユリウス・カエサルだが、その彼の敵が既得権保持しか考えない元老院階級になるのも当然であったのだ。

では、カエサルが敢行した構造改革とは、具体的には何であったのか。

共和政から帝政への移行、である。少数のエリートによる統治から、一人の統治に変えるということであった。ためにギリシアのアテネならば、王政→寡頭政《かとうせい》→民主政であったのに、ローマでは、王政→寡頭政→帝政の順になる。反動のように見えるが、実際はそうは簡単ではない。最高統治者は皇帝だが、その皇帝になる道はほとんどの人に開かれていたからである。ほとんど、と言ったのは、ローマ市民権所有者であることと元老院に議席をもつことの二条件さえクリアーしていればよかったからで、かってはローマに征服され今では属州になっている地方の出身者でも、それだけで不利にはならなかった。

カエサル自身、自分が征服したばかりのガリアの指導層にはローマ市民権を大盤振舞し、そのうちの有力者たちには元老院の議席を与えている。この開国路線に反発したのがブルータスとその同志の元老院議員だったが、その彼らもカエサルの肉体を抹殺することには成功したが、カエサルの考えを殺すことまではできなかった。カエサルの思想はアウグストゥスに引き継がれることで定着し、アウグストゥスが初代皇帝になってはじまったローマ帝国は、以前をはるかに上まわる繁栄だけでなく、平和までも満喫することになる。

帝国最盛期の皇帝であるトライアヌス帝の顔は、どう見たってラテン民族の男の顔ではない。原住民との混血が当り前だった属州スペインの出身であったからで、カエサルによって先例がつくられた、常に新らしき血の導入による指導層の硬直化防止のシステムが、実を結んだ一例にすぎなかった。

こうしてローマは、急成長した肉体に適した内臓の改造に成功したのだが、そしてそれを敢行したことでのさらなる繁栄を享受《きょうじゅ》するようになったのだが、わが日本のほうはどうなのか。

八年前に『勝者の混迷』を発表した当時は、日本も情況ならば似ていると思っていたが、今ではもう「勝者の混迷」どころか「敗者の混迷」である。バブルをマイナス面でしか捉《とら》えなかったためにすべてに臆病《おくびょう》になり、自己改革の好機を逃してしまったのか。それとも、新らしき血の導入に消極的で純粋培養化する一方だった日本の指導層には、もはや活力も柔軟性も失われてしまったということか。そして、ルビコンを渡る人も、今の日本にはいないのであろうか。「ルビコン」さえ渡れば、新たなる展望も開けてくるものを。

ローマの四季

（二〇〇八・一）

春

春のローマは、ある年齢以上の女にとっては危険な都市になる。女は若くないとダメらしい日本とちがって、年を重ねても出場権を認めるのがイタリアの男だが、ローマではとくにこの傾向が強い。

四十年以上も昔の映画だが、テネシー・ウィリアムズ原作でヴィヴィアン・リーと若いころのウォーレン・ベイティが出ていた『ストーン夫人のローマの春』（邦題は『ローマの哀愁』）というのがあった。

容色も衰え引退してローマを訪れた元女優が、春のローマの何とも言いようのない魅力に毒されたのか、若いジゴロと苦く深い関係に入っていくお話である。

アメリカ男のウォーレン・ベイティには、若い男の魅力はあってもイタリアの若い男の危険な魅力まではない、とわかったのは、私自身がストーン夫人の年齢に達してからだった。娘のころに日本で観《み》たときには、そこまではわからなかったのだ。

また、このような関係は、引退したとはいえ仕事で関係した人々が多くいるニューヨークでは起こりえず、知っている人は誰もいないローマだから起こりえたのだということも、あとになってわかったことだった。

だがローマが、若さはなくなってもまだ充分に優雅ではある女たちにとって危険な都市でなくなったのは、実にミもフタもない現実によってなのだから笑ってしまう。米ドルが弱くなったからである。

このようなことに、ジゴロはとくに敏感だ。それでも全盛時代の長かった米ドルは『ストーン夫人のローマの春』を生んだが、強くなってもすぐにはじけた日本円は、○○夫人のローマの春、さえも生まなかったのだった。

ちなみに、いかにローマの春を知っていようと私には、若い男に入れこむ趣味はない。モラルが高いからではなく、彼らとは同じ年ごろの息子がいるからで、それに、バブル時代でもおカネがなかったが、ユーロ高で円安の今ではもっとない。

夏

夏のローマは世界中からの観光客であふれていると思われがちだが、どれほど多く訪れようがローマは広く、観光名所もやたらと多い。ために、観光客で埋まるということも、いくつかを除けばほとんどない。

ローマには、七つの顔があるといわれているのだ。

古代のローマ、古代末期で初期キリスト教時代のローマ、中世、ルネサンス、バロック、そして北ヨーロッパの文化人たちが訪れ書き残してくれた、言ってみればゲーテ時代のローマ、最後に現代のローマ、と。

これらすべてを見ようとすれば、それこそゲーテのように数カ月から一年は滞在する必要があるが、たいていの人はざっと観光するか、それとも帝国時代のローマかキリスト教関係に的をしぼって見るので、大変な数の観光客であっても分散する。それで、数や量を感じないで済むのだ。

反対にヴェネツィアやフィレンツェだと、中世とルネサンスの町と言ってもよい都市なので、ヴェネツィアならば聖マルコ広場からリアルト橋までの一帯、フィレンツエだとポンテ・ヴェッキオからシニョリーア広場に、観光客が集中することになる。

だがこのローマも、私が初めて来た四十年昔に比べれば、暑苦しくなった。大衆観光時代に入って観光客も増えたが、ローマに住む人や店が使うエアコンも増えたからである。エアコンは室内を涼しくするが熱気を外にはき出すので、ローマの町全体の気温も上がったのだと思っている。

ローマの夏は涼しい西風（ゼフィロス）が微風となって吹くので、もともとからして風通しがよく、山に囲まれた盆地のフィレンツェとはちがって、暑苦しさは感じなかった。それが近年、耐えがたくなったのだ。

古代のローマ人はトーガを着け、中世、ルネサンス時代のレオナルドやミケランジェロもタイツを着け厚地の上衣《うわぎ》を羽織っていたが、あれもエアコンがなかったからだと思っている。

秋

秋のローマくらい、美しい都市もない。日差しはやわらかく、午後ともなれば行き交う人の歩みさえも穏やかに変わる。観光客も、ローマでは一年中、観光客が絶えることはないのだが、それでも春や夏に比べれば減る。その観光客でさえも、まるで昔からローマに住んでいるかのような顔をして動きまわるのだから愉快だ。

十月は、ローマの素晴らしさが満開になる季節ではないかと思う。空は深く蒼《あお》く、陽光も限りなくやさしい。そのローマには紫色がよく似合う。曇りの日のフィレンツェには赤が似合ったが、「色を着る」愉《たの》しみまでも味わえる都市は、ヨーロッパを見渡しても多くはない。

日本を発《た》って着いた最初の都市が十月のローマであったのが、私の以後の人生を決めたのだった。

ヨーロッパ旅行を許してくれた両親への約束は、一年かけてヨーロッパ各国を歴訪し、その後は帰国して結婚する、であったのだ。それが、最初に訪れた地がローマで、しかも十月であったのがいけなかった。ローマの秋に、心を奪われてしまったのである。

それで急遽《きゆうきよ》計画を変更し、ローマを本拠にしてそこから放射線状に各国を訪れることにしたのだった。だから、ロンドンにもパリにもマドリードにもケルンにも、どこに行ってもしばらく滞在した後はローマにもどる、をくり返すやり方で旅したのである。つまり、どこを訪れてもローマに戻っていたのだ。

本拠地をローマと決めた以上は、地中海を越えて放射線状に旅する先には、ギリシアやエジプトだけでなく北アフリカ諸国も入ってくる。

こうなっては一年で済むわけがなく、一年後に帰国して結婚するという約束は、ごく自然に忘れてしまい、それが四十年以上にもなって今に至っている。

ローマの秋は、私を歴史作家にはしたが、まっとうな日本の男とまっとうに結婚し、まっとうに有閑マダムになる道からは遠ざけてしまったのであった。

冬

地中海の沿岸地方では、夏は乾燥し冬に雨が降るのだそうだが、ローマでは冬でも雨はほとんど降らない。零度以下になることもまずないから、雪にいたっては十年に一度ぐらいしか降らない。おかげでローマの樹木は雪に慣れておらず、少しでも積ろうものならすぐにポキポキと折れてしまう。

ただし、寒くないというわけではない。雪どころか雨さえもまれにしか降らないのがローマだが、日中は十五度を超えても夜中になると寒さが増し、五度にまで落ちることも珍しくない。また気温は、吹く風にも影響される。トラモンターナと呼ばれるアルプスを越えてくる北風が吹きつける日ともなれば、日中でもコートの襟は立てて足早に歩くようになり、反対にシロッコと通称される北アフリカからの南西風が吹く日だと、厚手のコートは邪魔になるくらいだ。

このローマでは、毛皮のコートは宝の持ち腐れになりやすい。毛皮にも利点があって、それは下に着る服がエレガントな薄着ですむことだが、これが夜でもとくに寒さの厳しい夜にしか着られないのだから、おしゃれ好きの女たちにはしゃくにさわる。毛皮のコートを日中に着ようと誰からも文句は言われないが、寒くても陽光ならばさんさんと降りそそぐ冬のローマでは似合わないのである。

それで私も、フィレンツェからローマに移り住んだとき、イタリアではフランス式にパルトーと呼ぶ、ウール仕立てのコートを何着も買う羽目になったのだった。

雨もほとんど降らないから、レインコートもレインシューズも持っていない。冬から春にかけては比較的多く降るという雨でも、たいがいが夜中に降って朝日が出る前にやんでくれるから、ローマでは傘さえも必需品ではない。

おかげでイタリア製の革靴は雨に弱い。雨の多いロンドンへ行ったとき、イタリア製の靴を二足もダメにしてしまった。日本でも、通勤にはイギリス製、オフィス内ではイタリア製と、履き分けてはどうだろう。

第四章　忘れ得ぬ人びと

Persone Indimenticabili

拝啓マキアヴェッリ様

（一九八八・七）

あなたにお交《つ》き合いいただくようになってから、ずいぶんと長い歳月がたちました。私のもっている『マキアヴェッリ全集』には、もう色の変ったインク文字で、一九六七年とあります。購入した年です。二十一年も昔なのだから、処女作を準備当時からの交き合いということになります。それも、他の史料や研究書とは、密度からしてちがっていました。

私の書きもの机のすぐ右わき、椅子《いす》に坐《すわ》って右手をのばせばとどく近さに、小ぶりの書棚があります。その一番上の棚、坐った私の視線と水平線上になる棚には、日頃使うものを並べてあるのです。伊日辞典二種。伊々辞典。英日、仏日《ふつにち》、独日辞典とき て、ラテン語とイタリア語の辞書。国語辞典二種。五種類の年表。それに、新旧約聖書。これらがこの棚の常連です。そして、そのすぐわきの空間は、この二十年間、あなたの全集が占めてきたのでした。

あなたの作品を私は、「人間辞典」のつもりで使ってきたように思う。歴史上の人物や現象の把握に疑問が生ずるたびに、いつもあなたの作品に手をのばしてきたのです。「さて、ニコロ、あなたはどう言うかしらね」とつぶやきながら。

なにしろあなたは、読む者にとってはこのうえなく誠実な作家であったのです。常に自らの考えをはっきり述べるやり方。それによって、自分の意見に責任をもつ態度。これに加えて、作品を通したにしてもあなたに相対する者には誰にも、あなたのもつものをすべて与える開放性。あなたの生涯を調べていて、あなたがいつも良い友人に恵まれていたことを知ったときも、私には当然すぎるくらいに当然なことに思えました。なぜなら、あなたくらいに理想的な友人も、いないのではないかと感じていたからです。

あなたは、そういうあなたを理解した友人の一人に書きおくった手紙の中に、次のように書いています。

「夜がくると、家にもどる。そして、書斎に入る。入る前に、泥やなにかで汚れた普段着を脱ぎ、官服を身に着ける。礼儀をわきまえた服装に身をととのえてから、古《いにしえ》の宮廷に参上する。そこではわたしは、彼らから親切にむかえられ、あの食物、わたしだけのための、そのためにわたしは生をうけた食物を食すのだ。そこでのわたしは、恥じることもなく彼らと話し、彼らの行為の理由をたずねる。彼らも、人間らしさをあらわにして答えてくれる。

四時間というもの、まったく退屈を感じない。すべての苦悩は忘れ、貧乏も怖《おそ》れなくなり、死への恐怖も感じなくなる。彼らの世界に、全身全霊で移り棲《す》んでしまうからだ」

これを最初に読んだときから、私は、これは私の世界でもある、と感じたのです。しかも、私の空想は、古《いにしえ》の宮廷に参上した私を待ちうけ、そこで歓談中の歴史上の人物たちについて耳うちしてくれたり、彼や彼女たちに紹介してくれるあなたさえ、見る想《おも》いであったのです。あなたは、英国人の作家のケネス・クラークがからかい気味に評したように、根っからの世話好きで、お節介といってもよいほどの人でしたから。

しかし、あなたはまた、この後を次のようにつづけています。

「ダンテの詩句ではないが、聴いたことも、考え、そしてまとめることをしないかぎりシエンツァ（サイエンス）にはならないから、わたしも、彼らとの対話を『君主論』と題した小論文にまとめてみることにした」

空想力ならばあなたにも負けないと思う私ですが、その空想の所産となると、現実的にならざるをえません。つまり、わが才を知り、そのわが才に可能なことしかしない、と決めたのでした。だから、天才のあなたが論を進めるための材料として使った人物や国家を、凡才である私は、ただ単に物語る、に徹したのです。チェーザレ・ボルジアの生涯を書いたのも、ヴェネツィア共和国の興亡史を一千年にわたって書いたのもその例。ついには、あなたの生涯を書くことで、フィレンツェ共和国の衰亡の様を書こうとさえ試みたのですよ。

まったく、あなたはこの私にとって、二十年もの間、かけがえのない導き手でした。それへの御礼というわけでもありませんが、あなたの思想を、五百年後の日本人によりダイレクトに訴えるにはどうしたらよいかと考えたあげく、『マキアヴェッリ語録』と題し、あなたの思想のエッセンスを抜粋するという形式で提供することを考えついたのです。

あなたの生涯を書いた作品を、『わが友マキアヴェッリ』と題したというだけで拒絶反応を起した人がいるという日本。人類の知的財産の一つとされてきたあなたの思想を、切り刻んだという非難が起ることは覚悟しています。

でも、あなたは許してくれると信じています。私の願いは、現代の日本人を古《いにしえ》の宮廷に案内し、あなたと対話させたかっただけなのですから。

高坂正堯《こうさかまさたか》は、なぜ衰亡を論じたのか

（一九九九・十）

ここで私に課されているのは、高坂正堯著の『文明が衰亡するとき』を解説することである。だが著作には、いや文章による作品にかぎらずすべての創造的作品には、解説を必要とするものと必要としない作品のちがいがある。高坂作品の中では、この『文明が衰亡するとき』は後者に当たるものと思う。解説など必要としない理由を一言でまとめれば、解説というフィルターを通すよりも何よりもまず本文を読むことが、彼の考えに肉迫する最良の道であるからだ。

ただし、ほんの少しの助力ならば、あっても悪くないかもしれない。それで私はここで、高坂氏はなぜ、『文明が衰亡するとき』を書く気になったのかを、私と彼との個人的関係を物語ることを通して、探ってみたいと思う。

高坂さんと私が精神的に最も近かったのは、何年前か忘れたが、彼がイギリスの戦略研究所に研究留学していた時期だった。その頃の彼とは、フィレンツェに住んでいた私はしばしば電話で話し合った。イギリスとイタリアだから時差は一時間だからないようなもの。それにヨーロッパ内だから、国際電話代も安くて済んだ。双方とも、眠りにつく前のゆったりした時間を共有できたのである。話題は、研究所での研究課題という彼の分野ではなく、西欧の歴史、つまり私の分野がもっぱらだった。その理由を高坂さんは、研究所の同僚たちとのコーヒー・ブレーク（いやイギリスだからティー・ブレークか）で話される話題が、まったくと言ってよいほどに歴史なんだ、と言っていた。

週末を利用して、高坂さんがフィレンツェを訪れたこともある。また、これはこの時期より後の話だが、『文明が衰亡するとき』の成功に刺激されてＮＨＫが作った、高坂さんがメインのテレビ番組にゲスト出演して、海の都ヴェネツィアでの数日をともにしたこともあった。だが、研究所が休暇に入った夏のはじめに、高坂さんはロンドンから、私はフィレンツェからといずれも南下して、シチリア島のタオルミーナで落ち合って過ごした一週間くらい、言いたいこと聴きたいことを遠慮なくぶつけ合った時期はなかったのである。

なにしろ場所が良かった。ギリシア・ローマ時代からの町であるタオルミーナは、景勝の地としても屈指の町である。それに宿泊先は、十五世紀のはじめに俗界を捨てると決めたある貴族が、自分と他の僧たちが入るために建てさせた僧院がホテルに変ったサン・ドメニコ。紺青《こんじょう》の海を眼下にするこのように美しい地ならば、俗界を離れて暮らすのも悪くないと思うほどに快適な環境であったのだ。

おかげで、ホテルに変っても「サン・ドメニコ」は最高級ホテルだが、そのようなところに、高坂さんはともかく私でも泊まれたのは、この少し後に結婚する男が出席した学会が開かれていたからである。イタリアではなぜか、キリスト教の僧たちも景勝の地に自分たちの僧院を建てるが、だからイタリアではもと僧院のホテルが多いのだが、医者たちもなぜか、すばらしい場所で学会を開くのである。というわけで、宿泊人の中ではほとんどただ二人の学会無関係者であった高坂さんと私は、緑が濃く影をおとす内庭で、紺青の地中海を眺めるプールの端で、二千年昔の野外劇場の階段席の間を散歩しながら、おしゃべりし合ったのであった。

だが、その高坂さんが最も好んだ対話の相手は、私ではなくて、私の婚約者だったGだった。学会がひとまず散会する夕刻からはじまって夜半すぎまで、刻々に色の変わる南国の空の下での対話は尽きなかったのである。対話は英語で成されたせいもあって、私はもっぱら聴き役だった。高坂さんがGとの話を好んだのは、Gの体内を流れる地中海の「血」にあったのだと思う。ロンドンの戦略研究所の研究者たちも、そして高坂さんも私も、地中海文明を愛する想《おも》いでは劣りはしなかった。だが、私たちには、南イタリア生れのGがもつ、「体内を流れる血」はなかったのである。

「体内を流れる血」とは何であるかを、私個人の体験から解釈すれば、次のような感じになる。

大学で哲学を学んだ私が卒業論文のテーマに選んだのは、十五世紀フィレンツェの美術史で、その中でもとくにレオナルド・ダ・ヴィンチが絵画を未完成で終らせた理由を形而上的《けいじじょう》（のつもり）に論じたものであった。卒業後にイタリアを訪れた私が知り合った男友達の一人だったGにも卒論の内容を話したのだが、黙って聴いていた彼は最後に言った。

「ボクの考えるには、それは実に簡単な理由によると思う。要するにレオナルドには、完成した絵が見えたのだ。見えてしまえば、興味も失われる。それで彼は、画筆を置いてしまったのだと思う」

大学の最終学年のすべてを投じた苦労が、右の一言でパアになってしまったのだから口惜しかったが、Gの仮説に立てば、レオナルド未完成の謎《なぞ》が解けるのだけは認めるしかなかった。

絵画にかぎらず、レオナルドの手がけたほとんどすべてのことが、右の仮説で解釈が可能になる。兵器から潜水具に至るまでの各種の器具も、レオナルドは作図の段階で終えているのだが、これらを実際に製作すればちゃんと作動するのである。図面制作だけでなく実物まで作ったのは、実際に使う必要があったものだけだった。一例をあげれば、遠視用の〝眼鏡〟である。どうやらレオナルドは私同様に、中年を過ぎる頃から老眼と遠視に悩まされたらしいのだが、老眼用ならば二百年も昔からあったのに、遠視用はなかったのである。遠方の観察が絶対に必要なレオナルドにしてみれば、遠視用の眼鏡は自分で作るしかなかったのだろう。

話をもとにもどせば、「体内を流れる血」とは、知識の集積では会得《えとく》できないものなのである。集積した知識に血を通わせるもの、と言ってもよい。知識の集積ならば他を寄せつけない高坂さんゆえになおのこと、地中海文明が血肉と化しているGとの対話に興味がそそられたのだと思う。

それにヨーロッパでは、医学部に進む前の高等教育を、文科系の普通高校で受ける人が多い。医学ならば理科系ではないかと思うのは日本人だが、古代ギリシア以来延々と、文科系と理科系が区別なくつづいてきた歴史をもつヨーロッパではちがう。

戦前までは大学に進学を許されていたのはクラシックなリセ、イタリアだとリチェオ・クラシコと呼ぶが、この種の五年制の普通高校を卒業した者にかぎられていたのである。大学で数学や物理を選択する人でも同じで、ノーベル賞受賞者で原爆製造にも関係した物理学者フェルミも、高校はリチェオ・クラシコの出身だ。リセやリチェオの語源がアリストテレス創設のリュケイオンであることが示すように、専門教育に入る前の一般教養を修得するのが、ヨーロッパの普通高校なのである。イギリスだと、パブリック・スクールが与える教育がそれに当たる。課目別には哲学、論理学、修辞学、数学、歴史地理等で、これにギリシア語とラテン語が加わり、クラシコというだけあってヨーロッパの古典が主力になる。例えば数学でも、答えが正解であればそれに達する過程はどうでもよい、というわけではない。クラシックなリセで学ぶ数学では、過程のほうが重視される。なぜならリベラル・アーツ（この言葉の語源であるラテン語ならばアルテス・リベラーレス）とは、観察と分析と総合とそれを表現するうえでの、俗に言えばマニュアルを学ぶことであるからだ。Gは、大学は医学部でも高校は、強いて日本語に訳せば「古典高等学校」とするしかない、リチェオ・クラシコの出身だった。

イタリア人であるがゆえの「体内を流れる血」と、リチェオ・クラシコ出身であることからの「古典の教養」に加え、Gにはさらに、臨床医を業としているがゆえの影響も無視できなかった。

医術には、自然科学と人文科学が混じり合うような性質がある。頭では最新の科学水準にふれていながら、眼や手は、いっこうに変らない人間にふれていなければならない。それがためか医者には、開けた考え方をする人が少なくない。そして、高坂さんの専門である国際政治も、人間が相手であることでは、医術と似ていなくもないのだった。

『文明が衰亡するとき』を刊行当初に読んだ私の頭にまず浮んだのは、これは戦略研究所の同僚たちとの対話にプラス、Gとの対話の所産だということであった。高坂さんはヨーロッパ人との間で話し合ったテーマを、ヨーロッパ人でない日本人に向って話しているのである。ただし、この場合のヨーロッパ人も日本人も、ある一つのことでは共通している。歴史学を専門にしていない教養人、という一点では共通しているのだ。

ここでの高坂さんは、学問上の探求はしていない。しかし、対話はしている。そして、プラトンの対話篇が実証するように、対話とはソクラテスの昔から、探求の重要な一手段なのであった。高坂さんも、話はしながら、その相手である読者には考えることを求めている。それゆえにこの一冊は、手っとり早く結論を知りたい人には向いていない。ゆっくりとページをめくりながら、ときにはページをくる手を休めながら、考えをめぐらせる人に向いている一冊である。

この作品が刊行された時期の私は、『海の都の物語』と題したヴェネツィア共和国の通史を執筆中だった。それから十八年が過ぎた今、『ローマ人の物語』と題した古代ローマの通史を、半ばまで書きあげた状態にある。『文明が衰亡するとき』で高坂さんがとりあげたローマ、ヴェネツィア、アメリカのうちの二つまでを、私もまたとりあげたことになる。ただし、高坂さんとはちがうやり方で。

われわれの間に生じたこのちがいは、歴史をとりあげるうえでの手段の良否ではなく、関心のちがいにすぎない。高坂さんならば墓を前にして、この人はなぜ死んだのか、に関心を寄せるのだろうが、私の場合は、それよりも前に、どのように生れ、どのように成長し、どのように衰えたのかのほうに関心をもつ。死は、その結果にすぎないと思うからでもある。

衰亡論への私の関心の薄さは、衰亡とは隆盛を成しえた者にのみ許された特権である、と考えていることもある。衰亡を避けたければ、興隆しなければよいのだ。死にたくなければ、生れなければよいのに似て。トインビーだったか、ローマの衰退は紀元前五〇九年の共和政への移行時からすでにはじまった、とする説を読んだときは、言われてみればもっともだとは思ったが、微苦笑せざるをえなかったのも事実だった。高坂さんも『文明が衰亡するとき』の中で幾度も、衰亡は所詮《しょせん》は避けられないと言っている。だから、衰亡を免れるための方策を、自分の作品から求めてはならない、とも。

そうは言っても、読者の中で少なくない数の人は、衰亡を避ける方策を求めるがゆえに衰亡論を読むのではないだろうか。このような読者が多数である以上、衰亡防止策も提供するのは、書く側の義務の一つでもあるような気がする。

私の考えでは、国家ないし民族は、大別すれば二種に分類できるのではないかと思う。

第一種は、あらゆる手はつくしたにかかわらず、衰退を免れることはできなかった国家。俗に言えば、天寿をまっとうしたと言える国家《レス・プブリカ》である。古代のローマ、中世のヴェネツィアは、私の考えではこの種に属す。

第二種は、持てる力を活用しきれなかったがゆえに衰退してしまった国家だから、天寿をまっとうしたとは言えない夭折組《ようせつぐみ》に属す。その典型は、古代ギリシアのアテネと中世のフィレンツェだろう。

衰亡論が衰退の防止に役立つのは、この第二種に属す国家の衰退の要因を探求した場合ではないかと思う。なぜなら、古代のアテネも中世のフィレンツェも、歴史叙述の最高傑作を産んでいるからだ。史書の傑作が生れる条件の一つは、書き手の心中がいきどおりや強烈な怒りで破裂しそうになっていることにある。トゥキディデスには、すべてに優勢だった彼の祖国アテネがなぜスパルタに敗れたのか、ということに対する深いいきどおりがあった。フィレンツェ市民のマキアヴェッリには、「質」では優れているフィレンツェ共和国もふくむルネサンス・イタリアが、なぜフランスをはじめとする「量」に敗れるのかという、他に転嫁《てんか》しようもないいきどおりがあったのである。反対に、ローマ最高の史家とされているタキトゥスには、ペシミズムはあっても怒りはなく、ヴェネツィア共和国には、冷静な記録者は生れても、マキアヴェッリに匹敵する歴史家は生れなかった。

いきどおりや怒りは、もともとからして力量のない者には向けられないのである。力はあるのにその活用を知らなかった者に対してならば、ぶつけるに値する感情ではあるけれど。

しかし現実には、アテネやフィレンツェをとりあげた衰亡論はほとんど見られない。もしかしたらその理由は、この両国の衰退の要因がわれわれの属す国家でも見られるたぐいのものであるがために理解しやすく、それゆえに関心をそそられないからであるかもしれない。人間とは所詮、わかりにくい現象のほうにより強く興味をそそられるものなのである。

衰亡論に対する私の関心の薄さには、もう一つ理由がある。それは実に非学問的で非理性的で、生前の高坂さんから、そういうキミだけは理解できない、といつも笑われていたことだ。それは、衰退ばかりとりあげられて、それ以前に成されたにちがいない数多《あまた》の労苦が問題にされないのではあまりにもかわいそう、という私の想いである。とはいえ、あまりにもかわいそう、だけでは説得力に欠けるので、こういう私の想いが妥当であるか否《いな》かを知るための調査や勉強は怠っていないつもりだが、執筆の動機が「あまりにもかわいそう」に発していることは白状するしかない。

だが、おそらく、これが私の執筆のモチベーションであったからこそ、単なる悪人とされてきたチェーザレ・ボルジアを拾いあげ、これまた善意ある人からは悪魔の書とされてきた『君主論』の著者マキアヴェッリを再評価し、フィレンツェ共和国に比べれば問題視されることが少なかった、ヴェネツィア共和国の通史まで書くことになったのだと思う。この性向はいっこうに改善されず、軍事大国であった以外はギリシアの模倣ということで一刀両断されて久しい、古代ローマの通史に挑戦中というのが現状。平俗に言おうが言うまいが、私は単なるヘソ曲がりにすぎないのだ。おかげで、歴史上の評価でも私の下す評価でも、良きリーダーということでは一致する人物を書くときほど苦労することはない。気が乗ってこないのだ。ただし、良きリーダーのどの面が良いのかとなると、一般の評価と私のそれとは相当にちがってくるので、書く意欲も維持していけるのだが。

タオルミーナのサン・ドメニコ元修道院の夜に交わされた対話の中で、高坂さんがGに、こんなことを質問した。

「帝政時代のローマはなかなかに良くやったと思うけれど、なぜ欧米人は、共和政時代のローマのほうを高く評価するんでしょうね」

Gは、例によって迷いもせずに答えた。

「フランス革命に対する、われわれの劣等感のせいでしょう」

くり返すが、高坂さんと私の歴史に対する姿勢には、高坂さんは「死」から、私は

「誕生」から出発するという視点のちがいがある。だがちがいは、もう一つ存在するように思う。それは、『文明が衰亡するとき』を最初に読んだ時点で感じた、高坂さんは結局、霧雨の降るロンドンにもどって行った、という想いだった。

反対に私は、陽光の降りそそぐ地中海に留まったままであったのだ。自分にないものを会得するために、それをもつGと結婚したくらいなのだから徹底している。高坂さんは、ローマもヴェネツィアも、ロンドンから見て書いている。私は、ローマもヴェネツィアも、ローマにいて、ヴェネツィアにいて、書いているのだった。どちらが正しいかなどは、私には関心はない。ただし、ちがいは明らかだ。そして現在執筆中のローマ通史、それもとくに帝政時代になってからのローマ史は、フランス革命に対する劣等感、と言っても欧米人でない私にはもともとからしてないのだが、欧米人が吹っきれないでいるそれを排した視点から、見ようと努めているのである。つまり、ローマにあってローマ世界を見るという、視点に立って判断したいと思っているのだ。なんのことはなく、私は日本人としてローマ人を書いているのではなく、古代のローマ人になって、古代のローマを書いているのである。この種の姿勢も、理性的でクールで常にすべてからは一定の距離を置いた高坂さんの生き方とは、相容《あいい》れないものであった。

しかし、相容れることと相容れないことの両方があったからこそ、少なくとも私の側からの彼への敬意は、三十年の間まったく変わりはなかった。『ローマ人の物語』を書きはじめる前に、会って話したいと願ったのは彼だけである。願いを容れて会ってくれたその席で、高坂さんは言った。

「いつで物語を完結するの？ ギボンのように、東ローマ帝国の滅亡まで書くつもり？」

「どこで終えるかまではまだ決めていないけれど、ビザンツ帝国には入らないと思う」

「なぜ？」

「東ローマ帝国は、キリスト教徒の帝国だからです。でも、ローマ人がローマ人のスピリットをもっていた時代がローマ人の時代だとなれば、モムゼンや現代イギリスの多くの学者たちのように、コンスタンティヌス大帝によるキリスト教公認と同時に筆を置くしかないんですが、その後につづいたキリスト教側の危機意識は面白いから、四世紀から後も書きつづけることにはなるとは思うけれど」

高坂さんは、現代の分析に何よりも強い関心をもつ人だった。それでわたしたちの間で交わされる話も、古代と現代の間を苦もなく往復するのだった。われわれは二人とも、二十世紀末の時点で五百年つづいた西欧文明は崩壊するのではないかという、不安も共有していた。

「日本はどうなるんでしょう」

「ビザンツ帝国のようになれればいいがね。少なくともあの国は長生きした」

「でも、何も創造しませんでした」

「長生きできるなら、創造しないことくらいは我慢しようよ。蛮族の侵入も阻止したんだから」

「西では阻止できなくて東では阻止できたのは、ビザンツの防衛体制が機能していたからです。われらが日本の防衛体制は、今のような状態で機能できるんでしょうか」

「いやそれも、そのうちによくなるよ」

現在ユーゴスラヴィアで展開中の戦争は、難民の保護という目的を実現することで、西欧が、自分たちの文明、つまり人権の尊重を第一にかかげる生き方、の存亡を賭《か》けた戦いのような様相を呈している。もしもミロセヴィッチが勝ったら、ヨーロッパ文明は権威を失墜し、〝中世〟への突入は決定的になるだろう。高坂さんが生きていたら何と言うだろうかと、ニュースを追いながら考える今日この頃である。

一九九九年五月誌るす。

追悼、高坂正堯 五十歳になったらローマ史を競作する約束だった

（一九九六・十二）

「高坂先生」とお呼びすべきなのでしょうが、それだとどうも感じが出ないので、「高坂さん」でお許しください。その高坂さんの学問上の業績に関しては、皆さんはよくご存じでいらっしゃるし、それをお話しするのは私より適任者がおられると思うので、この場では、私にとって高坂さんはどういう存在であったかということを述べて、お別れの――あんまりお別れをする気がしないんですけれども、ことばに代えたいと思います。

私が書き始めた頃、まだ印刷もされていなかった頃に、それを書かせた当人である粕谷《かすや》一希《かずき》さんが、彼の性格によるのでしょうか、いろいろな人に引き合わせてくれたんですけれども、その中でもっともよくお会いしていたのが山崎正和さんと高坂さんでした。その頃のお二人は、私とは大して年は違わないんですけれども、私はまだ書き始めたばかりなのに、お二人はすでにもう華々しく活躍していらっしゃいました。

そのお二人が中央公論社に来られると、その頃の私は原稿の束を抱えて、文句だとか言われる状態にあったので暇もあり、その度に、ダルタニアン（中央公論社の上にあったレストラン）でご一緒させていただいて、ただ私は茫然《ぼうぜん》とお二方を眺めながら、世の中には何て頭のいい男がいるんだろうと思って、感心するばかりでした。

あの時代の格差というものは以後ずうっと続いていまして、お二方は全く私を問題にせず、私がずっと作品を贈り続けているというのに、私はお二方からは頂いた覚えはないんです（笑）。でも私は、才能豊かな男の方とのこの種の距離は縮めようとは少しも思わないんです。かえって距離があったほうが、私にとっては励みになるし、何となく甘い気分もあって、やはり上にいてくれるほうがいいと思っているくらいですから、不快どころか大変に良い関係でした。

粕谷さんが紹介してくれた方は多かったのですが、その中でも特にお二方とは「帰国したから会わない？」と電話するには遠慮がありましたけれど、それだけに遠くから敬愛するという感じだったんです。その想《おも》いの唯一《ゆいいつ》の表現といっても、私の作品を贈り続けるというだけでしたが。贈り続けるというか、送り付けるという感じで。読んでください、という心からの思いをこめて送っていたんです。

特に高坂さんは、彼がロンドンの戦略研究所にいらした頃から、なにかイギリス人の同僚たちとの話合いの結果らしいんですけれども、地中海文明に関心をもたれるようになって、それで私たちの話題は、私の守備圏に入ってくるようになったのです。『ローマ人の物語』を書き始める時に、「お話をうかがいたい」とお願いしたのも、高坂さんでした。それはなぜかというと、高坂さんとは、五十歳になったら二人してローマ史を競作しようという約束があったんです。キョウサクといっても共に作るのではなくて、競って作るというやり方で、高坂さんは高坂さんなりにローマ史を書かれ、私は私なりに書くという、そういう話だったんですけれども、その五十歳が近くなった時に私が高坂さんに「どうなさるの？」って聞いたら、高坂さんが「いや、やっぱり、おれなあ」なんて例の調子で言いながら、「おれなあ、現実の分析をやり続けてみたい」って、そういうお話で、私は一人でスタートせざるを得なかったのです。

いま私も五巻を終わって「共和政時代」を書き終えました。ここで、誰に書評というかたちで評価していただきたいかと願えば、それはやはり高坂さんにやっていただきたかったと思います。それがこういうことで、私はもう、聞いた時――それもちょうどその夜外出していたものですから、聞いたのは翌朝、粕谷さんから聞いたのですけれども、その時私は、もうショックで、どうしようかと思いました。いまはそのショックも大分収まりましたけれど、それに代わって、怒りが込み上げてきていまして、

「高坂さん、また何で？」という感じなんですね。で、まだ怒りがずっとあって、これが、しばらくすると私はイタリアにまた戻りますけれども、イタリアに戻って、静かなもとの生活が再開されると、今度は深い悲しみに陥るんじゃないかと思って、今から心配なくらいです。

私のデビュー当時に、なにやら仰ぎ見る感じであった時代に、高坂さんがこう言ったことがあるんです。「現実主義者というのは、メランコリーになるんだ」と。それで「メランコリーになると、ツヴァイクみたいに自殺するからね」って彼が言ったので、「あら、それじゃ、メランコリーにならないで現実主義者でいる方法を見つけなきゃいけませんね」なんて言っていたんですけれども、自分がそういうことを、ちょっとにしても苦労しながら進んでいかなければならないのに、それを評価してくれる人の一人がもういない。われわれもの書きは絶対に、人にわかってもらいたいと思って書いているわけですから、そのような人の最良の一人を私は失《な》くして、ほとんどもう、何というか、茫然というか怒りというか、なにかそういう感情で、まだ始末がついていないのです。

特に、私はいま「共和政ローマ」を書き終えまして、共和政ローマというのを、私は高度成長期と思っているんですが、これからは「帝政ローマ」に入るんです。その帝政ローマを私は、ローマにとってみれば安定成長期と見ているんです。この視点は従来の、ギボンをはじめとする歴史家たちと違う立場なんですけれども、ローマの安定成長期での最大の課題は、ローマの安全保障なんです。この難題に対決しなければならない矢先に、それについての疑問をぶつけられる最良の人を失くしたということは、本当に、私はもう「どうしようかしら」という思いなんですね。

というわけで、冷静に高坂さんへのお悔みのことばを言う心の余裕もなくて、恐らく、塙《はなわ》さん（塙嘉彦・中央公論編集部、「海」編集長時代逝去）という編集者に死なれた時（一九八〇年頃）も同じだったんですけれども、多分お墓参りには絶対に行かないだろうと思います。それは、お墓参りに行くと、その人が死んでしまったということが、既成のことのように襲いかかってくるもので。私にとっては、塙さんは未《いま》だに死んでいないのと同じように、高坂さんも私が『ローマ人の物語』を書き上げるまで生きていてくれるであろうと思っています。妙なお別れになりましたけれど、これで……。

追悼、天谷《あまや》直弘《なおひろ》　無防備な人　（一九九四・十一）

天谷さんと私との関係は、友人つきあいというものではなかった。まずもって私の日本滞在期間は短いし、シンポジウムや講演は徹底して逃げるほうなので、そのような場で一緒する機会はほとんどなかったからである。それでいて私はずっと、天谷さんを敬愛していた。彼が、驚くほど無防備な人だったからだ。そのような人には、親切にする以外に何ができよう。天谷さんを所長にした研究所がつくられたときなどは、大嫌いな講演までやった。パチンコ屋の開店祝いの、花輪を贈るようなものだと笑いながら。

このうえなく無防備な天谷さんが、通産官僚時代には対外交渉役であったのだから面白い。嘘《うそ》の活用など潔《いさぎよ》しとせず、もちろん丁々発止のケンカにも訴えない、いや訴えることはいけないと思っている天谷さんのことだ。あの調子で、海千山千の欧米の交渉官たちや、海千山千である点では欧米以上かもしれない〝開発途上国〟のリーダーたちと立ち向って大丈夫なのかしらんと、天谷さんとは同世代ゆえに親しい元官僚に、そっとたずねてみたことがある。その元官僚の答えが愉快だった。

「天谷が思いつめた顔をして、沈痛な語調で日本の立場について説明するでしょう。そうすると相手側も、アマヤがあ、言うのだから、日本側も、譲歩どころでない切羽つまった状態なんだろう、と思うんですよ」

天谷さんが交渉している場に同席したことはないから、この言の真偽は保証しない。だが、さもありなんとは思う。なにしろマージャンでさえ、竹槍《たけやり》精神でのぞんだと言われた彼のことだから。

この面での天谷さんの後輩たちは、〝どのような〝戦術〟で対外交渉を担当していくのだろう。部外者である私としては、昨今しばしば見られる若い世代の日本人が外国人に対するときの、無知無教養ゆえの傲慢《ごうまん》さでないことを祈るばかりである。

もの書きの宿命は、書いた作品でも刊行されたとたんに、自分の作品であると同時に自分の作品でなくなることである。読む人は、まったくその人の関心に応じて読む。自分が無意識にも求めていたことだけ受け容《い》れる、という感じだ。これは、客観的な判断によるということになっている、書物の世界ではプロの筆になる書評とて変らない。書評とは、対象とした作品以上に書評を書いた人をあらわす、とさえ私は思っている。

この伝で行くと、私の書いたものをどう読むかで、その人が判断できるということも言えないだろうか。

天谷さんは〝謹呈〟名簿の常連だったから、刊行と同時に自動的に送られていたはずである。全冊という保証はないが、ところどころでなされた発言によれば、だいたいは読んでくれていたらしい。そして彼の場合、彼が受けつけるものと受けつけないものの別がはっきりしていた。

受けつけた側の代表例は、他の評者によれば、直接には日本にふれていないが行間から、現代日本へのメッセージが烈々と伝わってくる、と評された『海の都の物語』の二巻。これを天谷さんは、「都市国家ヴェネツィアと日本は似ていると皆言うけど、似ているどころか。似てほしいと思うくらいだ」と言った。そのときの私は微笑を返しただけだったが、心中では、わかる人はわかってくれるのだ、と思ったものだった。

ところが、彼が受けつけなかった代表例が、『男たちへ』である。この作品は、まったく受けつけてもらえなかったらしい。意外とまじめなことを語っているのに、ふざけた表現形式をとったからだろう。不まじめは、天谷さんにはダメなのだ。男たるもの、靴下はひざ下までの長さであるべき、なんて書こうが、他のボーイフレンドたちは平然と、短いソックスでも堂々と私の前にあらわれるというのに。

その不まじめな男友達の一人である粕谷一希の言だが、「学者と官僚は〝実〟の人。文人と政治家は〝虚〟の人」だそうである。

天谷さんは、実の人だったのだろう。政治家が嫌いであったのも、そのためかと思う。

でも天谷さん、芥川龍之介はこんなことを言っていますよ。「ときには、嘘でしかあらわせない真実がある」と。ただし、この種の度胸をもった日本人も、あまり見かけないようではあるけれど。

黒澤監督へのファン・レター

（一九八〇・十二）

『影武者』、観《み》ました。帰国してから三日目に、映画館に駆けつけました。イタリアでもおそらく、秋のシーズンを期して公開されるでしょうが、イタリア語に吹き替えられたのを観る前に、日本語版で観たかったからです。どこがどのように素晴らしかったかを列記するには、紙数も足りませんし、また無用なことでしょう。ただ、三時間もの長い間、私は一度も腕時計に眼をやりませんでしたし、煙草《たばこ》を吸いたいとも思いませんでした。煙草のほうは、観終って廊下に出てきたとたんに火を点《つ》け、深い深い一服をやりましたが。まったく久しぶりに、全身で堪能《たんのう》できた映画だったのです。いまだかつて見なかった、ほんとうに信長らしい信長を愉《たの》しみましたし、長篠《ながしの》の合戦の場面では、私の凡才ぶりを痛感させられもしました。私とてこれまでに、幾度か戦争の場面を書いておりますす。しかし、それらはみな、バッタバッタと倒れるのを書くのにとどまっていて、戦いを描くのに、あのような描き方があるとは、想像だにしたことがなかったのです。あれは、欧米の映画監督たちを驚嘆させるにちがいありません。いつか、フェデリコ・フェリーニと話していた時のことです。彼があなたを好きだと言うので、なぜ好きなのかと聞いたことがありました。

「クロサワは、天才だから」

と、フェリーニは答えたのです。フェリーニもまた天才だと、私は思っていますけれど。

あなたのコンテ集が出版されていたことを思いだし、早速それを買い求めました。私を喜ばせたのは、見事な絵はもとよりですが、それよりも、あそこには脚本も収められていたことです。私は、それを詳細に検討しました。どの場面が、脚本にはありながら映画ではカットされたか。どの場面が、脚本にはないのに映画にはあったか。また、脚本ではただの一行で書かれ、それをそのまま映画にすれば単に一場面で終るところが、圧倒的な力で展開する重量に変ったのはどこか。私の持っているあなたのコンテ集には、ですから、あちこちに×点が印されてあったり、書きこみがあったりするのです。そして、それを終えた後、もう一度『影武者』を観に行ったのでした。二回目も、全然退屈などしませんでした。それどころか、素晴らしい場面は、ほとんどみな、脚本を変えたところであるということがわかったのです。撮影中に、どのような過程でこう変ったのかを、知りたいと思ったほどでした。おそらく、黒澤明の天才の秘密は、そのあたりを解明すれば解けるのではないかと。

『影武者』は、叙事詩だと私は思います。日本で、賛否両論ともに的はずれな狂騒曲が奏《かな》でられたのは、日本の現代の知識人が、叙事詩を愉しむ素養に欠けているからだと思います。影武者の動機が明白でないとか、黒澤はなにを言いたかったのかわからないとかいう批評に出会うと、私は絶望するよりも唖然《あぜん》とします。なぜなら、私も、今執筆中の『海の都の物語』を終えた後に、続けて三つ、戦争を書こうと予定しているので、もしも私の作品もこのような批評に見舞われたらと考えるからなのです。私だったら、読者の胸の動悸《どうき》を少しばかり早めてみたかった、と答えるかもしれません。

それにしても、あなたは、勝新太郎の顔が欲しかったのではないでしょうか。それなのに勝新太郎は、俳優としてのキャラクターを買われたと思いこんだので、それがわからなかった、そして、自分の身を投げだすことによって、自分一人では創《つく》れない自分を創ってもらう、つまり名を捨てて実を獲《と》る度胸に欠けていた勝新を、勝新のファンであるだけに、私は実に残念に思います。でも、この傾向は、勝新一人にかぎらず、自分が考えるように振舞わなければ自分の自主性が保てないと思いこんでいる、世の多くの男女にも共通する傾向ですが。

『デルス・ウザーラ』も大変に良かった。はじめのうちは私も、あのゆっくりとしたテンポにとまどいましたが、このテンポこそが主人公なのだとわかってからは、あの真にヒューマンな叙事詩に身をゆだね、それを味わうことができたのでした。

作品とは、同じ作者の手になったものでも別のテーマをあつかったものは、そのテーマにふさわしい描き方がなされねばならず、またそれを受けとるほうも、別の料理を賞味するつもりで愉しまねばならないものと信じます。御自愛を祈ります。

黒澤明様

クロサワ映画に出資を求める理由

（一九八二・五）

ある時、イタリアの映画監督のヴィスコンティが、私が、撮影現場での彼を、実に忍耐心があると評したのを大笑いした後で、こう言った。

「キミに一度、ボクが出資者と交渉している場を見せたいね。その後ならボクのことを、聖人君子だと言うにきまっていますよ」

黒澤監督の次回作『乱』が、脚本は一年も前に完成しているのに出資者がいなく、いまだに撮影の予定も立てられないでいるという話を聴いた。どうやら出資者さがしの苦労ともなると、洋の東西は問わないようである。

しかし、『乱』に関してならばすでに、昨年の十一月の『日本経済新聞』紙上で、コラム記事ながら明確なアッピールがなされているのである。それでもなお、反応となるといまだにかんばしくないという。眼に止めなかった読者もいると思うので、まずはこの記事全文を紹介したい。筆者は無記名だが、無断借用を許されたい。「文化往来」というコラムで、表題は、黒澤映画に出資する企業はないか、というものであった。

――黒澤監督が、『影武者』に続く新作、『乱』のシナリオの決定稿をようやく完成させながら、まだ撮影をスタートさせることができないでいる。このシェークスピアの「リア王」を骨子として書かれた、日本の戦国時代を背景とする壮大な歴史時代劇映画は、予算規模二十億円という数字の計上されている大作である。

ところが、テレビに押されて気弱になっている日本の大手映画会社には、今や二十億円の資金を投入して、黒澤明監督の映画作りに賭《か》けよう、という勇気のあるところがないのである。前作『影武者』のように、アメリカ資本を導入して製作にふみきるという方法もあるのだが、黒澤監督は、今度の新作はできるだけ、純日本資本の日本映画として完成させたい、という意向らしい。

そうなると、映画会社以外の資本と提携して、製作するより方法はないことになる。

そこで思うのだが、例えばこの際、外国への製品輸出超過問題で物議をかもしたりしている企業が、映画といったような文化事業に資本を投じ、それを通じて文化的な作品の輸出を行うといったことは、できないものであろうか。

日本とは、経済進出のみをもっぱらおこなう国である、という欧米諸国のイメージを修正するためにも、黒澤監督と提携しての映画製作と、その海外への輸出は、大きな力となるような気がするのだが、どうであろう。日本が優れた文化を持った国であり、経済進出専一の国ではけっしてないことを、実証するユニークなチャンスでもある。今や世界の五大映画作家の一人に数えられる黒澤監督の新作は、海外市場でかなりの高収益をあげ得ることも、確実なのだから——

＊　＊　＊

一年と少し前のことになろうか。日本での公開に半年ほど遅れて、イタリアでも『影武者』が、大々的に公開された時の話である。

大々的、と書いたが、街でも最も目立つ場所に超特大の宣伝広告が出るとか、街路の両側に、ずらりと同じポスターが並ぶとかいう類《たぐい》の、大々的ではない。宣伝ポスターの大きさでも数でも、他の映画と比べて、特別であったわけではなかった。いやもしかしたら、コッポラの『地獄の黙示録』やフェリーニの『女の都』のほうが、派手な宣伝ぶりでは、断然『影武者』を抜いていたように思う。フェリーニの作品は、イタリア人にとっては邦画なのだから当然ではあるけれど。

また、純粋な宣伝広告ではないにしても、映画の公開前に国営テレビの番組が行う紹介でも、特別あつかいされたわけではなかった。NHKにあたるイタリアのRAIには、二週間に一度、問題作話題作の予告篇を見せながら、その見どころを紹介する三十分番組があるが、国営放送なのに、日本のテレビや新聞雑誌とちがって、宣伝臭が漂う危険があっても、厭《いと》わないし怖《おそ》れない。良い作品をなるべく多くの人に知ってもらうための労力は、惜しむべきではないということになっているのか、おかげでイタリアの国営テレビを見ているだけで、映画に限らず、書物でも音楽会でも、絵画彫刻は個展に至るまでの情報に通じることができる。

だから、そのうちの一つであるにすぎない映画紹介の番組だが、なぜか、公開に先立つ二週間前にされるのが決まりだ。公開日まで二週間の間を置くのは、国営放送としては宣伝臭を薄くするためかと、いつか、担当者に会った時に聞いたことがある。ところが答えは、そんなしおらしい考えではまったくなくて、二週間という期間は、紹介番組を見た人たちの間で話題になり、では落ち合って見に行こうかという約束が成り立つのに最も適した期間である、というものであった。なるほど、夫婦の間でのスケジュール調整が成り、友人夫婦との間でもそれをやるとなると、これぐらいの日数は必要なのかもしれない。というわけで、書店に買いに行くだけでことの足りる本の紹介は、刊行直後にされるのが普通である。

それで、『影武者』紹介の時だが、いつもとはどこかちがっていた。予告篇を見せるのも、映画ジャーナリストがそれを紹介するのも、いつもと同じやり方なのである。ただ、その日は、紹介者が興奮しているのが、見ている者にもわかったのだ。

このような番組の担当者はプロの映画ジャーナリストだから、映画など嫌になるほど見るのが仕事である。しかも、二週間に一作とはいえ、紹介する作品を選ばねばならない。だから、時には、自分が心底から納得しない作品でも、紹介しなければならないことがあるだろう。そういう時は、もともとポーカー・フェイスの不得手なイタリア人だからなおのこと、テレビを見ている者には、それがすぐわかってしまうのである。私など、時折、これは逆宣伝になってしまう、と思う時があったりした。

それが、『影武者』の時は、『羅生門』『七人の侍』のクロサワが、あの素晴らしい『デルス・ウザーラ』以来五年の沈黙を破って、久々に日本をテーマにした華麗なる大作を発表――

とまあ、こんな具合にはじまって、延々と賞讃《しょうさん》の言葉を並べた後に、NHKテレビでこんなことを述べたら、たちまち良識ある視聴者たちからの抗議電話が殺到するにちがいないようなことまで言ったのである。

「皆さん、ぜひとも見てほしい。いや、見るべきだ、と言い換えましょう」

ちなみに、『デルス・ウザーラ』はイタリアでは、批評、観客動員数双方で大成功であった作品である。

しかし、これだけでは、黒澤監督の作品だけがとくに、手厚いあつかいを受けたということにはならない。映画好きだからそれ専門になったにちがいないこの番組紹介者は、それまでにだって、淀川氏ほどでないにしても、良いところを強調することはあったのだ。それにアキラ・クロサワの作品だからといって、三十分番組が一時間に延長されたわけでもなかった。

特別待遇は、映画紹介以外の番組でなされたのである。

公開日が数日後に迫ったある日、その日の夜のニュース番組で、『影武者』がカンヌ映画祭でグラン・プリを受賞した時の様子が再放映された。これは、春の受賞時にすでに放映されていたから、イタリア人は、今はじめてそれを自分でも見ることのできる一般公開を前にして、あらためて、カンヌのグラン・プリ受賞作であるということも、思い出したことになる。イタリアのテレビ・ニュースは、昼と夜とそして深夜の三回があるが、視聴率が最も高く、局側でも内容の充実を期すのは、夜の八時台である。このような形で黒澤監督の最新作の紹介が行われたのは、夜の八時台のニュース番組の中でだった。

ここでまた、イタリアの国営放送の映画記者は、われわれ日本人からすると、大変な〝勇み足〟をしたのである。

「クロサワのこの作品の唯一《ゆいいつ》の欠点は、『オール・ザッツ・ジャズ』などというつまらない作品と一緒に、グラン・プリを受賞させられたことです」

これには私も思わず笑ってしまったが、『オール・ザッツ・ジャズ』のイタリアでの批評、大衆双方での不評は、ノイローゼ男の不出来な私小説をフェリーニばりの色彩で飾り立てたものを、なぜわざわざ金を払ってまで見に行かねばならないのか、ということにつき、私などは、実に健全な反応であると感心したものである。そして、秀作『キャバレー』を発表した監督ならば、次作の出来にかかわらず喝采《かっさい》する、ということをしないイタリアの映画観客の批評水準も、ちょっとばかり見直したものであった。

さて、『影武者』の紹介は、これで終りになったわけではない。一般公開の直前か直後かそれは忘れたが、なにしろこの映画が、巷《ちまた》の話題からはずれた時期でなかったことだけは確かだ。まるで、それに追い打ちをかけるとでもいうように、黒澤監督のインタビューが放映されたのである。これもまた、夜八時台のニュース番組の中でだった。

この、スポット・ニュースあつかいではない、四十分ほどの番組の後三分の一の時間をさいたインタビューを見ながら、私は、同じ日本人として、日本を代表するこの大芸術家に対する厚遇を嬉《うれ》しいと思うのを通り越して、呆《あき》れ返っていた。

というのは、実に淡々としていて宣伝臭など薬にしたくもない黒澤監督の答えぶりに接した後、視聴者は、ニュース報道者の次のコメントを聴かされたからである。

「このクロサワの最新作は、われわれに、ずいぶん長い間忘れていた、映画館に行って映画を見る、というあの愉《たの》しみを思い出させてくれる作品です。これは、映画批評家○○の受け売りですが」

私は唖然《あぜん》とした。これらすべてを宣伝費を使ってやったとしたら、どれくらいの額になるだろうか、と考えたからである。

そして、失礼ながら、その数カ月前に来伊したわが国の首相にさかれた報道時間と、比べずにはいられなかったのであった。

＊　＊　＊

しかし、これだけの現象で終ったのならば、問題はないのである。われわれ日本人は、国際収支の不均衡を別にすればめったにニュース種にならない日本が、取りあげられたことで喜べばよいし、黒澤映画の関係者たちは、タダで宣伝をしてもらったと思えばよいのである。ところが、イタリアのテレビの解説者たちは、先に述べた映画紹介の番組でも、またニュース番組の時でも、『影武者』絶讃《ぜっさん》の後を次の言葉でしめくくったのだから、日本人としては喜んでばかりもいられないと感じたのは、私一人ではなかったにちがいない。

「この世界的な映画監督クロサワも、祖国日本では、映画を作ることがますます困難になっているということです。今回の作品も、日本の資本だけではとうてい実現はおぼつかず、アメリカ資本の援助を得て、ようやく完成したというのが真相です。戦後いち早く、日本の文化水準の高さでわれわれを驚嘆させ、その後も数々の傑作を通じて日本の名を高めてきたクロサワを、今や世界第二の経済大国にのしあがり、国民一人一人の生活も豊かさを享受《きょうじゅ》している日本が、このような形で報いるとは、いったいどういうことなのでしょうか」

三人が三人とも、一字一句、同じ言葉で述べたのではない。もちろん、三人三様の言い方をしたのだが、それにしてもこれでは、エコノミック・アニマルと評されれば必要以上に恐縮し、日本は文化国家であるということを、ことあるごとに強調してきた日本としては、少々困った現象ではなかろうか。

と、まじめに書いたが、実際の私は大笑いしてしまったのであった。なぜなら、こう言った時の解説者たちはみな、春闘の時期の人一人いない駅のホームを見せ、

「あの日本でも、ストはするのです」

と言う時と、まったく同じ調子で言ったからである。

なに、イタリア映画界の不況ぶりを知れば、他人のことを非難するどころの話ではないのである。チネ・チタの撮影所は閑古鳥が鳴いているし、ゼフィレッリはアメリカに行ったまま、アントニオーニは沈黙を続け、フェリーニは、映画を作るのはイタリアでも、資本がアメリカであろうと、もはや誰も不思議に思わない。イタリアの映画資本は、安あがりで短期間にモトの取れる作品にしか投資しない点では、まったく日本と変りはないのである。

＊　　＊　　＊

だが、イタリア人は、イタリアが七大先進国の一つとしてサミットに招《よ》ばれる理由がわからない、などと自ら言うほど自己批判精神が高く、イタリアの経済状態が、いかなる愛国者も弁護の余地のないほどの惨状にあえいでいることは、誰もが知っている。このような現状では、じっくり時間とカネをかけて、映画館にわざわざ出かけて

行って映画を見る愉しみを思い出させてくれるような作品を作りたいと思う者は、アメリカであろうとアラブの産油国であろうと、イタリア以外からカネを引き出してもらうしかないのである。そして、その場合の仲立ちをするのが、コッポラでもチミーノでも、彼らはもともとイタリア移民の子なのだから、シナトラが地震被災者救援のためのチャリティ・ショウをやるのと同じで、成功した移民が故国のために一肌脱ぐのは、イタリア人の心情からすれば当然のことなのだ。この当然の理屈からすると、クロサワの価値には文句はなくても、なぜコッポラが、金持の国日本のために一肌脱がなくてはならなかったかということは、彼らからすれば不可思議なことであり、つまり、テレビ・ニュース番組でさえ取りあげる〝価値〟があるということになるのである。あの働き者ということになっている日本人さえ、かくの如《ごと》くストはするのであります、というのと同じ調子で。

これは、しかし、イタリアという一国での『影武者』公開時のエピソードにすぎない。イギリスではフランスでは、またドイツやアメリカではどうであったかの実際を、私は紹介することはできない。

それでも、黒澤監督がなにかをすれば、またインタビューだけでも、欧米諸国では、ニュースになることは、これらの国々に住む日本人の多くは同意してくれるであろう。

そして、もしも欧米諸国で知っている日本人の名をあげよ、という類の調査でもすれば、クロサワの名は、必ずや上位を占めるであろう。一位と保証できないのは、ホンダとかスズキとか書く者も相当に多いと思うからである。ただし、ホンダやスズキに並んで、ヤマハとかカワサキと書く者も同じくらい多いはずだ。いつか、ローマ空港で日航の係員をさがした時、それを助けてくれたイタリア人の係員が、日航の空港内の事務所に電話をかけるのに、そばの同僚にこんなふうに聞いているのを耳にした。

「ねえ、あの日航の人、カワサキというんだったたっけ、それともスズキだったかしら」

また、日本へ帰る飛行機で同席した、本田技研に勤める鈴木氏に、私の七歳になるイタリア人の息子が、こう聞いたものである。

「どうして、ホンダにいてスズキなの？」

私が日本を後にしてから二十年近くが経《た》つが、はじめの頃、つまり一ドルが三百六十円であった頃は、チャイニーズかと聞かれる割合が、ジャパニーズに比べて、九対一ぐらいであった。それが今では、完全に逆転している。その間、日本からは、幾人ものノーベル賞受賞者が出たかもしれない。多くの日本人が、世界の各地で、地道な実績をあげてきたかもしれない。だが、話を一般化するとすれば、この〝逆転〟の最大の功労者は、ソニー、ホンダを先陣にした日本経済の発展と、クロサワにつきるのである。海外に住む日本人は、この人々のおかげで、顔をまっすぐにあげて歩くことができるのだ。

日本に住む日本人の中には、これに異論を唱える人がいるかもしれない。日本の中にはすでに、この人たちと同等の、いやもしかしたらこの人たちを越える才能が出現しつつあるのだと言うかもしれない。一年に一度しか帰国しない私でも、それぐらいは知っている。

だが、ここで私が言いたいのは、現実に使える駒《こま》を活用しないのは損失と同じではないか、ということである。

黒澤監督のこれまでの功績に報いるだけならば、もう文化功労者にはなっているらしいから、あとは文化勲章でもあげればよいのである。映画界にもいるにちがいない馬鹿《ばか》どもが、これで映画も文化と認められたなどと、嬉しがるぐらいの効用はあるだろう。

＊　＊　＊

しかし、こういう形で報われるのは、黒澤先生自身も、本意ではないにちがいない。創作者は、カネが必要なのである。それを出してくれるならば、悪魔であってもかまわないとさえ思うのだ。賞というものは、もう事実上の隠居者でないかぎり、それを受けることによって創作上の便宜に通じるからこそ、喜んで受けるのである。まして、現段階で立派に使える駒である、とされて出資が実現すれば、私だったら、文化勲章をもらうよりも嬉しいと思うだろう。

前述のフェリーニは、こんなことも言った。

「自分の好きなテーマを好きなように創《つく》るのは、少しもむずかしいことではない。問題は、好きなテーマを好きなように創りながら、コマーシャル・ベースに乗せることなのだ」

黒澤監督も、こう言ったそうである。

「客が呼べなくなったら、さっさと隠居しますよ」

プロならば、誰でも、これぐらいの気概は持ち合わせているのである。

二十億円という金額が、巨費という語にふさわしい額であることは、私にもわかる。だが、二十億円を与えればどの映画監督でも、映画館にわざわざ出向いて映画を見る愉しみを味わわせてくれる映画を作れるとは、かぎらないのである。巨額のカネを使いこなすのも、立派に一つの才能なのだから。そして、われわれ日本人は、この才能が消えていくのを、みすみす見過ごしにするのであろうか。まして、モトがとれるだけでなく、プラス・アルファは計り知れないというのに。

ここまで書いたところで、ちょうどフィレンツェに来ていたウィーン大学のアルケッティ教授と、昼食をともにする機会があった。教授は、システム分析なるものを専門にしているとかで、日本にも招ばれたことがあるという。

その彼に言わせると、石油危機は一九二〇年にすでに予測できたことで、それどころか、一国の盛衰まで予測が可能なのだとなる。まあ、こういう理論主義者と話すのは、将棋をするのと同じ愉しみをもたらしてくれるものだが、それはさて置くとして、日本が、歴史の進展の法則である、経済的繁栄、政治的発展、文化的成熟の順序に従うとして、文化的に成熟するのは何年頃になるのか、と聞いたのである。教授の答えはあっけないくらいに明快で、

「二〇五〇年」ということであった。

やれやれ、今年は一九八二年だから、あと六十八年も間があるということになる。それに、昨今の日本の政治外交をふり返ってみても、政治的成熟にさえ達しているとは思えないから、これはもう、われわれ日本人はまだ、エコノミック・アニマルの時

代に生きていると認めるしかないようである。

いっそのこと、これが現状ならば、文化庁などはさっさと廃止し、日本が、もうかりまっか、のみを考える国ではないということを示すためにしてきたあらゆる出費も、すべて御破算にしてしまったらどうか。なにしろ、これまで散々してきた苦労に対して、あいかわらず欧米諸国は、日本を経済進出のみを考える国と思いこんでいるのだから、こんな無駄なカネを使うのはさっぱりとやめても、たいした損失にはならないはずである。そして、二〇五〇年を悠然と待てばよい。その頃になれば、日本は自然に文化国家になり、世界の各国も、貿易の不均衡などというエコノミックなことで、日本をいじめることもなくなるであろう。なにしろ、文化的成熟のあとには、国家の死が待ちうけているのだから。

＊　＊　＊

しかし、と教授と別れた後で考えた。日本人は、ほんとうにエコノミック・アニマルなのだろうか。

エコノミック・アニマルの鉄則は、持てる資源を最も効率良く運用する点にあるはずである。私は、黒澤監督の次作『乱』に、おカネを寄附してあげてください、と頼んでいるのではない。モトも取れ、プラス・アルファの効用も絶対に保証できる、つまり、現段階で立派に使える駒だから、使わないのは損である、と言っているのである。つまり、日本の持つ「資源」の一つの、最も効率良い運用を推《すす》めているだけなのだ。なんのことはない、一九八二年に生きている私は、その時代にふさわしく、エコノミック・アニマル的な発想を述べただけなのである。

そして、日本人が、エコノミック・アニマルといわれるのを恐縮などせずに逆手にとるつもりならば、残念ながら、時間の余裕はあまりない。

七十歳を越えたとは思えないほど、黒澤監督は元気はつらつとしている。しかし、映画監督にとっては最も大切なカメラマンをはじめとする協力者たちが、監督と同世代に属する人々が多いだけに、時間の無駄は、活用のチャンスを失うのに通じる危険がある。若い人たちの中に、有能な者がいないというのではない。だが、人は所詮《しょせん》、自分と同世代の者としか、ほんとうの仕事はできないものである。『乱』への出費は、日本人が、エコノミック・アニマルの真髄を発揮する、絶好のチャンスではなかろうか。そして、それには、ほんのちょっとした発想の変換だけで充分なのである。

例えば、こうだ。これも、アルケッティ教授に聴いた話からヒントを得たのだが。

トヨタと日産は、これまでに、それこそ二十億円など問題にならないほどの巨額な宣伝費を投じて、首位をめぐる死闘を演じ、今も続けている。ところが、結果はと見れば、トヨタと日産の位置は、まったく変っていないのだ。つまり、トヨタ、日産の両自動車会社は、現状を維持するためだけに、巨額な宣伝費を使ってきたということになる。

トヨタは、それでもよいだろう。首位を死守できたのだから。浮ばれないのは、日産である。あの莫大《ばくだい》な金額を、ただ単に、ライヴァルに首位を維持させるためにだけ、つまり、自分たちは二位に甘んじるためにだけ使ったと、論理的にはなるからである。それで、日産にたずねてみたい。あなた方は、発想の転換による現状打破ということを、考えたことがあるのだろうか、と。

トヨタにそれは、期待しない。トヨタの首脳部の能力を買わないからではなく、捨て身の戦法は、絶対に、勝者からは生れえないものだからである。私には、あの誰もが見放しているアルファ・ロメオに不可思議なる肩入れをし、おかげで、必ずや底意があるにちがいないなどと、助けてもらう側のイタリア人にまで疑われるよりは、よほど経営者的発想に忠実ではないかと思うがどうだろう。

なにしろ、『乱』と大きく出た字幕の横に、小さいにしても○○会社提供と書かれるだけでなく、出資のモトもちゃんと取れ、欧米では、〇〇会社の出資でクロサワの映画もついに実現などと、頼みもしないのに宣伝までしてくれるのである。そして、忘れないでもらいたい。黒澤監督の映画は、大ロング・セラーである『七人の侍』は例外としても、他もいずれもロング・セラーであることを。

エコノミック・アニマルという言葉は、欧米では、日本人が思うほどの悪い意味は持たない。だが、それにしても、広く戦略的視野に立つ事業家か、その日の日銭しか頭にない商人かの区別ぐらいはあるのである。

経済大国にふさわしい尊敬も受けたい？ ならば、まず、日銭しか頭にない発想から、自由になるべきではなかろうか。

フェリーニ雑感

（一九八二・二）

何年か前に世に問うた作品の中で、私はこう書いている。

——「地中海世界ほど、人間性に対して寛容な世界はない。ここでは、罪の意識にさいなまれずに生きていける。わたしは、人間本来の陽気さと死に対する平穏さに欠けた世界では、生きる気がしない。

別に、北の人々の生き方を非難しているのではない。ただ彼の地では、自分は生きていけないと思うだけなのだ」

レオーネ十世のこの言葉に、ベンボもサドレートも、共感をもってうなずいていた。——

ところが、これは、十六世紀初頭に生きたローマ法王、レオーネ十世の言葉ではない。二十世紀のイタリアの映画監督フェデリコ・フェリーニの言葉なのである。

いつだったか、フェリーニが、スウェーデンの映画監督ベルイマンの世界について感想を求められたのに、答えた言葉なのであった。それを、私はメモしておいた。ただし、その時は地中海世界に関心を持つ者としてメモしたので、作品の中で使おうとして、メモしたのではなかった。

これを再び思い出したのは、『神の代理人』の第四部「ローマ・十六世紀初頭」と題した終章で、レオーネ十世を書いた時である。この、あらゆる面でルネサンス的な法王が、それがために北の人ルターの率いる宗教改革派に反旗をひるがえされる様を書くに際して、カトリック側の言い分を示すのに、この言葉ほど適したものはないように思えたからであった。

私の書くものは、登場人物を新たに創造しないという点で、小説ではない。だが、言いもしないことを言ったように書くのは、なんとしても気がひける。だから、こういう場合は巻末で、あれはレオーネ十世の言葉ではなく、フェリーニの言葉でありました、などと白状すべきであったろうが、少しばかりいたずら気分が頭をもたげて、頬かむりすることにしたのであった。

とはいえ、こんな具合でフェリーニという人は、映像の作家にしては珍しく、面白味のある言葉を多く持つ人なのである。毛沢東語録が流行《はや》りに流行っていたころ、それを皮肉って『ド・ゴール語録』なるものがイタリアで発行され、私も苦笑しながら読んだことがあるが、フェリーニ語録がもしも発行されたら、苦笑どころか感心しながら読むのではないかと思う。

しかし、彼が全力を投入する映画となると、感心はしても、その感心の仕方がまるでちがってくる。

ヴィスコンティもその弟子のゼフィレッリも、そして、フェリーニにとってはある意味で師匠であったロベルト・ロッセリーニも、この人々の作品をささえる想像力は、努力すれば私にも達せるかもしれないと思わせるものである。映像と文章のちがいを頭に置いても、私を絶望させる類《たぐい》のものではない。鷗外の史伝を思わせる、晩年のロッセリーニのテレビ向けの作品でさえ、いつか私も彼の年齢に達したら、書けるかもしれないと思うくらいだ。

ところが、フェリーニだけはちがう。この人の想像力だけは、それに対するたびに私の予想を常に超え、私を驚嘆させるとともに絶望させる。『甘い生活』の冒頭の、キリストの大きな像をヘリコプターで運ぶシーン、『フェリーニのローマ』の中の、華麗な僧衣のファッション・ショーの場面、そして最近作『女の都』では、フェミニストの大会を彩《いろど》るファンタジアの愉《たの》しさと、例をあげればきりがない。あのようなファンタスティックな大会を開くのなら、私だってウーマン・リブに参加してもいいと思えてくる。

要するに、フェリーニの映画は「ファンタスティック」なのである。

彼の映画を観《み》て、彼がなにを言いたかったかを知ろうとする生まじめな人は、失望するかもしれない。また、フェリーニの映画の多くは、ストーリーにしてもあるのかないのか判然としないから、それを強いて探ろうとする人は、混乱したあげく腹を立てる結果に終わるかもしれない。だが、このようなことは、彼の映画に関してはとくに、たいした問題ではないのである。ファンタスティックと思う場面だけ観てそれを堪能《たんのう》し、つまらないと思えば眼をつむって、その間は頭も眼も休息させていればよい。ただし、つまらないと思っても直ちに席を立つことだけは推《すす》めない。私も『カサノヴァ』では、しばしば眼を休息させたが、老いたカサノヴァを描いた最後のあたりは、秀逸としか言いようのない出来であった。

このフェリーニを、私は長い間、特異な芸術家と思ってきたが、いつのころからかそう思わなくなっている。それはおそらく、ダンテの『神曲』を、荒唐無稽《むけい》の傑作と感じた時からのような気がする。そして、この種のファンタジアこそ、イタリア人のファンタジアの正統ではないかとさえ、思いはじめてきているのだ。

――「ローマとミラノでは、映画館に行く人の気分がちがう。ミラノの人々は、教養を高めるために映画を観に行くが、ローマっ子は、愉しむために観に行く。だから、反応の仕方がまるでちがう」――

これもまた、「映画」を「演劇」に変えたにしろ、『海の都の物語』の中で私が使わせてもらった一句だが、十八世紀のヴェネチア人が言った言葉ではない。フェリーニ〝語録〟の中で一つである。そして、フェリーニの求める受け手がローマっ子的であるのは、説明の要もないだろう。

私が見たヴィスコンティ

（二〇〇七・七）

私がヴィスコンティの名を知ったのは、映画「夏の嵐《あらし》」を観《み》た時が最初であった。もう二十年もその余も前の話であろうか。はっきりした年は覚えていない。オーストリア帝国に占領されていた頃のヴェネツィアが舞台の、イタリアの伯爵《はくしやく》夫人のオーストリアの若い士官への恋を描いた映画である。今でもあの華麗な、まるでイタリア・オペラを観るような物語が、海の上の都といわれるヴェネツィアを舞台に激しく悲しくくり広げられる美しさを、覚えている人がいるにちがいない。ルキーノ・ヴィスコンティは、この映画の監督であった。

イタリアに遊んで数年もした頃であろうか。私は、日本では「夏の嵐」という題であった映画の原題がイタリア語では、センソ、というのであることを知った。官能、という意味である。それを知った時、私にははじめて、ずいぶん昔に観たけれど、今でも心に残っているあの映画が、本当にわかった気がしたのであった。同時に、夏の嵐などという、上品ぶった題名を考えた、誰だか知らないがその日本人を憎んだものだ。

それからしばらくして、ヴィスコンティに直接会う機会があった。当時、私の友人の一人のフランス通信の記者が、イタリア映画界を取材していてインタビューでいろいろの人に会うのに、頼み込んでいつも連れて行ってもらったからである。私のほうは取材ではなく、単なる好奇心からであったが。ヴィスコンティとのインタビューのテーマは、当時ヴィスコンティが手がけていたカミュの「異邦人」の映画化についてであった。

場所はマルチェロ・マストロヤンニのプロダクションの事務所であったと思う。映画「異邦人」は、マストロヤンニ・プロが手がけた最初の作品になるはずであった。当然、マストロヤンニも同席した。プロダクションの社長として、また、その映画の主役として。

インタビューの間中、私には当代きっての人気スター、マストロヤンニなど眼に入らなかった。監督ヴィスコンティに魅了されてしまったからである。これほどすべての点で洗練された男を、私はそれまで見たことがなかった。美しい男とか誠実な男とか頭のいい男ならば山ほど知っている。しかし、私に、これこそヨーロッパの男だ、と感嘆させた男は、今に至るまで彼しかいない。その男が同性愛者であるというのがヨーロッパ文明の本質とどうつながるのかと、私は考え込んでしまった。

それから間もなく、私と彼とは、よく出会う仲になった。私の家と彼の家がローマの同じ通りにあったことと、私の婚約者の伯父がヴィスコンティの主治医であったからだ。

映画「異邦人」は芸術的にも興行的にも失敗作であった。インタビューを終えた後で、あのフランス通信の記者がふともらした言葉が想《おも》い出される。

「ヴィスコンティはマストロヤンニに惚《ほ》れていない。だから、きっとあれは失敗するよ。アラン・ドロンを使えばいいのにね」

マストロヤンニなら、私だって惚れないかもしれない。良くも悪くも平凡な男だから。かといって動物的というのでもない。聖者か悪魔でなければ牡《おす》にしか興味がない、というヴィスコンティにとっては、もっとも無縁な人種であったにちがいない。

ヴィスコンティの映画に現れる女主人公たちも、彼の映画を観たことのある人ならすぐにうなずいてくれると思うが、牝《めす》である。女には聖者も悪魔もいない、という彼だ。牝を描くしかなかったのかも。ヴィスコンティが好んで使う女優は、クラウディア・カルディナーレとシルヴァーナ・マンガーノの二人である。

ある時、当時評判になっていた彼の映画、これは芸術的にも興行的にも大成功をおさめた「家族の肖像」だったが、その映画の女主人公の物腰や言葉遣いが、どうしても私の婚約者の伯母を思い出させるので、彼に聞いてみたことがある。ヴィスコンティは笑って答えなかったが、彼が主治医の妻からインスピレーションを得たに違いないその女は、美しくても上品とはいえないローマの上流階級の女を表現して見事であった。

その時、私はどんな女です、とも聞いたのだ。ヴィスコンティは、何かを創造する者は、たとえ女であっても、聖者や悪魔や牝のどれかひとつであることは許されない。そのすべてをそなえていて、そのうえに平凡な人間であることも要求される、と答えたのである。

牡とか牝とかいっても、動物的なという言葉の与える下卑たものばかりを彼は考えていたのではない。その同じ映画には清純な少女が重要な役を演じていたが、ヴィスコンティによれば、彼女も清純な牝なのである。「ベニス（ヴェネツィア）に死す」の少年は、それなら清純な牡というところか。

親しくなってからは、しばしば、贈り物を買い求める彼に同行することが多くなった。送り先はたいがい男であったが、時には女もいた。花を贈る時は決まっていた。誰に対してもばら。それも赤でも白でも黄でもなく、ばら色のばらと決まっていた。その色合いもむずかしくて、深い色合いのものでなければいけない。行きつけの花屋はヴィスコンティの好みを知っているから、その店にある時は問題はなかったが、ない時となると大変だった。一度など、その色合いの花を探して、ローマの半分ぐらいを車でまわったことがある。私も、いつのまにか彼の真似《まね》をするようになって、深い色合いのばらを好むように変った。

ヴィスコンティは、貴族の父と、イタリア最大の製薬会社のオーナー社長の娘だった母の間に生まれた。ヴィスコンティ公爵家がイタリアの歴史に現れるのは、十三世紀にさかのぼるほどで、それも、ミラノを中心とした北イタリアの領主としてであった。私がその時代を書いているものだから、時代考証の助けにと一度連れて行ってくれたミラノ郊外の城は、まさに中世の城そのもので、半世紀前までヴィスコンティ家の持ち物であったという。彼自身が生まれ育ったミラノの屋敷も、かつての貴族の生活を彷彿《ほうふつ》とさせるもので、この人は、滅びつつあるヨーロッパの良さをすべて持っている最後の男の一人かもしれない、とその時私は思った。

彼は母親のことをよく話した。美しく優雅な人であったらしい。実業家の娘に生まれて貴族になったのは貴族と結婚したからだったが、まるで生まれながらの公爵夫人のようであったと語るヴィスコンティには、いつもの厳しい顔立ちの中に、ほのかな憧《あこが》れが甘く漂うようで、深い色合いのばら色のばらを好むのは母ゆずりではないかと、ふと思わせるものがあった。幼い頃、夜会に出かけていた母を乗せて帰宅する馬車の音が聴こえるまでは眠りにつけなかった、ということも聞いたことがある。ローマでは、未婚の妹二人と住んでいた。二人とも、優雅で品の良い女性であった。

深い色合いのばらを贈らない時は、この場合の贈り先はすべて男であったが、まるで女にするように、贈り物は身のまわりの品と決まっていた。チョコレートの箱など贈るのは見たことがない。いつも衣装や装飾品で、それもヴィスコンティが自分で、気に入ったものが見つかるまで探すのだった。そして、それらの品は、贈られた男たちが身につけると、いつも決まって、彼ら自身が選んだ品よりもずっと似合うのだった。贈り物は、ヴィスコンティが自らとどけるようなことはなかった。買った店から、それぞれの男たちにとどけられた。

しかし身のまわりの品を贈るのは、官能のなんたるかを熟知した人の、実に巧妙な誘惑の方法ではなかろうか。ネックレスにしても絹のシャツにしても、また毛皮のコートであっても、贈られた側にとっては、贈り主によって自分の裸身を包みこまれたような気がするものなのである。官能を縛られるような感じがするものなのだ。自由であると感じる時よりも、自分はもうこの人の前では自由でない、と感じた時に激しく燃え上がるのが官能の炎なのだから。

地中海世界の歴史を書くのが私の仕事である。そして、文明というモザイクの中でさまざまな色彩の石片を定着させるセメントの役目をするのが、地中海文明では官能であると信じている。いつか男たちだけを書いて、つまりベッドシーンを書かないでいて、官能的な作品を書くのが私の夢だと言ったら、ヴィスコンティは、これまでについぞ見せたこともない優しい微笑を浮かべて私を見た。

追記

この小文を何年前に書いたのか覚えていない。ただし結婚して生れた息子が三十歳を越えたのだから、三十年は昔であったことは確実だ。だが、一行といえども書き変える必要を感じなかった。ルキーノ・ヴィスコンティという芸術家は、近くで接すればあんな人だったのだ。死んだときは共産党が党をあげて葬式をしたけれど、大貴族で大金持ちに生れたヴィスコンティも、二十世紀後半に生きた知識人ならば誰もがいだいた、社会改造という夢に生きた人でもあったのである。

　ただし、今書いたとしたらつけ加えたいと思うことが一つある。それは、ヴィスコンティ作の映画という映画はすべて、なぜああも美男美女ばかりなのだろう、という一事への興味である。彼が監督した映画では、端役《はやく》に至るまでが美男なのだから。

　よく評される、耽美《たんび》主義者、だけではないように思う。古代ローマ有数の知識人だったキケロの言葉に、次の一句がある。

「悲劇とは、英雄であったり王様であったりした主人公があることをきっかけに底辺にまで落ちるとき、より悲劇的になる」

　つまり、落差が大きければ大きいほど悲劇的になるということで、それゆえか古代の悲劇の主人公には庶民はいなかった。落下したとしても格差の小さい庶民は、喜劇の主人公には適しているのだが。

　現代は、英雄もいなければ、皇帝も王様もおらず、いたとしても、王様らしくない王様しかいない時代になっている。この時代でも悲劇を創造したければ、圧倒的な美男美女を主人公にするしかないのではないか。ヴィスコンティの映画の主人公たちは、映画的な美男美女であって、テレビ的な、どこにでもいそうな美男美女ではなかった。圧倒的な美に恵まれた人間を襲った運命だからこそ、より悲劇的に、つまりはよりドラマティックな、作品が創《つく》り出せたのではないかと思っている。

このことは、ローマという圧倒的な大帝国の歴史を書き終えた今の私だから、思うことかもしれないのだが。

信長の悪魔的な魅力

（二〇〇七・十二）

織田信長を書きたいと私が思ったのは、何年か前に苔寺《こけでら》に遊んだ時である。それも、かの有名な庭を観賞していた時ではなく、その後で、完成まぢかの本堂の前に立った時にふと眼に入った、本堂再建を報じた立札を読んだ時であった。

立札には、応仁の乱で焼き払われた本堂をようやくにして今再建すると記されてあった。私を感心させたのは、五百年も続いた彼らの執念ではない。立札から立ちのぼってくるかのような、現実感であった。まるで応仁の乱など、つい昨日の出来事でもあるかのように思われるほど、その立札の文章には現実感がただよっていたからである。

どうして、応仁の乱とは直接関係もない信長をその時に書いてみたいと思ったかを、人に納得してもらえるように説明できる自信は今でもない。強いて言えば、それまでに書かれた信長についての歴史書や歴史小説にもの足りない思いをいだいていたから、とでも言うしかないであろう。

私にとって信長は、悪魔なのである。それも偉大なという形容詞のつく悪魔なのである。その偉大な悪魔が、当時の人々の眼にどのようにうつったかを書きたいと思ったのだ。

日本の作家は、どうやら悪を書くのが不得手であるようだ。それは、日本の歴史上の人物に偉大な悪人がほとんどいないことから、書くのに慣れていないのか、それとも、日本人自体が見事な悪人とは肌が合わない気質を持っているためかもしれない。いずれにしても、日本の歴史小説にさえも、悪魔的な人物が登場していないのは、私には常々不満であった。

毒を持たない男など、結婚相手には適していても、小説の主人公となれば、迫力からして欠けるではないか。まして、現代の経営者の御手本でもあるかのように書かれたものにいたっては、こちらを読む気にもさせてくれない。

信長は悪魔なのである。だから、自分自身の中に毒を感じない作家や歴史学者が、そういう信長を書けるはずもないのである。悪魔の持つ魅力など、体現化できるはずもないのである。男の中の男である信長を、普通の男でしかない彼らがわかるはずがない。これは、女の眼を通したほうが書けるかもしれないと思ったのである。いや、眼だけでなく、心も、そして肉体もすべて。

私が、信長と似ていなくもないチェーザレ・ボルジアを書いた時である。批評家の一人がそれを評した中で、この書物の作者はチェーザレ・ボルジアに対し恋文を書いたのだ、と言った部分があった。

ところが、あれを執筆中の私は、恋文を書いているなどという心境ではなかったのである。少なくとも、そんな生やさしい心境ではなかった。私は、心身ともに恋していたからである。

今でも、ある種のなつかしさをもって、執筆に要したあの二カ月間あまりを思い出す。

新潮社から提供された部屋は、新潮社クラブといって、雑誌の座談会に使われたり、作家の執筆用に使われる建物の一室で、新潮社の近くにあるのだから、出版社側からみれば執筆者を身近で見張れるという利点があったにちがいないが、執筆する側にしてみれば、環境はあまり良いとは言えなかった。

なにしろ、新潮社の近くとなれば、当然、神楽坂《かぐらざか》の近くとなって、夜ともなれば塀ごしに、三味線の音なども聴こえてくるなまめかしさ。それにふとんまで、真紅のちりめんとくる。これでは執筆に精を出せる男の作家が少ないのも当り前で、管理人の話では、夜になると外出する人がほとんどであったと言う。朝、ふとんを片づけながら、他の先生方の時は酒臭いのにあなたのは牛乳臭いと言われた時もあった。つまり、私は、三味線の音に誘われて外出しなかったということである。

私には、外出などする必要はなかったのだ。当時はまだ結婚していない身であったから、男友達も何人かは並の女と同じでいたにはいたが、彼らの誰とも会う気持にはなれなかった。私には、男と会わなくても、少しも欠けるものがなかったのだ。満ち足りていたと言ってもよい。

塀越しの三味線の音も、緋《ひ》ちりめんも、そして毎朝かけひの水を飲みにくる一羽のうぐいすも、私には賞味する余裕がなかったわけではない。私の眼は十分にそれらの日本的な美を愉《たの》しんでいた。

しかし、心と肉体は、五百年昔のルネサンス時代のイタリアにいたのである。そして、わが主人公チェーザレ・ボルジアは、手をのばせばふれられる私の日本の男友達の誰よりも、当時の私にとっては現実感のある男であった。

私は、彼の浅黒くひきしまった腕の感触さえも知っていたし、卑屈な相手に対した時に彼の浮べる皮肉な微笑も知っていた。馬を駆る時の馬と一体になった動きの美しさも、女を見る時の冷たい眼《まな》ざしも、私にはすでに見なれたものであった。マキアヴェッリに、かの有名な『君主論』を書くきっかけを与えたのがチェーザレ・ボルジアである。だから、複雑に入りくんだ政争も、権謀術数の陰惨さも、イタリアだけでなく、舞台はフランスにもスペインにも広がる中で書いていくのだけど、その中心であるチェーザレは、私にはやはり一人の男であった。悪魔的な一人の男であった。

作家としての私は、この悪の持つ魅力が書きたかったのである。そんな私には、歴史上の人物でもあるチェーザレの歴史的意義とか、後世に与えた影響とか、そんなことはどうでもよかった。重ねて言う。私は、自分が惚《ほ》れた一人の男を、もう一度生かし、そして殺してみたかっただけなのだ。

終りが近づくにつれて、ペンの進む速度が早くなるのに反比例して、私の心は沈んでいった。沈んでいくと言うよりも、心残りがして、と言うべきかもしれない。他の場合のように、十分に書ききれたかどうかという心配のためではない。この男と別れるのがつらかったからである。

最後の一行を書き終えた時、七月七日の朝の光が白くただよいはじめていた。チェーザレ・ボルジアは三十一歳で業半ばにして死に、私にも三十二歳がその日からはじまっていたのである。書き終えたこの本は、前著のようにではなく、誰にも捧《ささ》げられていない。私自身の青春に捧げたつもりであったのだ。

生かし、殺してみたかった、と書いたが、最後の一行を書き終えた時に、どうしても私には、彼が死んだと思えなかった。

男と女の関係には、勝つか負けるかしかない。チェーザレ・ボルジアのような男には、こちらが完全に屈服するか、でもなければ寝首をかくか、の二つのうちひとつしか対しようがない。もしも私が彼と同時代に生きていたら、寝首をかくほうを選んだであろう。必ず失敗したにちがいないけれど。

そのような想《おも》いで書いたものだから、死んだ、と涙するよりも、殺した、と思って、それがためになお魅《ひ》きつけられるような感じをいだいたのだと思う。

私はこの本に、チェーザレ・ボルジアとだけしないで、万感の想いをこめて、それに続けて、あるいは優雅なる冷酷、とした題をつけた。だが、私の手を離れてみれば、やはり私には死んだ男なのである。この八年間に二十版近くも版を重ねたが、一字も直していない。改める気持になれないのである。今読み返してみれば、やはり技術的に未熟なところも眼につく。しかし、それを直した場合、執筆当時のあの気迫のようなものが薄れるのを怖《おそ》れるからである。

とはいえ、歴史上には何人もの偉大な男たちが生き死んでいったが、私が惚れこむという男も、そうそう簡単に見つかるものではない。見事だ、とか、立派だ、とか思う人物はいるが、心も肉体も魅きつけられ、現実の男よりも現実感のある男には、そうやすやすとめぐり会えるものでもないのである。

今一人いるが、どうもその男はあまりに立派すぎて、彼の生涯を書くのは、日本の読者に、中世というあまり知られていない時代を知ってもらうには適していても、なんとなくこちらが惚れこむまでに至っていない。いかに男の中の男が好きでも、あまりにそれが立派であると、どうにも近寄りにくいというのでは、私もまた普通の女であることを証明しているような気もするけれど。

その点、織田信長は立派すぎないところがよろしい。

「其夜《そのよ》の御はなし、軍の行《てだて》は努々《ゆめゆめ》これなく、色々世間の御雑談迄にて、既に深更に及ぶの間、御帰宅候へと御暇下さる。家老の衆申すやう、運の末には智恵《ちえ》の鏡も曇るとはこの節也《なり》と、各嘲哢《ちようろう》候《そうら》てまかり帰られ候。

案の如《ごと》く夜明かたに佐久間大学、織田玄蕃かたより、はや鷲津《わしづ》山、丸根山へ人数取かけ候由《よし》、追々御注進これあり。

この時信長、敦盛の舞を遊し候、人間五十年、下天の内をくらぶれば、夢幻の如く也、一度生を得て滅せぬ者の有べきかと候て、螺《ほらがい》ふけ、具足よこせよと仰《おお》せられ、御物具めされ、たちながら御食《おじき》を参り、御甲《かぶと》をめし候て御出陣なさる。其時の御伴には、御小姓衆岩室長門守《ながとのかみ》、長谷川橋介、佐脇藤八、山口飛驒守、賀藤弥三郎」

とまあ『信長公記』に従えば、まことに〝颯爽《さっそう》たる出陣〟で、桶狭間《おけはざま》の一戦といえば、マンガしか読まない若者だって、日本人ならば知っている場面だ。ただし、自分から駆けだしてはみたものの、時々馬をめぐらせては遅れてくる者を待つところなどは、カッコイイことばかりが好きな男のできることではない。

しかも、私にとって不思議でならないのは、なぜ日本の男たちに信長が人気があるのかなのである。

信長の用兵の巧みさは誰でもが認めるところだが、使われる側から見れば、いつ自分が犠牲にされるかわからないのだから、それほど感心ばかりもしていられないであろう。温情主義など一片もない彼のやり方に、終身雇用制に慣れている現代の日本人が耐えていけるはずもないのである。

第二に、信長の同盟のやり方である。彼は、強者が現われると、それに対抗するために弱い方と組むという、はなはだイタリア・ルネサンス的なやり方の巧者で、これまた、大樹の許《もと》に集《たか》る傾向の強い日本人とは相容《あいい》れぬはずである。

第三は、女を徹底的に政略に利用したやり方である。これなど、チェーザレ・ボルジアそっくりで、私などは自分が女でありながらぞくっとするぐらい好きなところだが、男女平等が当り前の昨今、なんとしても大衆に好感を持たれるとは思われない。

次いで、信長の大胆でありながらかつ慎重な事の処し方も、また、敗戦を喫した後の時間かせぎの巧妙さも、戦略的思考法の不得手な平均的日本人とは、絶対に相容れぬタイプである。

ましてや、延暦寺などの山門焼打ちをはじめとする一掃作戦に至っては、どうして日本人が許せるのか、まったく理解に苦しむ。私個人の考えでは、後に禍《わざわい》の種を残さないためにも、必要な処置ではなかったか、と思っているけれど。

まずもって、日本の男たちは、信長評として最も歴史上有名な、宣教師ルイス・フロイスの言葉を熟読したことがあるのであろうか。

「この尾張《おわり》の王は、年齢三十七歳なるべく、長身瘦軀《そうく》、鬚《ひげ》少なし、声ははなはだ高く、非常に武技を好み、粗野なり。

正義および慈悲の業をたのしみ、傲慢《ごうまん》にして名誉をおもんず。

決断を秘し、戦術に巧みにしてほとんど規律に服せず、部下の進言にしたがうこと稀《まれ》なり。かれは諸人より異常なる畏敬《いけい》を受け、酒を飲まず、みずから奉ずることきわめて薄く、日本の王侯はことごとく軽蔑《けいべつ》し、下僚に対するがごとく肩の上よりこれに語る。諸人は至上の君に対するがごとくこれに服従せり。

よき理解力と明晰《めいせき》なる判断力とを有し、神仏その他偶像を軽視し、異教いっさいのうらないを信ぜず、名義は法華宗《ほっけしゅう》なれども、宇宙の造主なく、霊魂の不滅なることなく、死後何物も存せざることを明らかに説けり。

仕事の処理は完全にして巧妙をきわめ、人と語るにあたり、紆余《うよ》曲折を悪《にく》めり」

現代の日本は、〝和〟を第一とする社会である。その中で、決断を秘し、戦術には巧みでも、ほとんど規律に服さない社員でもいようものなら、労働組合からさえ嫌われるであろう。部下の進言に従うこと稀なる者など、たとえ彼が社長であっても許されないはずだ。

また、酒を飲まないことも欠点となろう。赤チョウチンで同僚と上役の悪口を言い合うわけにはいかないのだから、これだけで不適格とされるかもしれない。

そのうえ、日本の王侯、つまり同僚をことごとく軽蔑し、下僚に対するがごとく肩の上よりこれに語る、に至っては、経団連の中でも鼻つまみになるにちがいない。功なり名をとげた後はまとめ役に〝昇格〟するのが、日本の現代の出世街道の理想的な終着駅らしいから。

最後に、人と語るにあたり、紆余曲折を悪めり、というのもいけない。紆余曲折を避ける、のならまだしも、悪めり、となると、これはもう生理的な嫌悪《けんお》を示していて、生理的な好悪をおもてに出すことを美徳としない日本的気質とは、やはり異質のものであると言わねばならない。

私にはどうも、織田信長は日本人ではないと思えてしかたがない。もちろん、日本人的でない、という意味でだが。いかに戦国時代とはいえ、他の武将たちは、信長ほど明確に乱世的な生き方をしていないからである。日本人的でない、という言い方が適当でないと言うならば、突然変異現象だと言い換えてもよい。

悪魔と悪人とはちがうのである。悪人は、悪を行う人間であるにすぎないけれど、悪魔のほうは、もともと人間よりは上の天使であったほどの者が、正義の観念にあふれる同僚の他の天使と折合いが悪くなって悪魔になったくらいだから、人間よりは段ちがいに出来の良い者なのである。

天使と悪魔のちがいは、単に天使は正義を重んずるのに反して、悪魔のほうには、正義の観念がないことだけなのだ。だから才能の点では、まったく同等なのである。

信長には、正義の観念があったのだろうか。ルイス・フロイスは、

「正義および慈悲の業をたのしみ」

と書いているが、問題は〝たのしみ〟の言葉である。今、ここで原文にあたって調べることができないのではっきりしたことは言えないが、たのしみ、という日本語が直訳であるならば、面白がってたまにはそれを行って愉しむ、という意に解せないこともない。

ラテン語では、そういう場合のほうが適訳なくらいだ。だから、もしそうであるならば、信長の行った正義や慈悲は、それを行わねばならぬという義務感なり信念から出た行いではなく、多分に信長の気まぐれから出た行いと解すべきであろう。気まぐれでなければ、計算ずくの行為である。

いずれにしても、正義の観念の所有者であったとは思われない。だから、悪魔である資格を、信長は十分に持っていたことになる。しかも、なかなかに優秀な悪魔である資格を。

そして、このような悪魔を書くには、完全に惚れこむしか、方策はないように思える。

しかし、私が信長を書くことはないであろう。

人間五十年ではないが人間一生にやれる仕事は決まっている。大変にカッコよくて、しかも本能寺で業半ばにして死んだがために日本の男たちに人気のある信長を、日本の男たちが嫌うかもしれない男として書くことには興味がなくもないが、地中海世界を書くだけで一生が終りそうで、とうてい極東の悪魔にまで手を拡《ひろ》げられそうもない。

それに、人間には、一生のうちで出来ないことを知り、それでもそれを時々思いだしては愉しむことも、あってよいと思うのだ。

私にとっての信長は、西洋の悪魔たちであるユリウス・カエサルを書き、マホメッド二世を書き、神聖ローマ帝国皇帝フリードリッヒ二世を書きながら、時々思い出しては、自分のものに出来ないのを口惜《くや》しがる、魅力的な悪魔なのかもしれない。

二年前に「プレジデント」誌上で、信長について書いたことがある。これまでの日本人の書いた信長像になぜ不満で、私が書いたチェーザレ・ボルジアに思いを馳《は》せながら、自分が書くならばどのように書くであろうかを述べた小文であった。この不満が少しばかり解消されたのは、『影武者』を観《み》てからである。少しばかりというのは、

『影武者』の中の信長は主人公ではないので、当然のことながら、信長のすべてがそこでは描かれていないからだ。しかし、黒澤監督が信長を主人公にして映画を作ったら、と考えるだけで興奮したほど、『影武者』の中の信長は、かつて私が一度も見たことがないほど、信長らしかったことも事実である。

まず、色浅黒く、というのが良い。

宣教師フロイスの有名な信長評には、このように出てくる。

――この尾張の王は、年齢三十七歳なるべく、長身痩軀、髯少なし、声ははなはだ高く、非常に武技を好み、粗野なり。

ここにはどこにも、色白し、と書いてはいないではないか。それなのに、従来の信長像は、残された肖像画にとらわれすぎたためか、長身痩軀はそうでも、やたらと生ちろい男に描く傾向が強いのが常であったようである。でなければ、白痴的な美貌《びぼう》の俳優を使うから、茶の間の女たちがワイワイもてはやすので終っていたのが現状であった。私などは勝手に、頭の良い男であったろうに……、非常に武技を好み、粗野なり、とあるのだから、色は浅黒くなくては話にならぬ、と思っていたのである。

それが『影武者』では、はじめて信玄重傷のニュースを聴く場面で、信長に馬を走らせるその仕方によって、見事に、非常に武技を好み、粗野なる、またその結果として浅黒くひきしまった、信長像を見せてくれる。これで満足しないで、なにに満足するというのか。

というわけで、これより『影武者』中の信長、つまり、黒澤明描く信長像を列記する。それにはいちいち私の感想が入るが、まあ、黒澤ファンの嘆声と思って我慢されたい。

岐阜城・城門
五つ木瓜《もっこう》の紋所の旗印を背に、駈《か》け込む伝騎。

同・馬場
裸で馬を責めていた信長、その手綱をしぼって馬をとめ、

「なに、信玄坊主《ぼうず》が死んだ？」

その前に跪《ひざまず》いた年寄衆、丹羽長秀。

「は、只今《ただいま》、間者の使いにて、信玄公、野田城にて狙撃《そげき》され、落命したとの噂《うわさ》ありとの事……」

信長「たわけ！　噂などは聞く耳持たぬわ。信玄め、此《こ》の世に居《お》るのか居らぬのか、肝心なのはその事よ」

と、馬を飛び降り、

「お蘭《らん》、床几《しょうぎ》を持て」

馬場の一隅に控えていた小姓の森蘭丸、床几を持って走って来る。

「汗を拭《ふ》け」

と信長、その床几にどかっと腰を降ろして、丹羽長秀に、

「よいか、この信長、天下に恐《こわ》いものはただ一つ。あの甲斐《かい》の山猿だ」

（この時は信長四十歳、不惑の年齢だが、天衣無縫と言うか、類を見ない大きさがある。この点、家康とは好対照である）

信長「あの坊主、邪魔くさい。失《う》せてくれたら助かる。のんびり京へのぼって昼寝が出来ると言うものよ。信玄、死んだか、死なぬか、あらゆる手立てを使って探らせよ。わかったな！」

そう長秀に言うと、急に後ろを振り向いて蘭丸に怒鳴る。

「やい、もっとごしごし擦《こす》れ。もっとだ」

とまあこんな具合で、『影武者』での信長の登場は、開けっぴろげで傍若無人で、猛烈で行動的なのである。人と語るにあたり、紆余曲折を悪めり、と評したフロイスの言が、見事に体現されていると、私などは大変に感心した。

しかし、この場面を私は、脚本どおりに紹介したのであって、映画だと、少しばか

りちがうのだ。しかもそのちがいは、にくいばかりなのだからまた感心する。

　まず、「お蘭、床几を持て」と言われない前に蘭丸は走り出ていて、「持て」と言った時は、もう床几は、信長のすぐ背後に置かれているというわけだ。これによって黒澤明は、蘭丸の信長にいだいていた敬愛の気持を、見事に表現したことになる。命ぜられて持ってくるようでは、召使か奴隷《どれい》と同じである。蘭丸が主人にいだいていた感情は、召使や奴隷のそれとはちがうということを、この場面を見ただけで、この主従二人の関係を、われわれ日本人が知るほどには知っていない西欧人さえ理解できるように、しかし品を落とさずに示している。もともと、ぞうりをふところに入れて暖めた藤吉郎の胸中には、主人に対する恋情とも尊敬ともつかぬ気持があったと信ずる私は、そして信長も、藤吉郎の気持がわかっていたと信ずる私は、この場面の信長と蘭丸を見て、わが意を得たりと思ったほどであった。

　こうなると当然だが、「汗を拭け」とか、「やい、もっとごしごし擦れ。もっとだ」とか怒鳴る信長を、黒澤は登場させない。このセリフは、映画ではカットしてあったし、それを不自然に思わせないための配慮か、馬を責めている信長は、脚本の時のような半裸姿ではなかった。裸でないのだから、汗を擦らせる必要もなくなる。

『影武者』中、信長の登場する第二の場面は、またも岐阜城。だが、今度は桝形《ますがた》だ。

出陣のあわただしい雰囲気。その将兵、大荷駄、小荷駄や馬でごった返している中へ、狩衣姿《かりぎぬすがた》の信長が、馬に乗って出て来る。傍に従う丹羽長秀に、

信長「家康にはこう言うてやれ。この信長が近江《おうみ》の浅井を片付けている間に、自ら馬を進めて武田の出方を見よ、とな……少しばかり兵を動かしても、信玄あるかあらぬかはわからん！」

と、目をとめて見上げる。渡櫓《わたりやぐら》の窓に、僧服の外人が三人、出陣の光景を眺めているが、信長に気づいて丁重に礼をして、十字を切る。信長、それに大きく手をあげて叫ぶ。

「アメン」

そして、丹羽を振り返り、

「まだ居たのか、あの南蛮坊主共」

丹羽「は……今日、堺へ戻りまする」

信長「そうだ……あの中の一人……たしか医術の心得があると申していた……そやつを信玄の許へ送れ、病気見舞じゃ」

丹羽「しかし、敵方の当方より、病気見舞とは……」

信長「阿呆《あほう》。わかり切った事を申すな……信虎を使え……あのおいぼれ、実の子の

信玄に追い出されて、京でうろうろして居る……その見舞なら筋が通る……また、信虎の周りには、信玄をよく見知っている者も居ろう……そやつを付けてやれば、信玄坊主の生死はわかる……（急に大声で）うるさい！　はやるな！」

と、周りの雰囲気に気負っていれ込む馬を叱《しか》りつける。

さて、この場の信長だが、たいして豪華でもない、彼らの言う南蛮ではちょっとした武将ならば一枚や二枚は持っている、ということは尾張の王にしては少々貧弱な、南蛮渡来のビロードのマントを着けての登場である。おまけに、これまたたいしたものでは決してない、羽根つきの赤い帽子などまで、ごていねいに従者に持たせている。この信長に、宣教師たちがラテン語で、出陣の祝福を与えるのであるから、ここまでならば、宣教師にマントと帽子ぐらいでたぶらかされた、アフリカの土豪程度にしか欧米の観客は見ない。

ところが、黒澤明は、この信長に大きく手をあげさせ、「アメン」と叫ばせたのであった。そして、さらに追い討ちをかけるかのように、「まだ居たのか、あの南蛮坊主共」と言わせている。

映画の信長の手のあげ方を見た欧米の観客ならば、それが、古代ローマ時代の武将の敬礼の仕方と同じであることに気づいたにちがいない。ムッソリーニもヒットラーも、所詮《しよせん》は、ユリウス・カエサル時代のそれを真似《まね》したにすぎないのである。キリスト教から異教と敵視された古代ローマ風の敬礼をやり、それでいくら「アメン」と叫んだとて、欧米人はわかってしまう。信長が、マントや帽子ぐらいで宣教師にたぶらかされるような器でなかったということを、わかってしまうのである。

まったく、フロイスの記したように、よき理解力と明晰なる判断力を有し、神仏その他偶像を軽視し、異教いっさいのうらないを信ぜず、名義は法華宗なれども、宇宙の造主なく、霊魂の不滅なることなく、死後何物も存せざることを明らかに説く信長が、眼前に現われてきたようではないか。

黒澤監督が、古代ローマの敬礼を思わせるようにと、俳優に演じさせたのかどうかは知らない。しかし、少なくとも欧米の観客たちは『影武者』を見て、日本の君主はアフリカの土豪とはちがっていたと感じるにちがいない。あの手のあげ方だけで、そして「アメン」という言い方だけで、信長が描かれていると私などは思うのだ。

もう一つの場面は、信長陣営内での、家康との談合の席の場面である。ここでは脚本だと、蘭丸は茶を点《た》てることになっている。だが、映画では、蘭丸が捧げてくる葡《ぶ》葡萄酒《どうしゅ》を、信長、家康がともに飲む場面に変っている。それを家康が飲む時、葡萄酒に慣れない家康はむせる。蘭丸、思わず笑ってしまう。しかし、主人の同盟者を笑うのはいかにしても礼を失する行為なので、気づいた蘭丸、はっとして主人の顔を見る。その時、信長、ハッハハッハと大笑いするのだ。それで家康も仕方なく笑い、安心した蘭丸も笑い、三人愉し気に大笑いする。

私が感心したのは、信長の蘭丸への愛情を、こういう形で示した黒澤監督の手腕であった。蘭丸の信長への想いは、すでに最初の場面で見せている。それをここに来て、信長のほうの感情を、こういう形で示し、両者の関係を、品位を落とさずに表現したというわけである。私は誓って言うが、両者の関係を知らない欧米人も、この場面を示されては、理解せずにはいられないと思う。イタリアへもどったら、私の夫で実験してみるつもりだ。

そして、『影武者』では信長の登場する最後の場面だが、当然のことながら、長篠・設楽原《したらがはら》である。

長蛇のように続く丸木の柵《さく》。その中に三重の陣を敷く鉄砲足軽。その備えに眼を配りながら、旗本を後ろに従えた信長と家康が馬を並べて来る。

家康「武田はこれで滅びまする」

信長「山が動いては、それまでよ」

ここでの信長も家康も、西洋風の甲冑《かっちゅう》を着けているのが面白かった。それも、マントや帽子と同じく、あまり高価な品とも見えない。どうせ、宣教師たちの持参した、手みやげの一つでもあったのだろう。しかし、鉄砲で騎馬軍団に対抗する戦法を考え出し、新しき戦闘方式を考え出した信長だ。美々しい日本の鎧《よろい》かぶとに身を固められては、考証的にもちょっと困ってしまうのである。また、当時の〝南蛮〟で君主たちが使用していた、工芸美術の粋をつくしたような見事な甲冑を着けて来られても、また困惑してしまう。やはり、あの場面の信長は、西洋では一介の鉄砲兵が着ける程度の、貧相な甲冑を着けて出てくるほうが、現実に近い。

それで、「山が動いては、それまでよ」などという、風林火山を壊滅させた男のセリフが生きてくるのである。

映画『カポーティ』について

この映画の主人公は、観客の共感を少しも呼ばない。だが、それだからこそ観《み》る価値がある。では誰に、どんな理由で？

まず何よりも、作家《ライター》や編集者《エディター》や新聞記者《ジャーナリスト》には必見の作品だ。優れた作品は、円満で人当りのよい人格からは生れないということを、この映画はわからせてくれる。傑作とは、それを書けるならば悪魔に魂を売ったってかまわない、と思っている人にしか作れないものなのである。

第二は、将来はライターかエディターかジャーナリストになりたいと思っている若者たちにとっても、『カポーティ』は必見だ。これまで関心をもっていなかった人の心をも引きつけるパワーをもった作品は、一筋縄では作れないことをわかってもらうためであり、ゴマンといる偽者《にせもの》の中からホンモノを見分ける眼も、今のうちから身につけておくとトクだからです。

（二〇〇六・九）

最後は、最大多数である一般の人々だが、この映画はこの人々にとっても興味ある視点を示してくれている。甘味を活《い》かすにはほんの少しの塩を入れるが、許容ぎりぎりにしても「毒」が混じったほうが、人生も味わい深く変わるからだ。『カポーティ』には、この毒がある。共感を感じさせない人間がなぜ共感を呼ぶ作品をモノせるのだろう、という、人間世界のパラドックスも愉《たの》しめるだろう。

それには、この映画を観る前か観た後に、『冷血』を読むのが役立つかもしれない。映画『カポーティ』は、カポーティの著作『冷血』のメイキングでもあるのだから。

また、この映画に関連した昔の映画があるが、それをＤＶＤかビデオかでレンタルして観ると、細部がより愉しめるかもしれない。

邦題は『アラバマ物語』という一九六二年の映画だが、主演のグレゴリー・ペックにアカデミー賞を恵んだ作品でもある。一九三〇年代にアラバマ州の田舎町で弁護士をする父親と幼ない兄と妹の話だが、父親が黒人の弁護を引き受けたときから平穏な日々に波が立ち始める。それを書いたハーパー・リーのピューリッツァー賞受賞作を原作にした、社会派ドラマだった。

映画『カポーティ』でカポーティの取材に同行する女性作家が、このハーパー・リーである。彼女も少しずつカポーティに嫌気がさしてくるが、正義派ドラマの作家にすれば、芸術至上主義のカポーティが耐えられなくなるのも当然だった。しかし、作家としての業績ならば、不誠実きわまりないカポーティとまじめで誠実なリーとは、天と地ほどの差がある。

もう一つは邦題が『名探偵登場』という一九七六年の映画で、嵐《あらし》の夜に城に招かれた映画や小説で有名な探偵たちが、突如起った殺人事件をめぐって……という探偵ものパロディだ。その中で、アレック・ギネスやピーター・セラーズやデヴィッド・ニヴンに混じって城主を演じていたのが、生のままのトゥルーマン・カポーティだった。小男で醜男《ぶおとこ》でまったく冴《さ》えないこの男が、文壇や社交界の寵児《ちょうじ》になるのに、いかに派手に立ちまわらねばならなかったかを考えただけで、一抹の同情すら感じてしまったのだった。

そして、私も作家であるからには作家としてのカポーティにはもちろん関心があったが、それがこの映画を観た後では、歴史上の人物というすでに死んでいる人々を相手にしていてホントによかった、というのであったから笑ってしまう。カポーティの相手は裁判途中の男二人で、『冷血』と題した自作を巧みに終らせるには、この二人が死刑になってくれないと困る。それで死刑の執行を待ち望むようになるのだが、いかに凶悪犯でも、生きている人の刑死を待ちわびるのでは精神のバランスを崩しかねない。

結局は刑は執行され、カポーティの眼前で絞首刑《こうしゆけい》に処されるのだが、それで作品は完成したものの、以後のカポーティは本格的な作品を書けなくなってしまう。『冷血』以後の彼は、有名人にはなったが作家ではなくなったのだった。

というわけで、悪魔に魂を売る覚悟も用心が必要だ。傑作には不可欠の「毒」も、適正度を忘れようものなら殺される。創造という行為はセイレーンの歌声にも似て魅力的だが、歌声に魅了されすぎると舵取《かじと》りを誤って崖《がけ》に激突する。映画『カポーティ』は、主役に扮《ふん》したフィリップ・シーモア・ホフマンの演技に感心するとともに、このようにさまざまな感想をいだいてしまう作品なのであった。

小林秀雄と田中美知太郎

（二〇一三・一）

「文藝春秋」も九十歳になったのだという。それで今回は、「文藝春秋」とは深いかかわりを持っていた小林秀雄と田中美知太郎の御二人について話してみたい。ただし、日本の二大知性としてもよい御二人なので、彼らに関しての専門家の評論はすでに多い。それでここでは、私にとっての御二人に話をしぼることにする。

この頃よく聞かれるのが、「あなたは小林秀雄の愛読者だったのでしょう」という問いだ。ところが私は、若い頃からの愛読者ではまったくなかった。二十代の後半には外国に出てしまったので、小林秀雄の影響力が絶大であったらしい時代の日本の文芸状況さえも知らなかったのである。

それでも、何とはなしに好きだった。書きっぷりが好きだったのだ。タンカの連発、ケンカを売るに似た筆力、それらすべてが、斬《き》れば赤い血が噴き出すかのような文体に結実している。私の彼への接近は、内容よりもまず、その書きっぷりにあったのだ。

書きっぷりの壮快さだけでなく内容面でも小林秀雄に接近し始めたのは、『ローマ人の物語』を書き始めてからである。その中でもとくにカエサルをあつかった第四巻からは、私と彼との間隔は、私とマキアヴェッリの間隔に似てきたようだ。いつも身近にいてくれて、私がしばしば、あなたはどう思っているの、と問いかける間柄として。断っておくが、私は小林秀雄に会ったことはない。だから彼との関係は、彼の著作を通じての関係なのである。まあ、マキアヴェッリとだって同じことなのだが。

この小林秀雄に私は、ユリウス・カエサルの『ガリア戦記』への評価をまかせることにした。あの下手な岩波版の翻訳を読んだだけでよくもここまで読み取ったと感心したほど、彼による評価は適切であったのだ。まさに「眼光紙背に徹す」の好例である。

そしてもう一人、私が『ガリア戦記』の評価をまかせた人は、カエサルの文章の評言としても歴史的に有名で、カエサルの同時代人でもあった哲学者のキケロ。要するに私は、二千年の歳月をはさんでローマと日本に住んだこの二人を使わせてもらったことになるが、「使う」こと以上の敬意もないのである。そして、小林秀雄という「日本の知性」は、昭和三十四年から三十七年にかけて、「文藝春秋」誌上にかの有名な『考えるヒント』を連載したのだった。

田中美知太郎もまた、「文藝春秋」とは縁が深い人である。昭和四十七年から五十二年にわたって本誌の巻頭随筆のトップを書いていたからだが、田中先生の真骨頂はやはり、古代ギリシアの哲人プラトンの作品の全訳だろう。その中心は、プラトンの筆になる「ソクラテスの対話」が占める。他の日本人によるプラトンの翻訳は賀茂川のせせらぎのようなのに、田中美知太郎訳は、葡萄酒《ぶどうしゆ》の色に似ると古代の人が歌った地中海なのだ。清らかよりも豊潤かつ官能的。「対話」と訳したのはまちがいで、実体は、言葉を武器に使っての説得だとするイタリアの一作家の評は、田中先生訳のプラトンにならばあてはまる。

とはいえ私が心底から驚嘆したのは、先生が書かれた岩波新書版『ソクラテス』を読んだときだった。あれはスゴイ。あれ一冊読めば、ソクラテスがわかる。昭和三十二年の初版以来、現在までに六十回以上も版を重ねているのを知ったとき、日本の読者層への信頼をとりもどしたほどである。

しかし、この一書を半ばぐらいまで読み進んだとき、私は思わず笑い出してしまった。なぜなら田中美知太郎はソクラテスを書くのに、ソクラテスが弟子の一人に向って対話（ないしは説得）するときと同じ話法を使って書いているのに気づいたからである。まるでソクラテスが自分自身を書いているかのようなのだ。むろん私の笑いは、共感の笑いであったのだが。

よく人は、「文体」という。作家にはその人の文体がある、という。まるでその文体で一貫しないと、作家ではないとでも言いたいかのようだ。

だがほんとうに、決まりきった「文体」なんてあるのだろうか。私自身ならば、塩野七生固有の文体なんてない、と思ってきた。私の目的は、書くと決めた歴史上の人物とその人が生きた時代を描きつくすことにある。文体は、それを実現するのに最も適したものであってよい、と思ってきたのである。

例をあげよう。私の最近作である『十字軍物語』の第三巻には、十字軍に参加した主たる人物だけでも四人が次々と登場する。

第三次十字軍を率い、サラディン相手に華々しく闘った、英国王リチャード獅子《しし》心《しん》王。

聖戦でなければならない十字軍を自国の利益に転用してしまった、第四次十字軍当時のヴェネツィア共和国の元首ダンドロ。

第六次十字軍を率いていながら、キリスト教徒もイスラム教徒も一人も殺さずに、外交のみでイェルサレム再復に成功したフリードリッヒ二世。

第七次と第八次の二回もの十字軍を率いながら、いずれも完敗に終わってしまった、フランスの王ルイ九世。

これらの人物を書き分けていくときの私の文体は、一人一人でちがっていたはずだ。リチャードをあつかった章は、この愉快きわまる男のかたわらにいてわれわれ自身も派手にチャンバラしているかのような愉《たの》しい筆法で終始し、反対に、十字軍遠征とは信仰のみの産物ではなく現世的な欲の噴出でもあると見抜いたヴェネツィア人のダンドロを書くときは、私の文体も悪賢く変わる。

また、イスラム教徒相手の十字軍に賛同ではなかった皇帝フリードリッヒを書くときは、異教徒の存在を認める人のみが持つことのできる、現実的で冷徹で、ゆえに真の意味での寛容さを持っていた人を、ペンのみを使って描き出す文体に一変するのだ。

そして、キリスト教への信仰心ならば誰にも負けないのは悪いことではないが、軍を率いるとなるとからきしダメというルイを書く段になると、私の文体も自然と変わってくる。修道院にでも入っていれば平穏な一生を送れたものを王に生れてしまったのがあなたの不幸ですよね、なんてつぶやきながら書いたのだから、私の筆法も離れたところから見るという、冷淡なものに変わっていたはずである。

田中先生も、ソクラテスを書くに際し、意識してソクラテスの話法を採り入れたのではないと思う。書いているうちに、自然にそうなってしまったのではないだろうか。私はその先生に、ソクラテスへの深い愛情を感じたのだった。そして、かくも深く愛せる対象に出会うことのできた田中美知太郎は、幸福な人であったと思った。この幸福な知性が書きつくした岩波新書の『ソクラテス』は、絶対に読むに値する。ソクラテスが理解できるだけでなく、その人に生涯を捧《ささ》げた田中美知太郎をわかるためにも。

ところでこの日本の二大知性は、対談しているのである。その中でもとくに、私の心を強く打った箇所を紹介したい。講談社文芸文庫版の『小林秀雄対話集』には、これから引く後の方の対談が収められている。

田中　歴史学者は、いま言われたように、記憶というのをあまり頼らなくなるんですね。イギリスのある哲学者は極端なことを言っていた、糊《のり》とはさみで大体いまの歴史はできると言っていました。(笑) だから自分は覚えてなくても、なんでもいい、いろんなものを切り抜いていく、だから専門家の歴史はだんだん歴史と離れて、一種の技術的な処理物になっていく。記憶ではコントロールできないことになってきたんでしょうね。しかし、歴史の本体はやはり記憶でしょうかね。

小林　歴史教育の方法というものが今日やかましい問題になっているようだが、僕は、根本のところでは、これは実に当り前な、変わらないものでなければならぬと考えているのです。歴史は鏡だという考えで十分だと思うのです。鏡というのは、ただお手本という意味ではないのですね。こうやって生きているということがどういうことであるか、ということをつらつら考えてみることは難しい、現在に生きているだけでは、その意味合いをつかむことは難しい。だから歴史という鏡がいる。そういう意味があるのでしょう。

鏡には歴史の限界なぞが映るのではない。人の一生が映るのです。生まれて苦しんで死んだ人の一生という、ある完結した実体が映るのです。

それを見て、こうやっていま、生きていて、やがて死ぬという妙なまわり合わせが得心出来る。それが、鏡という意味でしょう。そこに歴史学というものの目的があるんだろうと思うんだよ。だから僕が歴史学を科学として認めないという理由はそこにあるんだよ。それを今の歴史教育というものが一番忘れている根本だと思うんだな。歴史を科学的に極めていけば形而上学的《けいじじょうがく》問題に触れる。その触れざるを得ないというところが大事なんだと思う。過去の清算という現代思想のうちに歴史家は巻きこまれているが、歴史家は、そういう不自然な態度をとることが、どうしてもむつかしくなって来ると思います。
歴史は清算を要するものではない、生き返らす必要のあるものだ。過去を否定したり、侮蔑《ぶべつ》したりして、歴史をやろうということが無理な話だ。普通に過去を思い出すという経験は、過去が統一された、全体として思い浮ぶという経験でしょう。過去から取捨選択するから、過去は有効に生き返るのではない。あったがままが思い出されれば、それは生き返るのです。人為的な技巧を捨ててみるからこそ、生き返って来るのです。それが本当の実証主義でしょう。現代の歴史家の実証主義は、不徹底で、びくびくしたものだ。何故《なぜ》びくびくしてるんだろう。

（「週刊読書人」昭和三十五年九月十九日）

次いでは、昭和三十九年の対談から。

田中　ギリシャの場合を考えると、ギリシャ文明はいまでも生きていますけれども、それを荷なった民族は滅びてしまったようなものかもしれない。ギリシャ自体の歴史を考えてみても、新しいものを生み出した時期と創造性を失った時期があるわけですね。内乱や戦争によって政治的な条件がちがってくることが原因でしょうが、ギリシャ都市の自由があったときはやはり創造性があったわけですね。当時でいえば世界戦争だったペロポネソス戦争でアテネなどは大いにいためつけられ、その後またある程度回復するわけですが、その世界戦争がプラトンの青年時代で、次の世紀がプラトン、アリストテレスの全盛時代です。その世紀の終りにはギリシャ都市の自由が終焉《しゅうえん》し、アレキサンドリアに中心が移って、ユークリッドやアルキメデスといった科学や文献学の黄金時代ですね。シュペングラーの説だと科学や文献学は末期的現象だということになるらしい。

ギリシャが完全に駄目になるのは、ローマが地中海を征服する時代ですね。ローマはギリシャの弟子だけれどもオリジナリティはない。政治的に古代世界全体を支配するけれども、その政治も共和政が帝政に代ると段々にたいへんな暗黒時代になる。ローマの皇帝はたえず入れかわり、ロクな死に方はしていない。ギリシャ文明の評価と古代世界の没落ということはたいへんなテーマで、トインビーなんかもそれをモデルに文明の没落を考えているわけですね。

だが、政治史としていちばんおもしろいのはやはりローマの歴史でしょうね。僕の昔の夢では老年になってからローマ史を書いてみたいと思った。いまはとても自分の力でローマ史の史料をたくさん読む気力はないけれども、あれをほんとうに書いたら一種の政治教科書が書けると思いますね。プルタークの「英雄伝」とかいったものも一つの政治勉強のテキストとしても使われるようですが。
小林　僕は病気をしたときにプルタークの「英雄伝」をみんな読んだんです。退屈だけれどお能を見ているようなものでね。退屈していなければわからないものがありますね。文章を読んでいてパッといいところがある。やはり退屈というものはむだじゃないですね。
田中　プルタークは歴史家としてはむしろ凡庸でしょうかね。歴史家としてはツキジデスが一級です。たいへん読みづらい。クセのある文章ですけれど、がまんして読み通すとえらいことがわかりますね。
政治を理解するには政治的識見、政治的なセンスが自分にも必要ですけれど、ツキジデスは、当時の教養をもったインテリでしょうが、しかし、政治家として実際、政治にたずさわり追放されたりしたわけですから、それだけにセンスもあったわけですね。カエサルのメモワール「ガリア戦記」がいいのも、カエサルがやはり一種の教養をもっていて、よく人間を洞察することができたからでしょうね。

（「中央公論」昭和三十九年六月号）

この対談が行われたのは、私が二十三歳と二十七歳の年だった。二十三歳ではまだ日本にいたし、二十七歳でもイタリアに行って一年ほどで、後年になって歴史物語を書くようになるとは夢にも思わなかった頃のことだ。それでこの日本の知性二人の対談も私自身がローマ史を書くようになってから読んだのだが、その頃ではもう、二先生とも亡《な》くなられた後だった。

だから、というわけではないが、田中美知太郎先生への尊敬の念には変わりはなくても、何もかも同意見というわけでもないのだ。ギリシアに関してならば、文句なく脱帽する。だが、ローマ関係になると……。

「ローマはギリシャの弟子だけれどオリジナリティはない」という先生の言には、哲学や芸術の分野ならば、という一項を加えるのならば賛成だ。しかし、それ以外の分野となると……。この想《おも》いが私に、十五年もかけて『ローマ人の物語』を書かせたのである。なぜなら、この先生の考えが長く日本を支配してきた「ローマ観」であったからで、それに私が反撥《はんぱつ》したのだった。もしも先生がなおも長生きされて、『ローマ人の物語』を読んでくださっていたら何と言われたろう、と思うことがある。賞《ほ》めてくださったか。それとも酷評されたろうか。

ローマにある私の書斎の壁に、この二十年、いずれも額に入った二枚の写真がかかっている。一つは、庭に向って置かれた机の前に坐《す》わる姿を背後から撮《うつ》した田中美知太郎。もう一つは、颯爽《さっそう》と石段を登ってくる小林秀雄。この二人の日本の知性は、長いこと私をはげましてくれた、いやもしかしたら、私が勝手にはげまされていると思いこんできた、御二人であったのだった。

第五章　仕事の周辺

Sugli Scritti

偽物《にせもの》づくりの告白

聞くところによると『思想』という雑誌は、私自身は不勉強で読んだことはないのだが、大変にまじめな人々の読む雑誌であるらしい。そのようなまじめな雑誌から依頼がきて、私はびっくり仰天したのだが、びっくり仰天しているうちに日が過ぎ、ついつい断わりの手紙を出しそびれ、書くはめにおちいってしまった。しかも編集部が、こんなものではと言って来たテーマが、研究を進めるうえでの苦心、というのである。これもまた、私を考えこませるに十分であった。歴史読物を書いていると思っているのに、研究上の苦心などと開きなおられると、これまたびっくり仰天してしまうではないか。これはまだ第一作の時のがたたっているなと、またも私は舌打ちした。『ルネサンスの女たち』の時だ。本の出来には少しも不満はなかったが、帯封に書かれた宣伝文句にはぞっとした。私は早速抗議した。

「あの、新鋭の学究というのは困ります。学究なんてものじゃないんですから。それ

（一九七五・三）

に、新鋭の学究の労作とくるんだからもっと困ります。この頃はスイスイと何気なくやるのが風潮だというのに、労作なんてまったくイカさない」

しかし、出版社のほうは、私ごときの抗議など眼中になかったのか、いやあれでいいですよ、などと言い、私もめんどうくさくなって、そのままにしてしまったのであった。

私ぐらい学者を尊敬している者も、そう多くはいなかろうと思っている。大学からの給料は、学生に教えるためのほかに彼ら自身の研究のために払われるのであろう。それなのに、重箱のすみをつついたような研究をしていて、そんなことは少しも重要なことではない、などと馬鹿《ばか》なことを言う人がいると、まったく腹がたつ。学究の徒ではなくても私も人並に本は買うが、ルネサンス、などと大仰な表題の本は絶対に買わない。それよりも、中世の寺院の建造中、大工や左官や彫刻師にどのように給料を払っていたかを調べたものや、ガレー船上の食事についての本などを見つけると、ただちに駆けつけて買う。ルネサンスがどんな概念でできあがったかなど、一度読めばたくさんで、こんなものばかり読んでいると、歴史の愉《たの》しみを味わう境地からはずれてしまうように思うのだ。

だから、若い学究の徒（ほんものの）がフィレンツェに留学してくると、私は、ひじきの煮つけや五目ずしなどこしらえて、歓待にこれ努める。まずは彼らが、まだ若くてもいつかは、わが本の書評など受けもつにちがいないので、その時のために仲良くしておくということもある。これは、例の第一作の帯封の文句のせいで、どういうわけか私の作品の批評を、新聞社や雑誌編集部は、単なる娯楽読物なのに学者に依頼する傾向があるからだ。

しかし、私の歓待の主な理由は、これらホンモノの新鋭学徒が、重箱のすみをつつくような研究に精を出してくれれば、私自身が、辞書を片手に外国語で書かれた研究書を読まずにすむのだが、と期待しているからである。日本語で読めれば、それにこしたことはないからだ。この頃の新鋭学徒は、マスコミ受けするような大仰なテーマには見向きもせず、コツコツと地道に学者らしい業績を積みあげる傾向にあるようで、これならひじきの煮つけを作っても、決して損にはならない、と私は信じている。少なくとも彼らには、ひじきや五目ずしで歓待（？）される権利は十分にあるのだ。

さて、これから書くのは、これら学究の徒とはちがう、つまり学術論文ではなく読物を書く私の、言ってみれば楽屋話である。まじめな学者ばかりが書くらしい『思想』では、おそらく最もふまじめな話になるにちがいない、学究の徒でない者の研究、上の苦心、ということになろう。

まず第一に、これは当り前の話だが、書く人物なりテーマなりを決める。ところがこれが私のアマチュアたる所以《ゆえん》だが、その人物をよく知っていて決めるのではない。この段階では何も知らないのである。『ルネサンスの女たち』を例にひくと、あれは、一四五〇年から一五三〇年まで、すなわちルネサンスの最盛期から終焉《しゅうえん》までを描くのが主目的で、これは、私の惚《ほ》れに惚れこんでいるマキアヴェッリが生きた時代になるのだが、ここまでは書く前に決まっていたのである。だが、それを女たちをとおして書くことにはしていても、誰を選ぶかまでは決定していなかった。イザベッラ・デステとルクレツィア・ボルジア以外は、名さえ知らなかったのだからあきれるではないか。しかし、私は生来のんびりしているせいか、ただちに他の女たちを決めようとせず、その時代を勉強することからはじめた。

時代を勉強すると一言で言うが、意外とめんどうくさいのである。政治的社会的推移はもちろんのこと、いつ頃からそこの道は舗装されたかとか、街灯はどれほど普及していたかとか、郵便、馬で行く速度、にわとり一羽はいくらして、それはその人の給料の何分の一かとか、まあ、こんな具合にありとあらゆることを調べねばならない。

そうこうするうちに、人物のほうも目鼻がついてくる。イザベッラ・デステは、当時の中小国を書きながらイタリア全体を把握できそうだからよしとか、ルクレツィア・ボルジアは、ボルジアの政治を描くため、カテリーナ・スフォルツァは、小国の運命を描くに適しているからよし、最後のカテリーナ・コルネールは、調べていくうちに私自身が惚れこみはじめたヴェネツィア共和国の、見事な現実主義の例、ヴェネツィア共和国の外交を描くに最適なエピソードだ、という具合に決まってくるのである。女としての性格に興味があったのは、唯一《ゆいいつ》、カテリーナ・スフォルツァのじゃじゃ馬ぶりだけだった。あとの三人は、言ってみれば、私が真に描きたいと思うことの狂言まわしの役目を持つにすぎない。

こんなふうにして、私の研究（?）の第一段階にあたる調査と、それから生れてくる史観（私観）が、のんびりとはなはだイタリア的な速度で進む。一作に要する時間を一年とすると、一年で終わったためしはなく、だいたいが二年はかかるのだが、まずは一年間として、そのうちの十カ月はここまでの仕事で消えてしまう。あとの一カ月が実際に書く期間。最後の一カ月は、推敲《すいこう》に費やされる。

さて、書きはじめる段になった。第一段階の調査を終わり、第二段階の史観もまずはでき上がって、私の頭の中には、歴史映画のように、登場人物が色彩もともなってはっきりと動きはじめる。第三段階は、この映像を、いかにして日本語の文章に移すかなのだ。

大学から給料をもらっていない私は、つまり学究の徒でない私は、何もかも知っている同学の士を相手にするわけにはいかない。私の対象としなければならない読者は、ルネサンスと聴いてミケランジェロかレオナルドしか頭には浮んでこない、一般的教養の持主なのである。彼らに対して、チェーザレ・ボルジアなどと簡単に書いても、誰のことなのかわからないのは当り前で、それを、これが日本史ならば、信長とさえ書けばたいがいの日本人が一応のイメージを思い浮べてくれるのになあ、などと嘆いてもはじまらないのだ。マキアヴェッリさえ、ああ、例の、目的のためには手段を選ばず、とか言った人ですね、と、これは大変に間違った評価なのだが、それにしてもこんな具合にあっさり片づけて終りにする日本人が多く、マキアヴェッリとチェーザレ・ボルジアをつなげて考えてくれる人など、ほんの一部と思わねばならないのが現状（日本の）である。これに向ってチェーザレを描くのだから、私の仕事の第三段階にあたる、どのような形式によって書くかは、非常に重要な課題にならざるをえない。

シエナの町の夕闇《ゆうやみ》せまる広場のすみに坐《すわ》りながら、何年何月何日にどこそこに生れた、などと書きはじめても誰が読んでくれるかと考えこんでいた私の眼に、数日後のパーリオ（競馬）にそなえて、馬を広場の敷石に慣らしている騎手の姿がうつった。私は、とたんにタイム・トンネルをくぐって五百年も昔にもどった。あの年のパーリオにチェーザレが出場するはずでシエナに滞在しながら、父法王の即位の知らせでローマへ発《た》たざるをえなくなり、かわりに従者が騎乗した馬が優勝したという史実がある。そうだ、ルネサンス後期の青春チェーザレ・ボルジアは、馬で行こう。生きたのも馬の上、死ぬのも馬の上、馬、馬、馬。

これは、生きるのも死ぬのも馬の上であった史実がちゃんとあるので、はなはだ都合が良かった。なに、言ってみれば、能で松のイメージをとおすという例のやつと同じことなのである。ここまでくれば、あとは簡単である。私はチェーザレを日本で書いたが、しかも、神楽坂《かぐらざか》近くの新潮社クラブの一室というのが、昼はうぐいすが水を飲みにきたり、夕べともなれば、近くから粋《いき》な三味線の音が流れてきたりするところで、ルネサンス時代の武将を書くには何ともふさわしくない環境だったが、私の頭の中はタイム・トンネルをくぐりっぱなしでルネサンス時代に生きているようなものだったから、水を飲みにくるうぐいすや三味線の音のほうが、五百年も距離のある時代のものを見たり聴いたりするような具合だった。なに、一種の狐《きつね》つきにかかった状態なのだ。こういうことは、冷静を第一とする学者には許されないことであろう。私のほうも冷静は冷静なのだが、書いている間は、うぐいすや三味の音を賞《め》でる余裕はなくなるというだけである。これが年がら年中続けばそれこそ気狂沙汰《ざた》だが、幸いにして、イタリア生活の長い私は地中海的に怠け者になっていて、このようなことは、六年間に三度しか起こっていない。つまり、エッセー集や小品をのぞけば、私の作品は三つしかないということである。

ところが、三作目に、私はちょっとしたイタズラを思いついた。これまた、ほんとうの学究の徒には、絶対に許されないことなのだが、学者には限りない尊敬を払いながら自分は学者でない私の、秘かなる愉しみになったのである。ありもしない史料をでっちあげて、人の眼を欺《あざむ》くことなのだ。

第二作までは私も、前述したような具合に、史料をもとにして神妙に書いてきた。第一作の『ルネサンスの女たち』にいたっては、神妙になりすぎ、言葉そのものを引用した場合は（　）内に誰それのからの引用とかいちいち書き、会田雄次先生に、わずらわしいからやめたほうがよい、などと言われたほどである。これは私にももっともだと思われたので、『チェーザレ・ボルジア』では、それは全廃したけれども、参考とした史料はすべて、権威ある学者の保証つきの史料だけを使った。とは言っても私の創作部分がいくつかはあるが、これは、史実だけを列記したのではとうてい話にならないところがあり、こういう箇所は、推理を働かせてこそようやくつながるので、必要悪といってもよかろうと考えたからである。なにしろ私の書くものは、学術論文ではない。

では、『神の代理人』ではなぜ偽史料をでっちあげたかということだが、それにはまず、この本の構成を説明したほうがよさそうだ。

『女たち』で一四五〇年から一五三〇年までを、女という歴史上では二流の人物を主人公にして周囲にむらがる一流の人々と時代を描くことからはじまり、『チェーザレ』では、その同じ時代を一流のしかし若者を主人公にして描いたのだが、三作目に、一流人物だが成熟した人々を主人公にして描くことは、『女たち』を書いていた頃にすでに考えていた。そして、それには法王たちを登場させよう、とも決めていた。ほんとうはこの後に、歴史の底辺に生きた下層の人々を主人公にして、言わば、ルネサンス後期の四部作にするつもりだったのだが、何としても下層の人々についての史料が少なすぎる。十五世紀のフィレンツェの毛織物職人がいったい何を食べていたのかもはっきりわからないのが実情で、これには音をあげ、この実情下でどうしても書こうとすれば小説形式によるしかない、と思い、この案はあきらめたのだった。

さて、話を法王にもどすが、この期間に在位した法王は九人いる。九人を全部書く気も理由もなかったので、三人ぐらいにするか、と思っていた。一人は、はじめから決まっていた。法王ボルジア、つまりアレッサンドロ六世である。この人物は、『女たち』や『チェーザレ』を書いていた頃から興味を持ちはじめ、彼とサヴォナローラの対決は絶対に書くつもりで、ルクレツィアやチェーザレを書いても、それだけはわざとふれないで取っておいたくらいである。私はチェーザレには惚れてはいたが、彼が若くて美男でしかもセクシーだったからで、ほんとうのところは、男としては、父親のアレッサンドロ六世のほうに、よほど惚れこんだのである。チェーザレは、あれは女になんか惚れない男だと思い、やはり私も女だから、女に惚れる男のほうがよいにきまっている。亭主にするなら、アレッサンドロ六世か、それともルクレツィアの最後の夫だったアルフォンソ・デステかのどちらかだ、などと、ろくでもないことを考えては時間を空費したりしたものだった。

この、女に惚れるだけではなく、君主としての能力でも人並はずれて優れていた法王ボルジアに続く二人を決めるのも、たいした苦労はしなかった。ボルジアのライバルだったジュリオ二世は、毒をもって毒を制す政治がいかにむずかしいかを描くために取り上げたかったし、レオーネ十世は、ルネサンスと宗教改革がまったく別のものであること、イタリアにはルネサンスは生れえても宗教改革は生れえず、ドイツはルネサンスを生めなくても宗教改革なら生む国であるという、私の個人的仮説を実証させるに適した人物であった。この三人の法王は三人とも、歴史上悪名高いことでも一流の人物であることが、私にはおおいに気にいった。私には、悪名高いと聞くやただちに好奇心を燃やすという悪い癖があるのである。

どうにも三という割り切れない数が気にくわなく、では四人にするかとなったが、残る一人の法王には、わざと歴史上、少なくとも私が対象としている八十年間では、最も評判の良い法王、ピオ二世を選んだ。このインテリ法王を調べていくうちに、マキアヴェッリの、いかなる事業といえども（それが善か悪かにかかわらず）それに人々を引きずりこむだけの力がない場合、その事業は失敗に終る運命をのがれることはできない、という言葉が頭にちらつきはじめ、これをエピソード化してみようという気になったからであった。言ってみれば、ピオ二世の最後の数年間を書くことによって、良心的知識人の悲劇、を描ければと思ったのである。

とまあこんな具合に、良識ある人々のくだす評価では、良い順に、ピオ二世、ジュリオ二世、レオーネ十世、アレッサンドロ六世となるところが、私のものではまったく反対に、アレッサンドロ六世、レオーネ十世、ジュリオ二世、ピオ二世の順位となってしまった。この差は、良識ある人々が法王を宗教人と見るのに対し、私の場合、政治家ないし君主と見たからであろう。私は、カトリック教界の長である法王は、宗教人でだけいられる存在ではないと確信している。

こんなことをくどくど考えたあげく、書きだす段になった。ピオ二世とジュリオ二世の項は、いわゆるオーソドックスな書き方、『女たち』や『チェーザレ』の手法と同じやり方ですることで落ちついたが、問題はアレッサンドロ六世である。この男については、ルクレツィアやチェーザレを書いた時にだいぶ言及しているので、もう普通のやり方で再び書く気もしない。さてどうしようかと、三カ月間ぐらい迷っていたら、友人の一人が、ソーントン・ワイルダーの『三月十五日』という本を読めと言ってきた。ユリウス・カエサルがブルータスに暗殺されるまでを書いたもので、彼によると、アメリカ人のくせにこれほど古代ローマを描き出せるとはスゴイ、となる。言われて読みはじめるや、これだ、とひざを打った。最初の三、四頁《ページ》と最後の二頁だけを読んで、法王ボルジアとサヴォナローラの対決をどういう形式で書くかの見当がついたのである。ワイルダーは、カエサルがカプリ島にいる友人に送る手紙を軸にして、カエサルの周囲の人々の手紙やなにかを連ね、最後は、スヴェトニウスの年代記をポンと置いて終りにしている。スヴェトニウスとその他少々をのぞいては、すべてワイルダーの創作だ。

私の手許《てもと》には、法王ボルジアとサヴォナローラの間に交わされた書簡があった。これをこのまま生で使う、とまず決めた。フィレンツェ側の情況を描くために、ルカ・ランドゥッチの年代記を使うことも、ほとんど同時に決まった。ただし、年代記をそのまま忠実に訳しただけでは話にならない。年代記を一度でも読んだ人ならすぐに同意してくれると思うが、年代記というものははなはだ愛想の悪い書き方のもので、それをそのままで使っては、五百年後の読者はポカンとするだけである。私の主目的は、この年代記に当時のフィレンツェ人の心の移り変わりを代表させることにあったので、この年代記を軸にしながらも、当時の人々の手紙や他の記録にあらわれたことを加えて、年代記をふくらませることを考えついた。これは後に書評で、実在する年代記を書きなおすのはいけない、と叱《しか》られたが、この書評家は、まずは年代記を一度でも読んだことがないか、それとも私を、学究の徒と誤解したからだと思う。

話をもとにもどすと、それでも一応はフィレンツェ側は見通しがついた。問題はローマだ。法王ボルジアの心境とローマ法王庁内部の情況を描き出すに適当な、史料を見つける必要があった。はじめに私もワイルダーをまねて、ボルジアに、どこかの僧院にいる旧友の一人に向って手紙を書かせるか、とも考えた。しかし、ボルジアというのは父も子も、自分自身の想《おも》いを書き残さなかったという特徴がある。行動はしてもそれについて自己弁護をしない男は、私には大変魅力的だが、こういう時には困る存在なのだ。いずれにしても、ボルジアに手紙を書かせるわけにはいかなかった。カエサルとは、その点ちがうのだ。では、誰かの書いたものを使うかとなったが、当時のローマの年代記は、がいしてボルジアに点がからい。その理由は、書いた人がかつてボルジアによって地位を追われた者であったり、保守的なために革新的な（ほんとうの意味での）ボルジアに反感を持っていたりするからだが、それらを一応調べた後、私は困り果ててしまった。

そんな時には、非学究の徒であるだけに悩みは複雑だ。学究の徒ならば、当時の年代記をずらずらと並べ、ただしこの作者はボルジアのライバルだったジュリオ二世の秘書をしていた男だから、その記述には少々注意を払われたし、とか、その頃のヴェネツィア共和国はまだ後年のように反ボルジアになっていないから、中立の立場にある国の住人の書き残したものとして、まあだいたいは信用してよろし、とか書き加えれば、良心的な学究の徒としての責任は果たせるのである。それが私の場合、こんなことをしていたら、スパゲッティぐらいしか知らない読者はまず読んでくれないから、売文業としては落第だ。ベストセラーにならなくてもよいが（なるにこしたことはないが）誰にも読まれないものを書いて満足しているほど私は傲慢《ごうまん》ではない。というわけで、それならいっそのこと、ありもしない史料をでっちあげるか、となった。だが、実際にこの作業に取りかかってみるや、たちまち悲鳴をあげたのである。

史料ではない、しかし、たとえ史料であったとしてもおかしくないほどの真実性をそなえた偽史料をつくることが、いかに困難かを痛感したからだ。あらゆる真史料を調べる必要があった。それらをもとにして偽作者を設定し、その人物が持つであろう偏見まで考え出さねばならないのだから、これならよほど、実際に存在する史料をそのまま翻訳したほうが楽だ、と思ったくらいである。

ウンウンうなったあげく、偽作者が決定した。名をフロリドと言い、法王の秘書官をしていた男で、サヴォナローラあての法王の手紙のほとんどは彼が筆記しているところから、白羽の矢をたてたのである。年齢を、当時の私と同じ三十三歳としたが、あれは、法王ボルジアとサヴォナローラに対する私自身の考えを、彼の口をとおして吐露したかったからにすぎない。これは、冷静であるべき偽ものづくりとしてはまったく失格だが、女である私は、惚れたことしか書かない悪い癖があり、そうなるとどうしてもわが想いをあらわしたくなってしまうのだ。

『中央公論』誌上に載ったその文の反響を、つまりは偽ものに対する反響を、私はイタリアにいて、ドキドキしながら待った。そして、ちょうどその頃留学してきた若い学者から、彼の師にあたる高名な歴史学者が、(天下の東大の先生ですぞ)電話をかけてきて、キミ、ああいう史料はあるのかね、と聞き、聞かれたほうも、いや、どうもボクも知りません、と答えたと伝えられた時は、正直言って地に足がつかないほどうれしがったものである。その時の私の心境は、偽絵づくりが美術館の館長をうならせた時はさぞやこんな具合であったろう、と思わせるものであった。

しかし、この高名な歴史学者も、高名ではまだない若いその弟子も、私自身が学者として心から尊敬している数少ない日本人に属する。だが、彼らの専門は中世であり、日本史で言えば、源平時代の専門家が戦国時代の一私人の残した記録を知らなかったとしても少しも不思議でないのと同じで、彼らの学者としての名誉にさしさわりのあることにはまったくならない。こんなことは、『思想』の読者に向って書く必要もないことだが、まあつけ加えておく。

とことんなわけで愉しがっていた私も、駆け出しの新人というわが身分を思い出し、三回連載の最終回で、あれは真史料、これは偽史料と白状したのであった。芥川龍之介のように、こういう史料によったと、もちろんありもしない史料なのだが、そう言って澄ましていられる身分ではなかったからである。ほんとうはこの辺でやめるつもりだったのだが、後になって、あれは偽だとすぐにわかった、と言う人が何人も出てきて、これが再び、私のイタズラ気分を刺激した。それならばというわけで、再度、困難な偽史料づくりに乗りだしたのである。

しかし、今回はもう少し手が込んでいた。いずれも完全に史実にのっとっていながら一つは、史料を生のままで列記したような形にしたもの、他の一つは、いかにも私のでっちあげのようにしたもの、この二つを、二箇所に散らしたのである。もちろん、今度は白状などしなかった。

これが本になって出版された時、私は東京にいたが、各紙に載る書評を読みながら、これまた地に足がつかないほどうれしがった。誰も皆、白状した偽史料には言及していたが、白状しなかった箇所にふれた人は一人もいなかったからである。しかもそのうえ、形式だけはいかにも私のでっちあげのようにしておいた箇所にいたっては、ある書評で、四百頁もの大冊を一息に読ませずにはおかぬ面白さをもったこの本の中で、いささかの気づまりを感じさせるのはそうした架空の部分であって、とあり、私はその書評家に、もう少しで一升びんを贈りそうになった。もちろん特級酒だ。

しかし、白状しようと白状しまいと、偽史料づくりの前科はおおいにたたり、今までは、よく調べているまじめな子、とされていた私の信用度は、それ以来地に落ちたようなのである。実際は、真史料ばかり使っていた頃よりはよほど勉強しているのだが、偽史料づくりに費やす労力は、なんといっても日陰者であるのは当然だからだ。とはいえ、これではいけないと反省し、もちろん、いまだに新人の域を出ていないわが身を痛感したからでもあるが、それよりも、このようなイタズラがバレたとしても、それを笑ってくれる人よりは、ふざけていると心証を害する人の多いのが日本ではないかと考え、また、まじめな岩波書店などからは、以後絶対に相手にされない危険もあるなと打算したあげく、少なくとも三年間は偽史料づくりはしない、と決めたのである。三年間というのが、今年から続けて三年間にするか、それとも、一年間ずつ飛び飛びにするかは、まだ決めていないのだけど。

〔追伸〕この後は三年どころか今に至るまでずっと、偽史料づくりには手を染めていません。岩波からの依頼を待つためというよりも、ただ単に、偽史料づくりに費やすほどの体力がなくなってしまったからですが。

鷗外が書き遺《のこ》さなかったこと

（一九八四・一）

学問としての研究著作ではない、歴史上の人物や事件や国家をあつかった私の作品は、なにかと、「歴史そのままと歴史離れ」という一句で裁かれることが多い。そういう場合に口にされる鷗外のこの言葉は、水戸黄門がいざとなると持ち出してはたちまち一件落着にしてしまった将軍家のなにやらに似て、示されたほうは一人残らず恐縮し、よく確かめもしないでハハァと平伏するふうだから面白い。いやこの私だって、長年その中の一人だったのだから笑う権利もないのである。

ところが、ある時、この高名な一句を表題にした本文のほうはどうなっているのかということに興味を持った。それで、親しい編集者に、コピーでよいから送ってくれるよう頼んだのである。送られてきたものを見た私は、その短いのに唖然《あぜん》とした。『筑摩現代文学体系』からコピーしたそれは、二段組にしても三頁《ページ》しかない。それなのに、これが書かれた大正四年から数えて六十年以上もの間、威力を持ち続けてきたことになる。これにはおおいに感心した。

ここに、全文を紹介したい。おそらく、多くの人はこの高名な一文をすでに読んでいるにちがいないが、中には、私のようなオッチョコチョイの早合点がいるかもしれない。また、この程度には私だって、「そのまま」であることはできるのである。

歴史其儘《そのまま》と歴史離れ

わたくしの近頃書いた、歴史上の人物を取り扱った作品は、小説だとか、小説でないとか云《い》って、友人間にも議論がある。しかし、所謂《いわゆる》 normativ な美学を奉じて、小説はかうなくてはならぬと云ふ学者の少くなかった時代には、この判断はなか〳〵むづかしい。わたくし自身も、これまで書いた中で、材料を観照的に看《み》た程度に、大分の相違のあるのを知ってゐる。中にも「栗山大膳《くりやまだいぜん》」は、わたくしのすぐれなかった健康と忙《せわ》しかった境界《きようがい》とのために、殆《ほとん》ど単に筋書をしたのみの物になってゐる。そこでそれを太陽の某記者にわたす時、小説欄に入れずに、雑録様のものに交ぜて出して貰《もら》ひたいと云った。某はそれを承諾した。さてそれが例になくわたくしの校正を経ずに、太陽に出たのを見れば、総ルビを振って、小説欄に入れてある。殊《こと》に其ルビは数人で手分をして振ったものと見えて、二三ペエジ毎《ごと》に変ってゐる。鉄砲頭《がしら》が鉄砲のかみになったり、左右良《まてら》の城がさうらの城になったりした処《ところ》のあるのも、是非がない。

さうした行違のある栗山大膳は除くとしても、わたくしの前に言った類の作品は、誰の小説とも違ふ。これは小説には、事実を自由に取捨して、纏《まと》まりを附けた迹《あと》がある習《ならい》であるに、あの類の作品にはそれがないからである。わたくしだって、これは脚本ではあるが「日蓮上人辻説法《にちれんしょうにんつじせっぽう》」を書く時なぞは、ずっと後の立正安国論を、前の鎌倉の辻説法に畳み込んだ。かう云ふ手段を、わたくしは近頃小説を書く時全く斥《しりぞ》けてゐるのである。

なぜさうしたかと云ふと、其動機は簡単である。わたくしは史料を調べて見て、其中に窺《うかが》はれる「自然」を尊重する念を発した。そしてそれを猥《みだり》に変更するのが厭《いや》になった。これが一つである。わたくしは又現存の人が自家の生活をありの儘に書くのを見て、現在がありの儘に書いて好《よ》いなら、過去も書いて好い筈《はず》だと思った。これが二つである。

わたくしのあの類の作品が、他の物と違ふ点は、巧拙は別として種々あらうが、其中核は右に陳《の》べた点にあると、わたくしは思ふ。

友人中には、他人は「情」を以《もっ》て物を取り扱ふのに、わたくしは「智《ち》」を以て扱ふと云った人もある。しかしこれはわたくしの作品全体に渡った事で、歴史上の人物を取り扱った作品に限ってはゐない。わたくしの作品は概して dionysisch でなくって、apollonisch なのだ。わたくしはまだ作品を dionysisch にしようとして努力したことはない。わたくしが多少努力した事があるとすれば、それは只《ただ》観照的ならしめようとする努力のみである。

わたくしは歴史の「自然」を変更することを嫌って、知らず識《し》らず歴史に縛られた。わたくしは此縛《このいましめ》の下に喘《あえ》ぎ苦んだ。そしてこれを脱せようと思った。

まだ弟篤次郎の生きてゐた頃、わたくしは種々の流派の短い語物《かたりもの》を集めて見たことがある。其中に粟《あわ》の鳥を逐《お》ふ女の事があった。わたくしはそれを一幕物に書きたいと弟に言った。弟は出来たら成田屋にさせると云った。まだ団十郎も生きてゐたのである。

粟の鳥を逐ふ女の事は、山椒大夫《さんしょうだいふ》伝説の一節である。わたくしは昔手に取った儘で棄《す》てた一幕物の企《くわだて》を、今単篇小説に蘇《よみがえ》らせようと思ひ立った。山椒大夫のやうな伝説は、書いて行く途中で、想像が道草を食って迷子にならぬ位の程度に筋が立ってゐると云ふだけで、わたくしの辿《たど》って行く糸には人を縛る強さはない。わたくしは伝説其物をも、余り精《くわ》しく探らずに、夢のやうな物語を夢のやうに思ひ浮べて見た。

昔陸奥《むつ》に磐城《いわき》判官正氏と云ふ人があった。永保元年の冬罪があって筑紫《つくし》安楽寺へ流された。妻は二人の子を連れて、岩代の信夫郡にゐた。二人の子は姉をあんじゆと云ひ、弟をつし王と云ふ。母は二人の育つのを待って、父を尋ねに旅立った。越《え》後《ち》の直江《ご》の浦に来て、応化の橋の下に寝てゐると、そこへ山岡大夫と云ふ人買いが来て、だまして舟に載せた。母子三人に、うば竹と云ふ老女が附いてゐたのである。さて沖に漕《こ》ぎ出して、山岡大夫は母子主従を二人の船頭に分けて売った。一人は佐渡の二郎で、母とうば竹とを買って佐渡へ往《ゆ》く。一人は宮崎の三郎で、あんじゆとつし王とを買って丹後の由良へ往く。佐渡へ渡った母は、舟で入水したうば竹に離れて、粟の鳥を逐はせられる。由良に着いたあんじゆ、つし王は山椒大夫と云ふものに買はれて、姉は汐《しお》を汲《く》ませられ、弟は柴《しば》を苅《か》らせられる。子供等は親を慕って逃げようとして、額に烙印《らくいん》をせられる。姉が弟を逃がして、跡に残って責め殺される。弟は中山国分寺の僧に救はれて、京都に往く。清水寺で、つし王は梅津院と云ふ貴人に逢《あ》ふ。梅津院は七十を越して子がないので、子を授けて貰ひたさに参籠《さんろう》したのである。

つし王は梅津院の養子にせられて、陸奥守兼丹後守になる。つし王は佐渡へ渡って母を連れ戻し、丹後に入って山椒大夫を竹の鋸《のこぎり》で挽《ひ》き殺させる。山椒大夫には太郎、二郎、三郎の三人の子があった。兄二人はつし王をいたはったので助命せられ、末の三郎は父と共に虐《しいた》げたので殺される。これがわたくしの知ってゐる伝説の筋である。

わたくしはおほよそ此筋を辿って、勝手に想像して書いた。地の文はこれまで書き慣れた口語体、対話は現代の東京語で、只山岡大夫や山椒大夫の口吻《こうふん》に、少し古びを附けただけである。しかし歴史上の人物を扱ふ癖の附いたわたくしは、まるで時代と云ふものを顧みずに書くことが出来ない。そこで調度やなんぞは手近にある和名抄にある名を使った。官名なんぞも古いのを使った。現代の口語体文に所々古代の名詞が挿《はさ》まることになるのである。同じく時代を蔑《ないがしろ》にしたくない所から、わたくしは物語の年立《としだて》をした。即《すなわ》ち、永保元年に謫《たく》せられた正氏が、三歳のあんじゅ、当歳のつし王を残して置いたとして、全篇の出来事を、あんじゅが十四、十五になり、つし王が十二、十三になる寛治六七年の間に経過させた。

さてつし王を拾ひ上げる梅津院と云ふ人の身分が、わたくしには想像が附かない。藤原基実が梅津大臣と云はれた外には、似寄の称のある人を知らない。基実は永万二年に二十四で薨《こう》じたのだから、時代も後になってをり、年齢もふさはしくない。

そこで、わたくしは寛治六七年の頃、二度目に関白になってゐた藤原師実《もろざね》を出した。其外、つし王の父正氏と云ふ人の家世は、伝説に平将門の裔《えい》だと云ってあるのを見た。わたくしはそれを面白くなく思ったので、只高見王から筋を引いた桓武平氏の族とした。又山椒大夫には五人の男子があったと云ってあるのを見た。就中《なかんずく》太郎、二郎はあん寿、つし王をいたはり、三郎は二人を虐げるのである。わたくしはいたはる側の人物を二人にする必要がないので、太郎を失踪《しっそう》させた。

こんなにして書き上げた所を見ると、稍《やや》妥当でなく感ぜられる事が出来た。それは山椒大夫一家に虐げられるには、十三と云ふつし王が年齢もふさはしからうが、国守になるのはいかがはしいと云ふ事である。しかしつし王に京都で身を立てさせて、何年も父母を顧みずにゐさせるわけにはいかない。それをさせる動機を求めるのは、余り困難である。そこでわたくしは十三歳の国守を作ることをも、藤原氏の無制限な権力に委《ゆだ》ねてしまった。十三歳の元服は勿論《もちろん》早過ぎはしない。

わたくしが山椒大夫を書いた楽屋は、無遠慮にぶちまけて見れば、ざっとこんな物である。伝説が人買の事に関してゐるので、書いてゐるうちに奴隷《どれい》解放問題なぞに触れたのは、已《や》むことを得ない。

兎《と》に角《かく》わたくしは歴史離れがしたさに山椒大夫を書いたのだが、さて書き上げた所を見れば、なんだか歴史離れがし足りないやうである。これはわたくしの正直な告白である。

（大正四年一月）

これで全部なのだ。森鷗外は、小説家であろうと歴史家であろうと、また、現代医学に似て、重要ではあるが極度に細分化されたテーマの研究に一生を費やす現代の歴史学者であろうと、歴史にひとたび関心を持った者ならば避けて通ることは許されないこの重要な課題について、たったこれだけしか書き残してくれなかったのである。それも、書き手を縛る強さのない伝説をもとにした『山椒大夫』を例に引いて論じている。せめて、縛る強さのあった史料をもとにした史伝物で論じてくれていたならばと、鷗外の内外ともの学識の深さに敬意を持つだけに残念に思う。

それで、少々もの足りない気分もあって、六十余年前に鷗外が投じた一石が、その後どのような波紋を呼んだのかが知りたくなった。ただし、私の生れるずっと以前にはじまったことだし、また、日本文学史に特別な関心を持ったことなどついぞない私のことだから、すべてをフォローすることはできなかったが、それでも手持ちの書物から探したり編集者に送ってもらったりして、五、六編は眼を通すことができた。しかし、それらを一読した私の印象では、量では鷗外のものを越えているが、内容からすれば、鷗外の短文を一歩も越えていないと思うしかなかったのである。

鷗外は、この一文で、歴史そのままであることと、歴史から離れることを論じている。しかし、「そのまま」であろうと「離れ」ようと、歴史自体、彼の言葉を使うと史料、つまり「史実」そのものについては、史実の真実度は自明のこととするのか、一切言及していない。そして、その後の六十余年の間に起きた「波紋」のいずれも、この点では、まったく鷗外と同じなのである。いずれも、史料の信憑性《しんぴょう》には少しの疑問も持たず、それにどのように「そのまま」であるべきか「離れ」るべきかだけを論じているのだ。これでは、「歴史そのままと歴史離れ」というコピー・ライターでも満点をつけそうな表題を考えついた鷗外のほうが、数多《あまた》の「波紋」をよそに威力を持ち続けたのも当然であろう。

私とて、史料にうかがわれる「自然」を尊重する念は持っている。だが、この気持は、歴史はそのままを書くべきだからという考えから発していない。それよりも、「自然」を尊重しているほうが、現代人である私の想像力をはるかに越えた様相を知ることができ、知ることができれば、読み手に伝えることも可能になるからだ。そして、それこそが歴史の醍醐味《だいごみ》だと、信じているのである。また、この歴史への私の対し方は自分の意図することを表現する手段として歴史を使ったことの一度としてない私にとっては、ごく自然な選択でもあった。

しかし、それでいて、書きはじめた頃から今に至るまでの十五年間、私の頭から、史実とされていることが、はたして、どの程度に史実なのであろうか、という疑いが消えたことはなかった。私は、鷗外とちがって、縛《いまし》めの下にあえぎ苦しんだことはない。なぜなら、縛の手応《てごた》えを、常に計らざるをえなかったからである。

いつ、どこで、誰が、何をしたか。

この四つまでは、歴史上の出来事であろうと現代に起ったことであろうと、真実を知ることは容易であろう。だが、

いつ、どこで、誰が、なぜ、どのように、何をしたか。

と、傍点をつけた二つを加えた時、この二つについて真実を知る作業は、容易であろうか。昨日起ったばかりの事件であってもそうは簡単でないのは、警察の捜査ひとつ取ってもわかることである。だが、いかに困難な作業であろうと、「なぜ」と「どのように」の二つから逃げるわけにはいかない。確実に真実であることしか興味はないという人には、いつ、どこで、誰が、何をしたかだけで満足してもらって、今のこ

とならテレビ・ニュース、歴史上のことなら、大学入試必勝法の歴史編に眼を通せば解決するだろう。しかし、それでは、歴史を読んだり書いたりする理由も愉《たの》しみもまったくない。

世に、信用できる史料、とか、良心的な史料、とか評される史料がある。そういう史料は、最低、次の条件が満たされていなければならない。まず第一に、真物であること。つまり、誰かが偽造したものでないことが先決だ。第二に、いつ、どこで、誰が、何をしたか、について、正確に記述されていること。最後に、なぜ、と、どのように、が、客観的に記述されていること。

先頃話題になったヒットラーの日記なるものは、第一のところで失格してしまったから史料にはなりえないが、もしも真物であったとしたらどうであろう。そういうものはなかったのだから、たちまち第一級史料にされたにちがいない。そして、第二の条件までは、おそらく相当に正確に満たされたと思う。だが、第三となると、どうだろう。チャーチルの『第二次世界大戦』と同じくらいに〝不正確〟で、学者たちの格好な研究対象になったかもしれない。もちろん、この〝第一級史料〟を使って第二次大戦史を書こうとする者には、相当な箇所の「縛」の手応えを計る必要が、要求されることは確かだが。

それならば第三者の記した、冷静で客観的で中立の立場に立った記述を重視したらよいではないか、と言われるかもしれない。だが、第三者がはたして、第三者の史料が存在するとしてだが、その第三者が常に客観的で正確な記述をしてきたと、誰が保証してくれるのか。直接の利害関係のない第三者であっても、真実を語ることがいかにむずかしいかは、芥川龍之介が『藪《やぶ》の中』で活写してくれている。

それでもまずは、第三者の証言のほうが、比較的にしても真実に近いということにしよう。だが、第三者の記述だけで、歴史を書くことはできない。やはり第三者だけに、ことの核心にふれる機会に恵まれないのが普通だからである。ここに、当事者の証言を、真実度に疑いをいだきながらも無視できない理由があるのだ。いや、「現場証人」の記録は、ほとんどの場合、第一級史料とされている。それは、人間には真実を語ることはむずかしいが、百パーセントの嘘《うそ》を語ることもなかなかできるものではないという、「真実」を見すえたうえでの選択かもしれない。

また、歴史では、多数決の原理を適用することも許されない。ある出来事について、十の史料があり、八対二の割合で、クロと証言しているとしよう。多数の証言だからこのほうが真実に近いだろうと、クロと書くと誤ることがあるのだ。誤りを犯したくなければ、十人の記録者全員の前歴なり現状なりを、洗ってみる必要がある。敵愾心《てきがいしん》や怨念《おんねん》に、記述のペンが曲げられた可能性はなかったか、と。偏見にまどわされる情況になかったかどうかも、調べる必要がある。なんとなく、殺人事件の捜査過程で、関係者たちの動機を調べる刑事と似た心境になってくるが、殺人の動機の大小に客観的な尺度が適用されないのと同じく、史実の記録者にも、「なぜ」と「どのように」に限って言えば、彼らの記述の正否を判断する客観的な尺度は存在しない。ここはもう、史料を調べる側の良心のあるなしよりも、私立探偵に似たこの作業を楽しがってするかしないかにかかっているように、私には思えるのである。楽しい気分は、もちろん、多数決の原理に逆らっても少数派の証言を取った場合に強まる。なぜなら、「定説をくつがえす」ことにつながるからである。だが、幸か不幸か、確実な史料も相当に多いために、このような探偵じみたまねに訴えねばならない場合は、相対的に少ない。でなければ、手がける先から迷宮入りになってしまって、作品の完成など夢物語と化す怖《おそ》れがある。

ここで、「歴史そのまま」を問題にするならば、歴史物を書く作家とは比較できないほどにそれを尊重しなければならない立場にある歴史学者たちが、史料にどのように対しているかを検討してみたい。材料として使うのは、トルコのスルタン・マホメッド二世が、ビザンチン帝国の首都コンスタンティノープル攻略の決意を、宰相カリル・パシャに、はじめてはっきりと告げる場面である。史料は、ビザンチンの歴史家ドュカスの手になるもので、『トルコ・ビザンチンの歴史』を書いたドュカスは、マホメッド二世とは同時代人であった。同時代に書かれた記録を第一史料とか原史料とか呼ぶが、これこそまさにそれにあたる。

私はこの場面をドュカスの記述から直訳するが、これを読んだだけでは意味が通らないと言う人が出てくるにちがいない。そういう人には、私の最近作『コンスタンティノープルの陥落』を読んでいただくよう願うしかないが、史料とは、このように不完全であるということも、わかっていただけると思う。ドュカスの記述は概して良くできていて、それを使って書く者に「いじる」必要をあまり感じさせないのだが、その彼のものにしてこの有様だ。他の多くの史料に至っては、探偵そこのけの推理を要することが多い。史料は変更してはならぬ、と言う学者がいるが、そういう人は、原史料というものに一度も対面したことがないか、それとも、それらを使って歴史を書いたことのない人にちがいない。

——ある夜、護衛の一度目の交代が終った時刻、宮殿の護衛の幾人かを、カリル・パシャを宮殿に連れてくるために送った。護衛たちは、カリルの寝室にまで入り、主人の命令を伝えた。カリルは、いよいよ来たるべき時がきたかと怖れおののき、妻と子供たちを抱擁し、金の皿に金貨を山と積んで宮殿に向った。すでに筆者が他の箇所で述べた理由によって、カリルはそれまでも、常に恐怖をいだき続けてきたのである。

主人の寝室に入った彼は、そこに、寝衣をまとって寝台の上に坐《すわ》った主人を見出《みいだ》した。カリルがその前の床に頭をつけて深々と礼をし、持ってきた皿を主人の前に置いた後で、主人は言った。

「これはどういう意味ですか、ラーラ」

ラーラとは、われわれの言語（ギリシア語）ではタータ、つまり先生にあたる。カリルは答えた。

「御主人様、高位の家臣の一人が主人の召し出しを受けた際、なにも持たずに参上してはならないのは慣習でございます。わたくしもそれに習いましたが、持って参ったのはわたくしのものではありません。あなた様のものなので」主人は答えた。

「わたしにはもう、あなたの富は必要ではない。それどころか、あなたの持つ富よりもずっと多い富を贈ることもできるのです。わたしがあなたから欲しいものは、ただ一つ。あの街をください」

前に述べた歴史学者とは、ギボンとバービンゲルとランシマンの三人である。ギボンは、説明するまでもなく、名著『ローマ帝国衰亡史』の著者。バービンゲルは、マホメッド二世伝としては決定打と衆目一致の『征服者マホメッド二世』を、一九五三年にミュンヘンで発表している。最後のランシマンの『コンスタンティノープルの陥落、一四五三年』は、一九六五年にロンドンで刊行。護雅夫氏訳の日本語版は、一九六九年にみすず書房から出版されたが、不幸にもその後、絶版になってしまったようである。歴史学者と歴史家は必ずしもイコールにはならないが、この三人ならばイコールであることは、日本の学者たちも同意してくれるにちがいない。

さて、この三人の世界的権威とされる歴史家たちだが、彼らは参考にしたドュカスの記述を、多少なりともいじってはいるが、まずは忠実に使っている。学者ではない私は、この場面を小姓のトルサンの眼を通して見るという形で書いたが、それでもいじり加減は、三人の大家たちと大差ない。ドュカスの記述が、いじる必要をあまり感じさせないほどに、良くできていたという証拠だろう。

それでも、この三人のいじり加減を検討してみると、まずギボンは、場面の流れにさほど関心を持たないのか、いや、そんなことを気にしていてはあの大著は書き通せなかったのかもしれないが、この場面は、過多と思うくらいに説明を加えたうえで叙述している。反対にバービンゲルは、巧みにこの前後で事情の解説を済ませ、この場面は、記述者ドュカスが前面に出てくる箇所は捨てることによって場面の流れを生かしながら、ほぼ忠実に使っている。最後のランシマンだが、彼もまた必要最少限の説明を加えた以外は、ドュカスをほとんど丸写ししているが、それでも彼なりにいじっている。とくにランシマンのいじり方は、この、十字軍の歴史研究では金字塔とされる『十字軍史』の著者の、ビザンチン、ないしヨーロッパ寄りの姿勢を示していて興味深い。コンスタンティノープル攻防戦でも、実に客観的で正確な叙述を貫きながらも、心情的には西側に傾きがちだったこのイギリスの歴史家にとって、当時の西欧が「キリストの敵」としたマホメッド二世は、その天才は認めながらも、野蛮で粗暴な若者でなくてはならなかったらしい。ランシマンのペンによるこの場面のマホメッド二世は、老宰相の差し出した金貨の盛られた皿を、強くわきに押しやり、最後の言葉も、声を荒らげて叫んでいる。しかし、私には、ドュカスの淡々とした書きぶりのほうが、自然に思えた。大胆不敵な若者は、静かでていねいであるほうがスゴ味がある。

とくに、内心はどうあろうと、「先生《ラーラ》」と呼ぶことに慣れた人の前では。

ところが、この場面で一箇所だけ、学者でもない私が世界的権威の三人に対し、絶対に同調しなかった箇所がある。三人とも、街をください、とあるところを、コンスタンティノープルをください、と書き直しているのを、この人たちの著作を読んだ人ならば気づいたであろう。ドュカスの原文は、大文字でポリスとしか書いていない。古代では、ラテン語の大文字でウルベと書けば、ローマを指すのは常識であったから、ギリシア語でも大文字でポリスとすれば、東地中海世界ではコンスタンティノポリス、つまりコンスタンティノープルを指すのは当然と、三人の学者たちは思ったからであろう。正しい意訳というものがあるとすれば、これこそそれにあたる。

ただ、私は、この箇所ではドュカスの記述を、どうしても生かしたかった。正確に意味を伝えるのは、学者には第一に求められることである。そして、これが満たされれば充分と彼らが思ったとしても、非離さるべき理由はまったくない。だが、私は、それ以上のものが欲しかったのだ。

「コンスタンティノープルをください」

と言わず、

「あの街をください」

と言った場合にあの場にかもし出されたムードのちがい、そのような漢としたものまでも、読者に伝えたかったのである。これも、言った当人のマホメッド二世が、五十歳の男であったならば、私もこれほど執着しなかったであろう。二十歳の若者だったから、したのである。しかし、このようなことに心をひかれ執着するのは、私が学者でないというなによりの証拠でもある。

さて、このドュカスの史料だが、三人もの大歴史家がそろいもそろって取りあげているのだから、「歴史そのまま」ではまったく問題ないと思いそうだが、これが実は、真実度の非常に低い「史実」なのである。ドュカスの記述の信用度は概して高いのだが、この場面だけはそうではない。

まず、ドュカスは、この話が真実としたら展開されていたであろう時期に、スルタンの宮殿のあるアドリアーノポリにいない。また、彼以外には誰一人として、このエピソードを書き残した者はいない。マホメッド二世のそば近く仕えていたとされるトルサンが、後になって書いた記録にも、他のことはあってもこの話はないのである。このように印象深い場面を、主人に心酔しきっていたトルサンが書き忘れるはずはない。もちろん、トルサンの不在の夜に起ったとも考えられる。だが、コンスタンティノープル陥落の後、陥落当時現場にいたギリシア人やイエニチェリ軍団の兵に聴いて書いたというドゥカスだが、このエピソードは、トルコの首都のスルタン宮殿の奥深く、しかも深夜に起きた出来事である。当時は敵国人であったギリシア人はいうまでもなく、スルタン親衛隊のイエニチェリ軍団の兵でも、容易なことでは近づけない場所《ど》と時刻に起きたことである。まして、スルタンの寝所の夜の護衛は、小姓と黒人奴隷《れい》の仕事となっており、黒人奴隷の多くは、声帯をつぶされているのが普通だった。では、こういう事情に通じていたはずの三人の世界的権威が、嘘とする確証はなくても、真実度の実に低いこの「史実」を取ったのはなぜなのか。ギボンは別にしても、科学としての歴史学が全盛の観ある二十世紀の人バービンゲルもランシマンも、なぜ捨てなかったのか。私の想像するには、この人たちでさえ、捨てるに忍びなかったのではないかと思う。コンスタンティノープルの陥落という歴史上の一大事件において、一方の主人公はコンスタンティノープルに象徴されるキリスト教文明であり、もう一方の主人公は、それに挑戦したイスラム側のマホメッド二世である。このトルコの若者の性格を、いくつかの史料からうかがわれるこの非凡な若者の像を、簡潔に見事に浮彫りして見せてくれる史料として、先のエピソードに優《まさ》るものはない。真実より嘘のほうに近いのは、わかっている。だが、わかっていても、捨てるに忍びなかったのではあるまいか。

ドュカスの場合の問題は、書き残したのが彼一人であったことにも由来していたのだが、反対に多くの一級史料がいずれも同じことを記録している場合は問題ないかというと、必ずしもそうではない。この場合の例として紹介するのは、法王ボルジアの息子、チェーザレの弟ホアン暗殺の場である。

——その頃、テヴェレ河の岸につないだ舟の中で寝ていたという、一人の船頭が連れてこられた。ジョルジョという名のその船頭は、次のように物語った。六月十四日から十五日にかけての夜、彼がいつものように舟の中で寝ていると、奇妙な物音に眼を覚まさせられた。そして、二人の男がスキャボーニの病院のわきの小路から出てくるのを見た。男たちは、用心深くあたりに気を配りながら進んできた。少したって、白馬に乗った男が一人、鞍《くら》のうしろにくりつけた人間の身体《からだ》を、左右から二人の馬丁にささえさせながら近づいてくるのが見えた。

彼らは、河岸まで来て止まった。騎士は、男たちに命令した。男たちは、動かない人間を馬の鞍から降ろし、河の中に投げこんだ。船頭ははっきりと、騎士の、うまく投げこんだかどうかたずねている声を聴いた。「はい、御主人様」と、男たちは答えた。河の水はゆっくりと流れていた。何かが、水の上に浮んでいた。死人の着ているマントが、風をはらんで流れて行くのだった。それに向って、男たちは石を投げつけた。再び騎士の命令で、男たちは土の跡を消した。騎士と男たちは、聖ジャコモ病院の方へと立ち去った。夜がもどった。

船頭は、届け出る気などなかったと言った。彼は今まで、このようなことには始終出会っていた。そして、それらはいつも闇《やみ》に葬《ほうむ》られていたのだから、と。——

このエピソードは、ヴェネツィア共和国大使の報告として記したサヌード、マリピエロ、それにローマ法王庁の式部官長をしていたブルカルド、また、情報収集力ではヴェネツィアに次ぐといわれていたフェラーラ公国の大使報告と、信用度では折紙つきの一級史料中の一級史料が、いずれも取りあげて記録しているものである。多数決に訴える必要などない、全員一致の「史実」なのである。確認調査必要なしと判断した歴史家がいたとしても、あながち彼を責めるわけにはいかないほどなのだ。ところが、これが嘘なのだ。ドュカスの場合のような真実度が低いどころではない、真実度ゼロの嘘なのである。

この証言を信じてテヴェレ河の大捜索を行った結果、ようやく翌日の正午近くになってホアンの死体が引きあげられたのだが、その場所は、ポポロ広場近くの河底からだった。それなのに、目撃証人が死体の投げこまれたのを見たと言った場所は、スキャボーニ病院近くの河岸である。そこは、ポポロ広場近くの河岸からは、数百メートルも下流になる。その夜だけテヴェレ河は、川下から川上に向って逆流したのであろうか。

そのようなことはありえないから、船頭が見たという死体は、他の誰かではあったにちがいないが、ホアン・ボルジアではなかったことは確実である。それなのに、ボルジアにかぎらず十五世紀末のローマを書いた歴史家たちは、誰もがこのエピソードを欠かさない。それも、ドュカスの記述よりも、話としてはよくできているためか、誰もがいじる必要を認めなかったらしく、まったくの丸写しなのである。私の知るかぎり、これを取らなかったのは、大著『中世ローマ史』を書いた、グレゴロヴィウス一人であった。嘘であることが当時でも明らかであった史料を、こうも多くの歴史家が取りあげたのはなぜだろう。

それは、ドュカスの場合のように、捨てるに忍びない、というのとは少しちがう。この場合は「真実であったとしてもおかしくない嘘」だからである。ホアンの死体も、きっとあれと同じようなやり方で投げこまれたにちがいないと思えるからである。他に目撃者はいない。もしもいたとしたら船頭よりは真実に近いことは確実の、ポポロ広場よりは川上で見た目撃者はいない。ただ一人の証人である船頭も、あのような場面には始終出会っているから届け出る気もなかった、と言っている。事件当時の人たちもそれがわかっていて報告し記録し、後世の歴史家たちも、わかっていて取ったのである。スキャボーニの病院のある一帯は、トルコの侵略を避けてローマに逃れてきたダルマツィアの難民たちの〝キャンプ地〟として、当時のローマでは知らぬ者はなかったし、聖ジャコモ教会（かつてあった病院は教会に所属していた）は、現在でも同じ場所にある。

真実が求められない場合は、真実であってもおかしくない嘘、で代用させるしかない。それどころか、歴史ではしばしば、そのような「嘘」のほうが、真実に迫るに役立つことが多いものなのである。

いつ、どこで、誰が、なぜ、どのように、何をしたか。これらすべてを明らかにしなければ、歴史は書けない。ドュカスの例は、「なぜ」に光をあてる働きがあったであろう。ローマの船頭の証言は、「どのように」という問いに答える役に立つ。

まったく、史料の「藪の中」を行くのは気を遣う。真実度が低いからとか偽物《にせもの》だからとかいって、勢いよく切りまくってもいられない。しかし、そうかといって、すべての木とすべての枝葉を尊重していては、いつまでたっても道は開けない。いつまでたっても、書くことはできなくなる。歴史そのままと歴史離れと、簡単に二分してことが済む問題ではないのである。それをする前に、誰もが一度、鷗外の意味した「歴史」つまり史料というものについて、自分ならばどのように考え、自分ならばどのように対処しているかを、明らかにしてみてはどうだろう。「歴史」とは何かをはっきりさせないでいて、「そのまま」も「離れ」もあったものではないと思うのだが。また、それが明らかになった後ならば、「歴史そのまま」も「歴史離れ」も、自ずからはっきりとしてくるにちがいない。

鷗外は、史料を読んでいて、昔の人の記述にはよく見られる、簡潔で品位豊かな語りくちに心を動かされたのであろう。そして、それをなるべく損わずに生かしたいと思ったにちがいない。私もその気持は、充分にわかる。しばしば丸写しに近い使い方をするのもそのためだ。

しかし、対象を小さなことに限定した鷗外は、このやり方だけで貫けたかもしれないが、対象が大きくなると、史料の量が増えるにつれて、個々の史料の真実度も千差万別になってくる。「小説」を書こうという意図のあるなしにかかわらず、取捨選択は絶対に必要なのである。いや、それだけでは充分でなく、想像力や推理の助けなしには、つなげようもないくらいなのだ。鷗外も、彼の考え方で、すべての歴史や歴史物語や歴史小説の書き方を律せるとは、一語も書いていない。その鷗外の言葉を、六十年以上もの長い間、水戸黄門がいざとなると持ち出しては「一件落着」にした将軍家の御印籠《ごいんろう》とやらにしてしまったのは、後世のわれわれではなかろうか。

素朴な疑問

（一九七八・六）

私はイタリアでは、必要な時には、日本語に直せば、さしずめ作家となるスクリットリーチェ、と言うことにしている。スクリットーレの女性形である。日本でしばしば私の肩書きにされて、私を非常に怒らせる評論家という職名だが、クリティコ、とだけでは、イタリアでは通用しない。クリティコ・レッテラーリオ（文芸評論家）とか、クリティコ・デッラルテ（美術評論家）とか、専門を明記することになっている。かといって、政治評論家、女性評論家、家事評論家に類するものはなく、あったとしても肩書きとしては使われないので、日本のそれらの現象を説明する時には困ってしまう。いつだったか私が苦心して創作したそれらのイタリア語訳を聴いたイタリア人たちが、

「さすがはテクノクラートのお国柄ですね」

と少々お門違いの讃辞《さんじ》を述べたのには、こちらのほうも苦笑するしかなかったけれど。

要するに、イタリアでは、もの書きを業とする職業は、作家と評論家(専門に分かれた)とジャーナリストに三分されるのではないかと思う。

さて、作家だが、イタリアではユリウス・カエサルもダンテもマキアヴェッリもモラヴィアも、

スクリットーレ、で片づけられるので簡単だ。もちろんカエサルは政治家であり軍人でもあり、マキアヴェッリも官僚であった頃もあるから、作家専業ではないけれど、見事な文学作品を残した点から見れば、立派な作家である。

ところが、日本の作家を紹介するとなると大変に困ってしまう。ずいぶん昔のことだけれど、庄司薫がイタリアへ来た時のことだ。彼は小説家だから、スクリットーレだけでは十分とは私でさえ思わなく、ノヴェリエレ、と紹介しようかと考えたが、この言葉には、嘘《うそ》つきとかほら吹きとかの意味もあり、いくらなんでもこの高校時代からの幼なじみに失礼と思い、スクリットーレ・ディ・ノヴェッレとするかと考えた。

ところがこれには、短編作家という意味しかない。それでついに、短編とか長編とか区別のないのに目をつけて、ノヴェリスタ（小説家）で済ませてしまった。

ここまでは、まずは問題はなかったのだ。難問は、芥川賞受賞ホヤホヤの薫ちゃんのことだしと、芥川賞作家とはいかなる種類の作家であるのかを説明する段になって起ったのである。文学をイタリア語では、レッテラトゥーラ、という。しかし、純文学という意味の言葉は、どこを探してもない。そこで直訳して、レッテラトゥーラ・プロプリアと、〃純〃を表わすに適当と思われるプロプリアという言葉をつけて造語しようかと思ったが、こうなると、純文学というよりも、文学そのものという意味になってしまい、まずもって、文学そのものをやっている作家、なんて肩書きは、失笑を買うだけであろうから使わないことにした。おかげで、庄司薫氏の芸術的本質に迫る紹介をできなかったのは残念である。

それからしばらくして、今度は直木賞作家とはいかなるものかを説明しなければならなくなり、前回以上に頭を痛める羽目になった。ある出版社の企画で、海外講演会なるものがヨーロッパの各地で開かれ、ミラノでもやるとのことで、それに行こうと思う私と、今では私の夫となっているイタリア人の医者との間で、こんな会話が交わされたのである。講師の一人江藤淳氏の説明は簡単であった。日本では評論家という肩書きを持つ氏も、西欧流では典型的な作家であるから、スクリットーレで片がつく。ところが、もう一人の講師は司馬遼太郎先生であった。

「小説家ならば、じゃあ、庄司君と同じわけだね」

「まあ、私はそう思うけど、日本ではちがうのよ。大衆文学の作家だから」

「じゃあ、その人のは面白いし売れるけど、庄司君のは、面白くもなくて売れもしないってわけ？」

「庄司君のだって面白いし売れるのよ」

「どうもわからないなあ。面白くて売れるならば、大変にけっこうなことじゃないの。キミも二人を見習うべきだね。それでこの二人の間には、どういうちがいがあるわけ？」

私は、ついに彼を納得させる説明をすることができなかった。

彼にいわせれば、文学を、面白くて売れるものと面白くて売れないものに分けるのさえ正当でないというのだ。そういわれればまさにその通りで、私のように文学に信仰を持っていない者には、これ以上いくら考えたって結論にたどりつきそうにない。

それで、文学に信仰を持っているらしい、なぜなら他の人たちが、あれは純文学そのものという顔つきをしているといっているから、そういう古井由吉にきいてみることにした。純文学と大衆文学はどこにちがいがあるの、というわけだ。彼、答えて曰《いわ》く、「それは塩野君、簡単ですよ。ここに猫がいるとしましょう。その猫の行動をじっと眺めるのが大衆文学で、猫を捕まえてその腹を切り開くのが純文学です」

私は、あっと口を開け、そばにいた庄司薫に言った。

「どうしましょう、薫ちゃん。私たちみたいな猫好きには、腹を切り開くなんてことうていできそうもないわよ。ということは、われわれの書くものは大衆文学ってことかしら」

古井由吉も幼なじみのくちだから、高校時代は劣等生だった私をからかったのかもしれない。それにしても、彼の解釈は私を納得させ得るものではなかったのも確かであった。それで、これも芥川賞作家の三田誠広君に、同じ疑問を発してみたら、こんな答えが返ってきた。

「大衆文学はともかく、純文学は、現実のオリジナリティに特色があるのでしょう」

一字一句このようにいわなかったとしても、彼の答えの要旨は以上である。私は、またもあっと驚き、オリジナリティなら私にさえ無縁でないのだから、それなら私の書くものも純文学になるのかしらん、と考えはじめ、今や、芥川賞を目指してよいのか直木賞を狙《ねら》うべきかで、おおいに迷っているところなのである。どなたか、この私を、なるほどとうならせる名回答を与えてくれる人はいないであろうか。

（一九八八・二）

「清貧」のすすめ

清貧のすすめ、とはいっても、それは私自身に対するすすめであって、他の人は、清であろうとなかろうと、貧などは心がけてもらっては困るのである。

なぜなら、私の書く本は高い。だから、他人に清貧をすすめて、その結果私の本を購入する費用までけずられてしまうと、純粋に売文業である私としては、清のつかない貧になってしまうからである。

「良質の仕事をするには、若く、名もなく、貧しくなければできない」

と言ったのは、また聴きだから確かではないが、毛沢東であるらしい。

若く、というのは、精神的というのならば少しは自信はあるが、肉体的にとなるととても、という年齢になってしまった。

だが、有名でないということならば自信がある。日本でだってけっして有名ではないが、一年のうち十カ月は過ごすイタリアでは、私はまったく無名の人である。最後の、貧しく、というのも、相当な自信がある。私の作品の売れ行きは、良く言えばロング・セラー、悪く言えば、遅々としか売れないというのが現実なのだ。しかし、毛沢東も賛成してくれたにちがいないと思うが、貧、というのも、赤貧であったり極貧であったりしては、私の場合不都合なのである。創作意欲も萎《な》えてしまうにちがいない。適度な貧、つまり清貧を、私が夢見る理由はここにある。

それで、いかにすれば清貧の域に達せられるかが、私にとって重要な課題になっているのだが、これがなかなかむずかしい。

これまでの二十年間は、なんとなく来てしまった感じだが、それでも、イタリア・ルネサンスについては、頭にあったことを一応は吐き出した、という想《おも》いにはなっている。もう一人物書くかどうか迷っているのだが、これをもし書かなくても、私なりのルネサンス像は描けたと思うのだ。

問題はこれからである。友人のイギリス男に、

「ローマ史？　昔ギボンとかいう男が書きましたよね」

なんてからかわれて苦笑するしかなかったが、上を向いて歩こうというのならばこ

れ以上の「上」はないようなことを、私は今からはじめようとしている。

ただ、私は意外と堅実なのである。向くのはこれ以上高いことはないほど「上」だが、それは時々見上げるだけで、見上げるたびにヤレヤレひどいことを考えちゃったとは思うものの、いつもは足許《あしもと》だけ見ながら進む。そんなふうだから、二十年前にあれとあれは書くと決めたことも、あちこち寄り道しながらもまずは達成できたのだ。ところが、ローマ史となると簡単ではない。年一作としても、そしてそれが実行できたとしても、まあ短くて十五年、ちょっと余裕を見たとして二十年、というシロモノだからである。出版社はどこも唖然《あぜん》としてしまって、「買い」と言ってくれるところがない。だがこれは心配していない。第一作が出るのはよくて三年後なのだから、その間にはどこか、出してくれるところも見つかるだろうと楽観している。

楽観していないのは、それを書きつづけていく間の生活である。私は冷静かつ客観的に、自らの状態と周辺の事情を知る必要に迫られたのだった。

書き下ろしでやると、どうなるだろうか。

この頃では私の作品も、堅くふんで三万部は売れるようになった。五万部出た（印刷部数であって完売数ではない）作品もあったが、その後つづいていないので、瞬間風速と思うしかない。初年度に五万出たらどんなに嬉《うれ》しいかと思うが、現代の日本人必読というたぐいの作品を書かないから、五万部は夢で終ると考えたほうが現実的である。

それで、三万部売れるとして印税を計算すると、だいたい六百五十万円前後になる。二年に一作という作品の場合は、必然的に分量も増えるから部厚い本になり、定価も二倍、印税収入も二倍ということになって、一年一作の場合と同じと考えてよいと思う。

最近出た書評の一つに、こういうのがあった。

「軽薄短小の時代は過ぎたのでは――と思わせるような売れ行きを、塩野七生作品は見せる。……」

こう書いてくれた人は、売れ行きの内情が右のようであるのを知っているのであろうか。たしかに五、六年もたてば、作品によっては、初年度の二倍くらいは売れるのである。だが、それまで勘定していては、出るのは多く見積り、入るのは少なく見積るという、健全なる私のどんぶり勘定に狂いが出てきてしまう。二年目からの印税は、ボーナスだ。先行投資用資金と言ってもよい。数年に一年の割りで、徹底した勉強が必要なのが、私の仕事の性質でもある。

それにしても、年収六百五十万円前後（税こみ）というのは、清のつかない貧である。ならば一年一作でなく、一年に二、三作書けばよいと言われそうだが、一年一作でさえ、相当にハードなスケジュールなのだ。

まず、史料などの勉強に六カ月。次いで、執筆に二カ月。原稿を寝かせながら考えをめぐらせるのに一カ月。推敲《すいこう》に一カ月。

これでもう十カ月は消える。あとの二カ月は、日本に帰国しての本造りで消えてしまう。一年は十二カ月しかないのですよ。

勉強に費やす六カ月は、もう少し短縮できるのではないか、と言われるかもしれない。しかし、これをケチると、三万部さえ確保できなくなる怖《おそ》れがあるのだ。読者は、実によくわかっている。私の場合、切れ味で勝負するエッセーを集めた定価千円の作品は、全力投球の定価三倍もする本の三倍は売れるかというと、まったくそうではない。初年度はたいした差はないが、二年目から差がつきはじめ、十年もたてば、全力投球型が断然優勢になるのである。自腹を切って私の作品を買ってくれる読者は、このように厳しいが、私にとっては真の意味のスポンサーでもあるのだ。

それで、年収上昇の可能性希薄となると、支出はどのくらいになるかということが問題になってくる。

家計簿というものとは無縁の私も、一応は計算してみたのである。額は、すべて年額。

家賃（暖房費こみ）三百万円。仕事場も兼ねているので、都心で陽当りよくかつ広い家を借りているため高いのだ。光熱費十五万。電話代三十万は、国際電話が多いからだろう。それに、お手伝いの給料七十万円。計、四百十五万円。領収書を保存しているわけでもないので計算しようのない衣や食の費用は、二百万ぐらいではないかと思う。交際費は、こちらでは無名だし、母子二人の生活ではさしてかからない。

しかし、日本への帰国の費用はばかにならない。飛行機は、どこかが出してくれればファーストでもビジネスクラスでも乗るが、自腹を切るときはエコノミーを使う。それでも、一回帰国するたびに、二十万円は消える。そして、フィレンツェからローマ空港までのハイヤー代が、これも帰国のたびに十万円。イタリアの国鉄が、この国ではまだ国鉄であるためかストや遅れで信用ならず、飛行機の座席に坐《す》わってはじめて安心するのでは胃がもたないので、ハイヤーは、私が自分に許している唯一《ゆいいつ》の贅沢《ぜいたく》である。いや、もう一つ贅沢があった。日本滞在中、子供の頃からの馴《な》じみということもあって、帝国ホテルに泊まる贅沢である。二週間の滞在だと、四十万円ではすまない。つまり、年に三回帰国するとなると、それだけで二百万円を越えてしまうのだ。

　ここまでの合計だけで、八百万は越す。それに書籍代や取材旅行費など、少なく見積っても二百万は必要だろう。合計一千万円ということになる。これでは、一年一作主義を貫こうとすると、赤字は三百五十万円になってしまう。そのうえ税金だって考慮せねばならず……ああ……。

　ほんとうはあるんですよ、貧から抜け出す道が。あるエージェンシーが申し入れてきた案を受ければよいのである。つまり、現在のように漫然と帰国するのでなく、帰国中のスケジュールを彼らに一任するというわけだ。講演とかテレビ出演とか対談、座談会など、私の日本滞在期間はすき間なく稼ぐことで埋まるのだろう。

　このアイデアは、私を三十分くらいは考えこませた。帰国を年三回ときめれば赤字は埋まるであろうと思っただけでなく、今のようにいつ次に帰国するのかもはっきりしないためになにかと不都合な想いをしているらしい担当編集者たちも、予定をつけやすくなって喜ぶだろうと思ったからである。

　だが、結局、私はノーという答えしか言えなかった。このシステムが確立し、着実に運用されるようになったら、貧ではもはやなくなるであろう。しかし、清でもなくなるのである。現在の私の心境は、あちこちお座敷をかけもちしたあげくに〝花代〟

が値下りするのがなんとなく気に入らなく、一夜に一座敷と決めて痩《や》せがまんしている自前の芸者に似ていなくもない。清貧も、簡単にはいかないことではあるのです。

（一九八八・五）

この頃、想《おも》うこと

書評は、書評される書物の評ではなくて、書評する人の評であると思う。

自分の作品の書評をされて二十年、つくづくそう思うようになった。私の作品を使って、書評氏は、自分自身を語っているのだ。そう思えば、とんちんかんな批評も、愉《たの》しく読めてくる。

それでは書評なんて問題にしていないかというと、まったくそうではない。外国にいて仕事する場合の最大のデメリットは反響に接しられないということだから、書評という書評はすべて切りとって、大切に保存してある。そして、スランプにおちいるやそれらをとり出して読み、まあ、私もそれほど捨てたものではないのだ、と思って元気回復するのだ。だから、たとえとんちんかんな書評でも、ビタミン剤ぐらいの役目はしてくれるのである。

それにしても、書評は、される作品をあらわすよりも、する書評氏のほうをずっとよくあらわすということについての私の確信は、近年ますます強くなっている。そして、書評にかぎらず批評というものはみな、多かれ少なかれそのことを宿命づけられているのではないか、とも思っている。

私と精神的基盤を共有している人がしてくれる書評は、たとえ厳しい内容であっても的はずれのものにはならないのだし、共有していなければ、いかに良い批評でも上すべりはまぬがれないのだ。

この種のどうしようもないちがいは、書評もふくまれる批評のみにかぎらない。私の書く対象は、歴史上の人物なり民族なり事件の話だが、史実というものが厳として存在していても、それらをどう読むかということならば、書き手の数と同じ数のちがいが出てくると言ってよい。

これは、歴史そのままに厳正ということになっているはずの学者でも変りはない。もしかしたら、史実がなければ話にならない学者のほうが、たった一つの史実であっても存在する以上、それにしばられる度合は深くなるのではないか。

だから、充分に調べるのは売り物をつくる以上は当然のことであって、問題は、史料をどう読むか、であると思う。ここで、書き手があらわれる。あらわれないではすまないのである。

英雄も、召使の眼から見ればタダの人、という言葉がある。まったくそうだ、と私も思う。だが、そう言ってすますわけにはいかない、とも思う。

なぜなら、タダの人である召使の眼から見たゆえに、タダの人ではない英雄もタダの人になってしまったのである。

もしも、タダの人でないもう一人の英雄の眼から見たら、その英雄はただ単に、タダの人ではなくなるはずだ。ということは、その英雄を書くのに、召使の視点は、適切な視点といえるであろうかという問題になってくる。

先頃読んだ一冊に、石ノ森章太郎著の『レオナルド・ダ・ビンチになりたかった』というのがあった。その中のある箇所を読みながら、私は微笑してしまったのだ。

――どうせおなじ人生なら、豊饒《ほうじょう》であるにこしたことはない。レオナルド・ダ・ビンチは、一四五二年四月十五日の夜に生れた。コロンブスがアメリカを発見する四十年前。イタリアの、小さな村でだった。母親の名前は記録にない。つまり、父親がどこかの女性に産ませて、ひきとって育てた子〝私生児〟である。

そんな環境、そだちが、その後のレオナルドの一生に、なんらかの影響をあたえたかどうかは、わからない。だから、絵を描くようになった。だから、孤独ぐせや頑固さが身についた、だから、生涯独身だった。

いくらでもいえるだろうが、推測にすぎない。こじつけて断定すれば、下司の勘ぐりになるだろう。もしかしたら、往時は、こんなそだち方はさほどかわったことではなく、あとに傷をのこすようなことではなかった、かもしれないのだ。

いずれにしろ、その生き方や業績をみれば、むしろプラスに作用した、とみていいだろう。……（中略）……

挫折《ざせつ》感や苦悩、悲哀、そして計算や名誉欲といった、われわれ俗人のもつとおなじような弱さを、レオナルド・ダ・ビンチも持っていたのだ。

なのに、彼は万能の天才だった。――

傍線をつけたのは、石ノ森氏でなくて、私である。なぜなら、その箇所は、私もまったく同感だったからである。

私は、マンガとなるとアニメにでもしてくれなければとうてい受けつけない、旧世代に属する。これだけでも、石ノ森氏とは寄って立つところがちがう。そして、一冊か、せいぜいが二冊のレオナルド関係の書物を読んだにすぎないと思われる石ノ森氏とちがい、ほとんどすべてのレオナルド評伝は読んでいる。

それなのに、到達した想いならばまったく同じなのだ。ちがうのは、ダ・ビンチでなく、せめてダ・ヴィンチとぐらいは書いてほしいですね、という程度なのだ。

それはおそらく、数多《あまた》の評伝が下司の勘ぐりにすぎなく、なのに、彼は万能の天才だった、という点への私の疑問に、答えてくれなかったからだろう。

英雄が英雄たる由縁を解き明かすのに、なにも英雄になる必要はないのである。ただ、召使の立場から見るだけでは、「なのに」が解き明かせない。

タダの人でありながらタダの人ではなかった人物を描きたいと思えば、イタリア語でいえばスカットする、英語だとスペークする、瞬間を描かなくてはどうにもならなくなる。

哲学用語だと、止揚と呼ぶのではないだろうか。辞書を引いたら、二つの矛盾した概念を一層高い段階で調和すること、アウフヘエベン、とあった。

映画『アマデウス』がすばらしかったのは、タダの人、いやもしかしたらタダ以下の人モーツアルトを描きながら、タダの人では終らなかった彼を描くのにも成功したからだと思う。私自身は凡才だが、そういうことを感ずる心根ぐらいは、持っていたいと願っている。

「どうせおなじ人生なら、豊饒であるにこしたことはない」のであるから。

◎初出一覧

第一章

「地中海へようこそ」『クルーズ』二〇〇九年七月号、海事プレス社／「脚にも表情はある！」『週刊女性』一九八六年三月十八日号、主婦と生活社／「男たちのミラノ」『CREA』一九八九年十二月号、文藝春秋／「イタリアの美」『ミセス』一九八九年六月号、文化出版局／「イタリアの色彩で春を装う」『家庭画報』一九九一年四月号、世界文化社／「共産主義にどう対する？　新法王」『諸君！』一九七八年十一月号、文藝春秋／「寒い国からやって来た法王」『文藝春秋』一九七八年十二月号、文藝春秋／「ウォッカと猫と省エネ」『週刊文春』一九八〇年十月二十三日号、文藝春秋／「非統治国家回避への道」『中央公論』一九八〇年一月号、中央公論新社／「求む、主治医先生」『新潮45』一九八九年一月号、新潮社／「問わず語り」『サントリークォータリー』一九八二年六月号、サントリー広報部／「カルチョ、それは人生そのもの」『Number』一九九〇年八月五日号、文藝春秋／「塩野七生、サッカーを語る。」『Number PLUS』二〇〇〇年九月、文藝春秋／「イタリアに住まう」(「プロローグ」「観光旅行」「短期滞在」「住みつく」を改題)二〇〇七年十二月二十五日配信、共同通信社／「イタリアを旅する」(「旅では土地の食事を」「店への殺し文句」「脂肪を消費する会食」「食べっぷりは人を表す」を改題)二〇〇八年五月三十日配信、共同通信社／「イタリアの旅、春夏秋冬」(「春の旅」「夏の旅」「秋の旅」「冬の旅」を改題)二〇〇八年四月二十八日配信、共同通信社／「おカネについて」(「おカネについて　1」「万年筆　おカネについて　2」「肉料理　おカネについて　3」「浪費　おカネについて　4」を改題)二〇〇八年二月二十八日配信、共同通信社／「帰国のたびに会う銀座」『銀座百点』二〇〇八年一月号、銀座百店会／「宝飾品の与える愉楽について」『婦人画報』二〇〇七年十一月号、ハースト婦人画報社

第二章

「日本人・このおかしなおかしな親切」『文藝春秋』一九八〇年一月号、文藝春秋／「おとなになること」『Voice 増刊　BUSINESS VOICE』九〇年四月発行、PHP研究所／「ローマ発ノーブレス・オブリージュ宣言」『オブリージ』一九九六年春号、学習院桜友会／「祝辞」『文藝春秋』一九九三年五月号、文藝春秋／「キライなこと」『yom yom』二〇〇八年七月号、新潮社

第三章

「都市物語ローマ」『読売新聞』一九八二年五月四日〜二十七日、読売新聞社／「ティベリウス帝の肖像」『芸術新潮』一九七六年八月号、新潮社／「歴史と法律」『司法の窓』一九九〇年三十七号、最高裁判所／「〝シルク・ロード〟を西から見れば……」『NHK海のシルクロード』一九八八年四月、日本放送出版協会／「古代ローマと現代と」『新潮45』一九九七年五月号、新潮社／「敗者の混迷」『日本経済新聞』二〇〇二年十二月

一日、日本経済新聞社／「ローマの四季」（「ローマの春」「ローマの夏」「ローマの秋」「ローマの冬」を改題）二〇〇八年一月三十日配信、共同通信社

第四章

「拝啓マキアヴェッリ様」『波』一九八八年七月号、新潮社／「高坂正堯は、なぜ衰亡を論じたのか」『高坂正堯著作集』第五巻所収、一九九九年十月、都市出版／「追悼、高坂正堯　五十歳になったらローマ史を競作する約束だった」『文藝春秋』一九九六年十二月号、文藝春秋／「追悼、天谷直弘　無防備な人」『Voice』一九九四年十一月号、PHP研究所／「黒澤監督へのファン・レター」『中央公論』一九八〇年十一月号、中央公論新社／「クロサワ映画に出資を求める理由」『諸君！』一九八二年五月号、文藝春秋／「フェリーニ雑感」『朝日新聞』一九八二年一月十二日、朝日新聞社／「私が見たヴィスコンティ」『ヴィスコンティの遺香』二〇〇七年七月、小学館／「信長の悪魔的な魅力」『信長――「天下一統」の前に「悪」などなし』二〇〇七年十一月、プレジデント社／「映画『カポーティ』について」『映画〈カポーティ〉パンフレット』二〇〇六年九月、ソニー・ピクチャーズ・エンタテインメント／「小林秀雄と田中美知太郎」『文藝春秋』二〇一三年一月号、文藝春秋

第五章

「偽物づくりの告白」『思想』一九七五年三月号、岩波書店／「鷗外が書き遺さなかったこと」『中央公論』一九八四年一月、中央公論新社／「素朴な疑問」『文學界』一九七八

年六月号、文藝春秋／「『清貧』のすすめ」『新潮45』一九八八年二月号、新潮社／「この頃、想うこと」『文學界』一九八八年五月号、文藝春秋この作品は平成二十四年十二月新潮社より刊行された。
文庫化に際し、「小林秀雄と田中美知太郎」を追加した。

塩野七生著

ローマ人の物語 1・2
ローマは一日にして成らず（上・下）

なぜかくも壮大な帝国をローマ人だけが築くことができたのか。一千年にわたる古代ローマ興亡の物語、ついに文庫刊行開始！

塩野七生著

ローマ人の物語 3・4・5
ハンニバル戦記（上・中・下）

ローマとカルタゴが地中海の覇権を賭けて争ったポエニ戦役を、ハンニバルとスキピオという稀代の名将二人の対決を中心に描く。

塩野七生著

ローマ人の物語 6・7
勝者の混迷（上・下）

ローマは地中海の覇者となるも、「内なる敵」を抱え混迷していた。秩序を再建すべく、全力を賭して改革断行に挑んだ男たちの苦闘。

塩野七生著

ローマ人の物語 8・9・10
ユリウス・カエサル ルビコン以前（上・中・下）

「ローマが生んだ唯一の創造的天才」は、大改革を断行し壮大なる世界帝国の礎を築く。その生い立ちから、〝ルビコンを渡る〟まで。

塩野七生著

ローマ人の物語 11・12・13
ユリウス・カエサル ルビコン以後（上・中・下）

ルビコンを渡ったカエサルは、わずか五年であらゆる改革を断行。帝国の礎を築き、強大な権力を手にした直後、暗殺の刃に倒れた。

塩野七生著

ローマ人の物語 14・15・16
パクス・ロマーナ（上・中・下）

「共和政」を廃止せずに帝政を築き上げる――それは初代皇帝アウグストゥスの「戦い」であった。いよいよローマは帝政期に。

チェーザレ・ボルジア
あるいは優雅なる冷酷
毎日出版文化賞受賞

塩野七生著

ルネサンス期、初めてイタリア統一の野望をいだいた一人の若者——〈毒を盛る男〉としてその名を歴史に残した男の栄光と悲劇。

コンスタンティノープルの陥落

塩野七生著

一千年余りもの間独自の文化を誇った古都も、トルコ軍の攻撃の前についに最期の時を迎えた——。甘美でスリリングな歴史絵巻。

ロードス島攻防記

塩野七生著

一五二二年、トルコ帝国は遂に「喉元のトゲ」ロードス島の攻略を開始した。島を守る騎士団との壮烈な攻防戦を描く歴史絵巻第二弾。

レパントの海戦

塩野七生著

一五七一年、無敵トルコは西欧連合艦隊の前に、ついに破れた。文明の交代期に生きた男たちを壮大に描いた三部作、ここに完結！

マキアヴェッリ語録

塩野七生著

浅薄な倫理や道徳を排し、現実の社会のみを直視した中世イタリアの思想家・マキアヴェッリ。その真髄を一冊にまとめた箴言集。

サイレント・マイノリティ

塩野七生著

「声なき少数派」の代表として、皮相で浅薄な価値観に捉われることなく、「多数派」の安直な〝正義〟を排し、その真髄と美学を綴る。

塩野七生著

イタリア遺聞

生身の人間が作り出した地中海世界の歴史。そこにまつわるエピソードを、著者一流のエスプリを交えて読み解いた好エッセイ。

塩野七生著

イタリアからの手紙

ここ、イタリアの風光は飽くまで美しく、その歴史はとりわけ奥深く、人間は複雑微妙だ。――人生の豊かな味わいに誘う24のエセー。

塩野七生著

サロメの乳母の話

オデュッセウス、サロメ、キリスト、ネロ、カリグラ、ダンテの裏の顔は？「ローマ人の物語」の作者が想像力豊かに描く傑作短編集。

塩野七生著

ルネサンスとは何であったのか

イタリア・ルネサンスは、美術のみならず、人間に関わる全ての変革を目指した。その本質を知り尽くした著者による最高の入門書。

塩野七生著

海の都の物語

―ヴェネツィア共和国の一千年―
サントリー学芸賞（1〜6）

外交と貿易、軍事力を武器に、自由と独立を守り続けた「地中海の女王」ヴェネツィア共和国。その一千年の興亡史を描いた歴史大作。

塩野七生著

わが友マキアヴェッリ

―フィレンツェ存亡―
（1〜3）

権力を間近で見つめ、自由な精神で政治と統治の本質を考え続けた政治思想家の実像に迫る。塩野ルネサンス文学の最高峰、全三巻。

塩野七生著　**ルネサンスの女たち**

ルネサンス、それは政治もまた偉大な芸術であった時代。戦乱の世を見事に生き抜いた女性たちを描き出す、塩野文学の出発点！

塩野七生著　**神の代理人**

信仰と権力の頂点から見えたものは何だったのか――。個性的な四人のローマ法王をとりあげた、塩野ルネサンス文学初期の傑作。

小林秀雄著　**Xへの手紙・私小説論**

批評家としての最初の揺るぎない立場を確立した「様々なる意匠」、人生観、現代芸術論などを鋭く捉えた「Xへの手紙」など多彩な一巻。

小林秀雄著　**作家の顔**

書かれたものの内側に必ず作者の人間があるという信念のもとに、鋭い直感を働かせて到達した作家の秘密、文学者の相貌を伝える。

小林秀雄著　**ドストエフスキイの生活**
文学界賞受賞

ペトラシェフスキイ事件連座、シベリヤ流謫、恋愛、結婚、賭博――不世出の文豪の魂に迫り、漂泊の人生を的確に捉えた不滅の労作。

小林秀雄著　**モオツァルト・無常という事**

批評という形式に潜むあらゆる可能性を提示する「モオツァルト」、自らの宿命のかなしい主調音を奏でる連作「無常という事」等14編。

小林秀雄著
本居宣長
日本文学大賞受賞（上・下）

古典作者との対話を通して宣長が究めた人生の意味、人間の道。「本居宣長補記」を併録する著者畢生の大業、待望の文庫版！

小林秀雄
岡潔著
人間の建設

酒の味から、本居宣長、アインシュタイン、ドストエフスキーまで。文系・理系を代表する天才二人が縦横無尽に語った奇跡の対話。

小林秀雄著
直観を磨くもの
―小林秀雄対話集―

湯川秀樹、三木清、三好達治、梅原龍三郎……。各界の第一人者十二名と慧眼の士、小林秀雄が熱く火花を散らす比類のない対論。

新潮社
小林秀雄全集編集室編
この人を見よ
―小林秀雄全集月報集成―

恩師、肉親、学友、教え子、骨董仲間、仕事仲間など、親交のあった人々が生身の小林秀雄の意外な素顔を活写した、貴重な証言75編。

小林秀雄講義
国民文化研究会
新潮社編
学生との対話

小林秀雄が学生相手に行った伝説の講義の一部と質疑応答のすべてを収録。血気盛んな学生たちとの真摯なやりとりが胸を打つ一巻。

司馬遼太郎著
梟の城
直木賞受賞

信長、秀吉……権力者たちの陰で、凄絶な死闘を展開する二人の忍者の生きざまを通して、かげろうの如き彼らの実像を活写した長編。

司馬遼太郎著

人斬り以蔵

幕末の混乱の中で、劣等感から命ぜられるままに人を斬る男の激情と苦悩を描く表題作ほか変革期に生きた人間像に焦点をあてた7編。

司馬遼太郎著

国盗り物語（一〜四）

貧しい油売りから美濃国主になった斎藤道三、天才的な知略で天下統一を計った織田信長。新時代を拓く先鋒となった英雄たちの生涯。

司馬遼太郎著

燃えよ剣（上・下）

組織作りの異才によって、新選組を最強の集団へ作りあげてゆく〝バラガキのトシ〟——剣に生き剣に死んだ新選組副長土方歳三の生涯。

司馬遼太郎著

新史太閤記（上・下）

日本史上、最もたくみに人の心を捉えた〝人蕩し〟の天才、豊臣秀吉の生涯を、冷徹な史眼と新鮮な感覚で描く最も現代的な太閤記。

司馬遼太郎著

関ヶ原（上・中・下）

古今最大の戦闘となった天下分け目の決戦の過程を描いて、家康・三成の権謀の渦中で命運を賭した戦国諸雄の人間像を浮彫りにする。

司馬遼太郎著

花神（上・中・下）

周防の村医から一転して官軍総司令官となり、維新の渦中で非業の死をとげた、日本近代兵制の創始者大村益次郎の波瀾の生涯を描く。

司馬遼太郎著

城　塞（上・中・下）

秀頼、淀殿を挑発して開戦を迫る家康。大坂冬ノ陣、夏ノ陣を最後に陥落してゆく巨城の運命に託して豊臣家滅亡の人間悲劇を描く。

司馬遼太郎著

果心居士の幻術

戦国時代の武将たちに利用され、やがて殺されていった忍者たちを描く表題作など、歴史に埋もれた興味深い人物や事件を発掘する。

司馬遼太郎著

馬上少年過ぐ

戦国の争乱期に遅れた伊達政宗の生涯を描く表題作。坂本竜馬ひきいる海援隊員の、英国水兵殺害に材をとる「慶応長崎事件」など7編。

司馬遼太郎著

胡蝶の夢（一〜四）

巨大な組織・江戸幕府が崩壊してゆく――この激動期に、時代が求める〝蘭学〟という鋭いメスで身分社会を切り裂いていった男たち。

司馬遼太郎著

項羽と劉邦（上・中・下）

秦の始皇帝没後の動乱中国で覇を争う項羽と劉邦。天下を制する〝人望〟とは何かを、史上最高の典型によってきわめつくした歴史大作。

司馬遼太郎著

風神の門（上・下）

猿飛佐助の影となって徳川に立向った忍者霧隠才蔵と真田十勇士たち。屈曲した情熱を秘めた忍者たちの人間味あふれる波瀾の生涯。

司馬遼太郎著

アメリカ素描

初めてこの地を旅した著者が、「文明」と「文化」を見分ける独自の透徹した視点から、人類史上稀有な人工国家の全体像に肉迫する。

司馬遼太郎著

覇王の家（上・下）

徳川三百年の礎を、隷属忍従と徹底した模倣のうちに築きあげていった徳川家康。俗説の裏に隠された〝タヌキおやじ〟の実像を探る。

司馬遼太郎著

峠（上・中・下）

幕末の激動期に、封建制の崩壊を見通しながら、武士道に生きるため、越後長岡藩をひきいて官軍と戦った河井継之助の壮烈な生涯。

司馬遼太郎著

司馬遼太郎が考えたこと 1

―エッセイ 1953.10～1961.10―

40年以上の創作活動のかたわら書き残したエッセイの集大成シリーズ。第1巻は新聞記者時代から直木賞受賞前後までの89篇を収録。

司馬遼太郎著

司馬遼太郎が考えたこと 2

―エッセイ 1961.10～1964.10―

新聞社を辞め職業作家として独立、『竜馬がゆく』『燃えよ剣』『国盗り物語』など、旺盛な創作活動を開始した時期の119篇を収録。

司馬遼太郎著

司馬遼太郎が考えたこと 3

―エッセイ 1964.10～1968.8―

「昭和元禄」の繁栄のなか、『国盗り物語』『関ケ原』などの大作を次々に完成。作家として評価を固めた時期の129篇を収録。

司馬遼太郎著
司馬遼太郎が考えたこと 10
—エッセイ 1979.4〜1981.6—

'80年代を迎えて日本が「成熟社会」に入った時代。『項羽と劉邦』を刊行したころの、シルクロード長文紀行などエッセイ55篇を収録。

司馬遼太郎著
司馬遼太郎が考えたこと 11
—エッセイ 1981.7〜1983.5—

ホテル＝ニュージャパン火災、日航機羽田沖墜落の大惨事が続いた'80年代初頭。『菜の花の沖』を刊行、芸術院会員に選ばれたころの55篇。

司馬遼太郎著
司馬遼太郎が考えたこと 12
—エッセイ 1983.6〜1985.1—

'83年10月、ロッキード裁判で田中元首相に実刑判決。『箱根の坂』刊行のころの日韓関係論や国の将来を憂える環境論など63篇。

司馬遼太郎著
司馬遼太郎が考えたこと 13
—エッセイ 1985.1〜1987.5—

日本がバブル景気に沸き返った時代。『アメリカ素描』連載のころの宗教・自然についてのエッセイや後輩・近藤紘一への弔辞など54篇。

司馬遼太郎著
司馬遼太郎が考えたこと 14
—エッセイ 1987.5〜1990.10—

'89年1月、昭和天皇崩御。『韃靼疾風録』を刊行、「小説は終わり」と宣言したころの、遺言のように書き綴ったエッセイ70篇。

司馬遼太郎著
司馬遼太郎が考えたこと 15
—エッセイ 1990.10〜1996.2—

'95年1月、阪神・淡路大震災。'96年2月12日、司馬遼太郎は腹部大動脈瘤破裂のため急逝。享年72。最終巻は絶筆までの95篇。

城山三郎著

総会屋錦城

直木賞受賞

直木賞受賞の表題作は、総会屋の老練なボス錦城の姿を描いて株主総会のからくりを明かす異色作。他に本格的な社会小説6編を収録。

城山三郎著

役員室午後三時

日本繊維業界の名門華王紡に君臨するワンマン社長が地位を追われた――企業に生きる人間の非情な闘いと経済のメカニズムを描く。

城山三郎著

雄気堂々

(上・下)

一農夫の出身でありながら、近代日本最大の経済人となった渋沢栄一のダイナミックな人間形成のドラマを、維新の激動の中に描く。

城山三郎著

毎日が日曜日

日本経済の牽引車か、諸悪の根源か？　総合商社の巨大な組織とダイナミックな機能・日本的体質を、商社マンの人生を描いて追究。

城山三郎著

官僚たちの夏

国家の経済政策を決定する高級官僚たち――通産省を舞台に、政策や人事をめぐる政府・財界そして官僚内部のドラマを捉えた意欲作。

城山三郎著

黄金の日日

豊かな財力で時の権力者・織田信長、豊臣秀吉と対峙する堺。小僧から身を起こしルソンで財をなした豪商の生き様を描く歴史長編。

想《おも》いの軌《き》跡《せき》

新潮文庫　し－12－43

平成三十年二月一日発行

著者　塩《しお》野《の》七《なな》生《み》

発行者　佐藤隆信

発行所　株式会社　新潮社

郵便番号　一六二―八七一一
東京都新宿区矢来町七一
電話　編集部(〇三)三二六六―五四四〇
読者係(〇三)三二六六―五一一一
http://www.shinchosha.co.jp

価格はカバーに表示してあります。

乱丁・落丁本は、ご面倒ですが小社読者係宛ご送付ください。送料小社負担にてお取替えいたします。

印刷・錦明印刷株式会社　製本・錦明印刷株式会社

ISBN978-4-10-118143-1　C0195